Anton Dietrich

Russische Volksmärchen

CLASSIC PAGES

Dietrich, Anton

Russische Volksmärchen

Reihe: classic pages

1. Auflage 2010 | ISBN: 978-3-86741-218-6

Veränderter Nachdruck der Originalausgabe von 1831
(Weidmannsche Buchhandlung, Leipzig)

© Europäischer Hochschulverlag GmbH & Co KG

www.classic-pages.de

Anton Dietrich

Russische Volksmärchen

Inhaltsverzeichnis

Vorwort

Echte, der lebendigen Überlieferung des Volks angehörige Kindermärchen haben in unserer Zeit aus einem doppelten Grund Beifall gefunden. Jener faden und nüchtern ersonnenen Erzählungen, welche dem einfältigen Kindersinn in leeren, keine Wurzel schlagenden Bildern nichts als einen verdünnten Absud dürftiger Moral anboten, endlich müde, freute man sich, die verarmte Jugend in ihr Eigentum wieder einzusetzen und an dem noch unversiegten Quell der alten Phantasie zu laben. Zugleich aber wurde klar, dass die Poesie des Mittelalters, der man eben größere Aufmerksamkeit zuzuwenden begonnen hatte, selbst mit diesen Märchen zusammenhänge und die wechselseitige Aufklärung beider durch einander nicht vernachlässigt werden dürfte. Indem also die unerwartete Fortdauer einzelner Züge und Richtungen der alten Dichtung in den Kindermärchen nachgewiesen wurde, gewann die Betrachtung dieser letzteren, wie die des mündlich lebenden Volksliedes, einen wissenschaftlichen Reiz, und der Gesichtspunkt der Sammlungen musste voll nun an erweitert werden. Es kam darauf an, sich nicht nur der vollständig erhaltenen und für den Gebrauch der Jugend ausreichenden Märchen zu versichern, sondern auch aller Bruchstücke und örtlichen Abweichungen, so viel man ihrer habhaft werden konnte, zu bemächtigen. Und wenn in dieser Hinsicht bis jetzt der Sammlung noch kein Genüge geschehen ist, sondern es lange fortgesetzter Mühe und Anstrengung bedürfen wird; so scheint es doch, dass die vielfach angeknüpften Untersuchungen bereits sattsamen Grund und Boden gewonnen haben, und auf die bleibende Teilnahme des Publikums rechnen dürfen.

Unter diesen Umständen ist es vorzüglich wünschenswert, auch die Kindermärchen der übrigen Völker kennen zu lernen. Man weiß, dass bei Franzosen und Italienern fast die nämlichen im Gange gewesen sind, die bei uns Deutschen fortleben, weniger bekannt geworden ist, was die Spanier besitzen. Und doch hat keins dieser Völker in der Regel das seinige unmittelbar aus dem Eigentum des andern entlehnt, meistenteils erscheint, neben der

Einstimmung im Ganzen, ein eigentümliches nationales Gepräge, das an den einzelnen Erzählungen grade gefällt, und über ihrer Verbreitung schwebt ein Dunkel, wie bei der Sprache und alten Dichtung insgemein. Sie dürfen eben darum auf ein sehr hohes Alter Anspruch machen, dessen Stufen sich nur durch die vielseitigste Vergleichung aller untereinander ermitteln lassen werden.

Vielleicht erwacht auch unter den slawischen Stämmen die Lust zu sammeln und aufzuzeichnen, was im Munde ihres Volks umgeht. Serben, Böhmen, Polen und Russen sind reich an Kindermärchen, deren treue und einfache Auffassung die Geschichte der europäischen Volksdichtung auf das Erwünschteste fördern würde. Von den serbischen sind einige Proben, die nach weiterer Mitteilung begierig machen, durch den trefflichen Sammler der Volkslieder bekannt geworden. Der Herausgeber des vorliegenden Buchs lernte in Moskau gedruckte Volksblätter kennen, welche russische Kindermärchen enthalten, worüber er in seiner eignen Vorrede das nähere melden wird. Die Erzählung ist einfach und schmucklos, wenn schon nicht lebendig und frisch, wie sie sonst aus mündlichem Überliefern hervorzugehen pflegt; es scheint, dass die Bestimmung für den Druck unter der Hand ungeübter Aufzeichner ihnen geschadet habe. Doch fehlt es nicht an wiederkehrenden Formeln, die sich gewiss auf treue Beibehaltung gründen und dem Ganzen eigentümliche Färbung verleihen, zum Beispiel das Reiten durch sieben und zwanzig Länder in das dreißigste (Nr. 2 und 3), das Wachsen nicht nach Tagen, sondern nach Stunden (Nr. 1, 7 und 11), die Beschreibung, wie das gefeite Ross zwischen Himmel und Erde zieht (Nr. 2), der Zuruf an die Hütte: wende dich hinten zum Wald und vorne zu mir! (Nr. 2).. Ja zuweilen geht, wie in deutschen Märchen, die Formel in ständige Reime über (Nr. 4 und 10), deren Anführung mit den Worten des Originals in einer Anmerkung willkommen wäre, da sich in solchen Fällen die Übersetzung schwer zu helfen weiß. Auch besondere Vergleichungen, wie des Wachsens gleich dem aufschwellenden Teig (Nr. 11), des zu Boden Fallens gleich der Habergarbe (Nr. 2, 6 und 17) und andere mehr gehören dem echtrussischen Märchenstil an. In einigen Erzählungen möchte man, nach ihrem ganzen Gang zu schließen, die Grundlage eines epischen Volksliedes, im Stil und Metrum der serbischen, vermuten, namentlich in Nr. 17. von Jeruslan und in Nr. 6 von Ilija und dem auf Eichen hausenden, seine Feinde tot pfeifenden Räuber Nachtigall, welches zu den vorzüglichsten Stücken der Sammlung gezählt werden kann und auch wirklich seinem Inhalt nach in den altrussischen Heldenliedern, welche Hofrath von Busse verdeutscht hat (Leipzig bei Brockhaus 1819.), angetroffen wird.

Echt slawische Züge, die wenigstens in deutschen Märchen nicht begegnen, scheinen das Graben des Rosses aus dem Erdboden (Nr. 4 und 10); die drei grünen Eichen (Nr. 2 und 10); das Kriechen durch das Ohr des Rosses (Nr. 4 und 10), das Halten auf den verbotenen königlichen Wiesen (Nr. 1 und 7); die Personifikation des Kummers (Nr. 10). Auch der slawischen Sitte des Verbrüderns geschieht Erwähnung. (Nr. 17)

Die einzelnen Märchen selbst sind ungleichen Gehalts. Nr. 9. von der Ente mit dem Goldei, Nr. 1. von dem Wolf, Nr. 3. von den sieben Simeonen, erinnern ganz an deutsche Kindermärchen und gehören zu den bessern der Sammlung. Ebenso Nr. 13. von dem Narren Emeljan, der geradezu Pervonto im neapolitanischen Pentamerone, aber daher unentlehnt und sehr eigentümlich gefasst ist. Merkwürdig scheinen die Mutter der vier Winde in Nr. 8. und der Geist Prituitschkin in Nr. 12. Unbedeutend ist Nr. 16., und Nr. 15. hätte, als unmittelbar, aber sehr mager, aus dem bekannten Volksbuch von der schönen Magellona hervorgegangen, füglich wegbleiben können. Nr. 7. von Bowa, und Nr. 17. von Jeruslan, die ausgedehntesten und nicht eben die unterhaltendsten Erzählungen des Buchs, scheinen gleichwohl der Aufnahme wert, da sich Jeruslan, wie vorhin schon gesagt ist, aus einem Gedicht aufgelöst haben mag, und Bowa ohne Zweifel einer romanischen Quelle seinen Ursprung verdankt.

Nämlich Bowa ist nichts als der in dem Sagenweise von Carl dem Großen bekannte Roman Buovo d'Antona (französisch Beuves de Hantone), der in mehreren Sprachen handschriftlich und gedruckt gefunden wird, und auch im vierten Buch der Reali di Francia gelesen werden kann. Wie und wann diese Fabel in die Hände eines russischen Märchenschreibers geraten ist, der sie noch durch wunderbare Zusätze veränderte, wird sich schwer ermitteln lassen, aber die Umarbeitung hat ihr besonderes Interesse. Bowa ist Buovo, Druschnewna Drusiana, Simbalda Sinibaldo, Polkan Pulicano, die Stadt Anton Antona der ursprünglichen Sage.

Aus dem Gesagten geht hervor, dass der Herausgeber durch Übersetzung dieser russischen Märchen sich ein Verdienst um die Geschichte der deutschen Kindermärchen und der romantischen Poesie überhaupt erworben hat. Es ist von ihm vielleicht nicht das Beste von dem, was er uns zu geben hatte, mitgeteilt worden; er beabsichtigt, andere Märchen an andern Orten oder in einer Fortsetzung der Sammlung nachzubringen; wir hätten gern gesehen, dass hier alles auf einmal bekannt gemacht worden wäre. Die Übertragung schließt sich einfach an das Original, wie es sich gebührte, ohne durch Zusätze oder Auslassungen zu verschönern. Der deutschen Schreibart hätte hin und wieder nachgeholfen werden sollen, denn es ist z. B. fehlerhaft, wenn der Übersetzer in den Imperativen schreibt: lasse, trage, gehe, komme, bleibe u. s. w., statt lass, trag, geh, komm, bleib.

Jacob Grimm.

Vorwort des Herausgebers

Die Märchen, welche gegenwärtige Sammlung enthält, sind zum größten Teile in Russland allgemein verbreitet, und die Erzählung derselben dient den untern Ständen daselbst, besonders in den müßigen Stunden der langen Winterabende, zur ergötzlichen Unterhaltung. Die Volksbücher, aus denen sie übersetzt sind, habe ich einzeln in Moskwa gesammelt, wo sie in den Bilderbuden für das gemeine Volk nach Art der deutschen Volkssagen vom hörnernen Siegfried, von der schönen Melusine, vom Eulenspiegel u. s. w. verkauft werden. Sie zerfallen der äußeren Form nach in drei verschiedene Gattungen. Eine Gattung derselben ist mit Kupferplatten auf schlechtem blaugrauem Papier teils in Oktav, größtenteils aber in Quartformat und zwar in der Weise gedruckt, dass die obere Hälfte der Seite ein Bild einnimmt, das eine oder auch einige der Hauptbegebenheiten der Erzählung darstellt, welche die untere Hälfte derselben Seite füllt. Die einzelnen, bisweilen aus zwei zusammengeklebten Papierstücken bestehenden Blätter, welche die bildlichen Darstellungen mit der Erzählung enthalten, sind durch einige leichte Querstiche zusammengeheftet und immer nur auf einer Seite bedruckt. Die Buchstaben sind unregelmäßig und sehr undeutlich und nähern sich den slavonischen Schriftzügen; die Schreibung ist fehlerhaft. Nicht selten werden zwei Worte in eins zusammengezogen, oder zusammengehörige Buchstaben mitten in der Silbe von einander gerissen und mit den nächststehenden Worten verbunden. Die Interpunktion fehlt ganz. Durch diese Übelstände wird das Lesen dieser Schriften ungemein erschwert und verlangt zu leichterem Verständnis viel Übung und Bekanntschaft mit der Sprache. Die zweite Gattung unterscheidet sich von dieser nur dadurch, dass Bilder und Text nicht auf einzelne Blätter, sondern auf einen ganzen Bogen in gleichmäßig verteilte, umränderte Felder gedruckt sind. In dieser Form erscheinen indessen nur sehr wenige Märchen, welche mit den Zeichnungen den Umfang eines Druckbogens von gewöhnlicher Größe nicht überschreiten. Beide Arten, als die ursprünglichen und ältesten, werden in Russland erneuert und vervielfältigt, ohne dass es dazu einer besondern Erlaubnis der Zensurbehörde bedürfte, da man sie als unantastbares Eigentum des Volkes betrachtet. Darum findet man auch bei keinem dieser Blätter den Druckort und äußerst selten das Druckjahr angegeben. Die Bilder sind ohne Sorgfalt gearbeitet, fast nie ausgemalt und unterscheiden sich von den Holzschnitten, welche manche deutsche Volksbücher zieren, nur durch einen feineren Strich, wie ihn die Kupferplatte selbst dem flüchtigen Arbeiter möglich macht. Unverkennbar ist darin das Streben, die Kleidertrachten und Sitten einer älteren Zeit auch in den äußeren Formen wiederzugeben. Außer diesen beiden stereographischen Gattungen gibt es nun noch eine dritte typographische, welche sich von den gewöhnlichen russischen Drucken nicht unterscheidet und mit einem besonderen Titelblatte ohne Bilderverzierungen in Oktavheften ausgegeben wird. Man findet darauf den Druckort, die Jahreszahl und den Namen des Druckers, der bei gewöhnlichen Schriften, da es in Russland keine eigentlichen Verlagshandlungen gibt, immer genannt werden muss, willkürlich angegeben oder weggelassen. Sowohl die stereographischen als die typographischen Drucke sind durchgängig neu und scheinen, wenigstens bei den Ausgaben, die mir unter die Hände gekommen sind, nicht über einige Jahrzehnte zurückzugehen.

So sehr ich mir auch in Moskwa Mühe gegeben habe, über den Ursprung und das Alter dieser Märchen bestimmte Nachrichten einzuziehen, so konnte ich doch nirgends genügende Auskunft erhalten; Niemand wusste zu sagen, wie und woher sie unter das Volk gekommen seien. Es leidet indessen keinen Zweifel, dass ein großer Teil dieser Volkssagen einer sehr frühen Zeit angehört. Die ältesten Personen gedenken ihrer als alter Überlieferungen, und ihre allgemeine Verbreitung unter den höheren wie unter den niedern Ständen war wohl auch nur in einem langen Zeitraume möglich. Der Stil in ihnen ist zwar durchgängig neu; das kann aber bei prosaischen Erzählungen, welche eine lange Reihe von Jahren bloß durch mündliche Überlieferung fortgepflanzt und erst in neuerer Zeit niedergeschrieben wurden, nicht befremden. Sie verlieren allmählich ihre ursprüngliche Form; Jeder erlaubt sich nach seiner Eigentümlichkeit, daran zu ändern, wegzulassen oder hinzuzufügen nach Gutdünken, um die Zuhörer so angenehm als möglich zu unterhalten, ihre Teilnahme zu erwecken und ihre Aufmerksamkeit zu spannen. Bei der Einfachheit, welche das gemeine russische Volk in seinen Sitten bis auf die Gegenwart bewahrt hat, und bei dem geringen Einfluss, welchen das Ausland auf dieselben ausübte, konnte die Volkstümlichkeit dieser Märchen darunter durchaus nicht leiden, und die einzige Folge davon war nur, dass sich von manchen derselben doppelte und mehrfache ziemlich verschiedene Bearbeitungen vorfinden. Demnach haben sich in vielen von ihnen und zwar besonders in denen, welche dem romantischen Rittertume angehören, einige stehende Redensarten erhalten, die sich aus jener Fabelzeit herschreiben und deren ursprüngliche geschichtliche Bedeutung Niemand mehr zu erklären weiß; ja einige der gangbarsten Volkssagen werden so oft wiederholt, dass sie ein Erzähler den andern beinahe mit denselben Worten und Ausdrücken nacherzählt. Zwar begegnet man diesen Redensarten auch mitunter in unbestreitbar neueren Märchen; denn man hat selbst Anekdoten vom Auslande entlehnt, ihnen das Gewand der Märchen umgehängt und eine ältere Form zu geben versucht; allein sie lassen sich meistens leicht von den älteren unterscheiden, und bei vielen kann man ohne Schwierigkeit den Ursprung nachweisen. Herr Iwan Michailowitsch Snegiroff, Professor an der Universität zu Moskwa, welcher sich ein besonderes Geschäft daraus macht, alle geistigen Erzeugnisse des Volkslebens, als Lieder, Märchen, Sprichwörter u. s. w., zu sammeln, wissenschaftlich zu ordnen und kritischer Untersuchung zu unterwerfen, wurde mir als der Einzige genannt, bei dem ich, wenn irgendwo, die gesuchten Aufklärungen über den Ursprung und das mutmaßliche Alter dieser Sagen erhalten könnte. Trotz der humanen Zuvorkommenheit, mit welcher er sich zu jeder ihm möglichen Mitteilung gegen mich bereitwillig erklärte, sah er sich zu dem Geständnisse genötigt, dass er bis jetzt in seinen Forschungen nicht glücklich gewesen sei, und dass er es bei der Umwandlung, welche diese Volksdichtungen ohne Zweifel im Laufe der Zeiten erfahren, für unmöglich halte, über deren Entstehung und Abstammung zu einem bestimmten Ergebnisse zu gelangen.

Zu einer kurzen Entwickelung des innern Wesens und der dichterischen Bedeutung dieser Märchen, wenn sie erst in vollständigerer Sammlung mehr Übersicht gewähren, hat ein Freund Hoffnung gegeben, dessen wissenschaftlicher Tätigkeit Untersuchungen dieser Art näher liegen, als der meinigen. Eigentümlich ist es, dass in diesen Sagen die Zahl drei fast überall vorherrscht. Die Väter haben gewöhnlich drei Söhne, die Helden oder fahrenden Ritter ziehen durch drei Mal neun Länder in das dreißigste Königreich (erst drei Mal drei, dann drei Mal neun, zuletzt drei Mal zehn); einige der tapfersten und berühmtesten Ritter sind drei und dreißig Jahr alt, wenn sie die Laufbahn des Ruhmes betreten, und gelangen in ihren Unternehmungen erst beim dritten Versuche zum Ziele u. s. w. Die Söhne, welche von bejahrten Eltern nach einer bis ins angehende Alter unfruchtbar gebliebenen Ehe geboren werden, erscheinen immer als eine besondere Gabe der Gottheit, welche endlich das Flehen der Eheleute erhört und gleichsam, um sie für die lange Entbehrung der elterlichen Freuden zu entschädigen oder sie als ein besonderes Gnadengeschenk zu bezeichnen, ihnen Söhne gibt, welche nicht nach Tagen, sondern nach Stunden wachsen und sich durch Heldensinn und Riesenstärke hervortun. Andre sind bis ins drei und dreißigste Jahr gelähmt; dann entwickelt sich plötzlich ihre Kraft und ruft sie in das Feld der Ehre. Reiter und Ross bilden, wie bei allen ungebildeten berittenen Völkern, gleichsam eine Person. So lange der Ritter kein seiner Kraft angemessenes Ross gefunden hat, wagt er nicht zum Streit auszuziehen; ebenso duldet das Ross keinen Reiter auf sich, der ihm nicht gewachsen ist. Sobald sich der Held dem fest hinter Schlössern und Riegeln verwahrten Rosse naht, erkennt es ihn am Geruche, gerät in die höchste Unruhe, tobt und lärmt und stürzt sich ihm entgegen. Er beweist ihm dann seine Kraft, indem er ihm seine Hand auf den Rücken legt und es drückt, dass es auf die Knie fällt. Von nun an sind Ross und Reiter Eine Person. Es streitet mit seinem Herrn und wirft mehr Feinde zu Boden, als er selbst; es versteht seine Worte, ja es redet wohl auch selbst mit Menschenstimme.

Nun nur noch wenige Worte zum Verständnis einiger oft wiederkehrender Einzelheiten. Die Redensart: durch drei Mal neun

Länder in das dreißigste Reich, soll nur eine weite Entfernung bezeichnen. Die geschichtliche und geographische Bedeutung, die ihr wohl zum Grunde liegen mag, konnte ich nicht ermitteln. Die sprichwörtliche Redensart: er ging lange oder kurze Zeit, nahe oder fern, soll bloß die Ausdehnung des Raumes und die Länge der Zeit, in der sie durchmessen wurde, ungewiss lassen. Königliche verbotene Wiesen wurden die Wiesen genannt, die dem Landesherrn angehörten und deren Gebrauch den Untertanen streng verboten war. Wenn Fremde in das Land kamen, pflegten sie zuerst von diesen Wiesen Besitz zu nehmen und ihre Zelte auf ihnen zu errichten, was als Kriegserklärung und Anfang der Feindseligkeiten galt. Unter dem sardonischen Reiche verstand man die jenseits des Don von der Mitte des eigentlichen Russlands aus gelegenen Länder. Der Ausdruck *hinter den stillen Wässern und warmen Meeren* bezeichnet die südlichen Gegenden Europas, Italien, Sizilien und die benachbarten Länder, die man für das Paradies der Erde hielt, und deren Meere man sich beständig warm und von Stürmen frei dachte. *Schemachanische* Seide ist persische Seide (von Schemachan), die wegen ihrer Güte jeder andern vorgezogen wird. Wenn der fahrende oder auf Abenteuer ausziehende Ritter von seinen Eltern den Segen erhalten hat, entlassen sie ihn *nach allen vier Seiten,* d. h. sie lassen ihn ziehen, wohin oder nach welcher Seite er will. Der siegende Ritter macht bisweilen *Brüderschaft* mit dem besiegten, d. h. er schließt mit ihm ein gegenseitiges Schutz- und Trutzbündnis; der Sieger wird dann der ältere Bruder, d. h. er steht dem Ansehen nach höher, als der jüngere oder besiegte. Die meisten Personen in diesen Märchen haben, wie es unter den gemeinen Leuten in Russland noch der Fall ist, keine Familiennamen, sondern werden bei ihren Vor- und Vaternamen genannt. Die patronymische Endung -*ewitsch* und -*owitsch* bedeutet Sohn (*ewna*) und Tochter (*owna*). So heißt der jetzige Kaiser von Russland Nikolai Paulowitsch, als Sohn des Kaisers Paul, seine Schwester Maria Paulowna, als Tochter desselben. Noch jetzt ist es in Russland unter allen Ständen gebräuchlich, sich mit Übergehung aller Titulaturen schlechthin bei den Vor- und Vaternamen anzureden. Ebenso ist *Zarewitsch* der Sohn, *Zarewna* die Tochter eines Zaren, *Korolewitsch* der

Sohn, *Korolewna* die Tochter eines Königs. Ich habe es für zweckmäßig gehalten, die Eigennamen überall in ihrer eigentümlichen russischen Form wiederzugeben. *Iwanuschka, Wanuschka* und *Iwaschka* sind Verkleinerungsformen von Iwan (Johann) und *Ilijuschka* von Ilija (Elias).

Was nun die Übersetzung anlangt, so bin ich wie das bereits in dem beurteilenden Vorwort erwähnt worden, so genau als möglich, den Urschriften gefolgt und habe, um die eigentümliche Färbung derselben nicht zu verwischen, selbst kein Bedenken getragen, Wendungen und Formen beizubehalten, die dem Geiste unserer Sprache einigermaßen fremd sind, wenn sie demselben nur nicht geradezu widerstanden. Die Aufnahme des sehr kurzen ursprünglich deutschen Märchens Nr. 15. entschuldige die in der hier wiedergegebenen Form ziemlich allgemeine Verbreitung desselben in Russland. Einige allgemeine Anmerkungen über manche Einzelheiten findet man im kurzen Anhange; da wo dieselben besonders notwendig waren, ist auf sie verwiesen worden.

Die Fortsetzung dieser Sammlung wird ganz von der Teilnahme des Publikums abhängen. Ich habe unter den Urschriften keine besondere Auswahl getroffen, sondern teile hier den eben übersetzten Vorrat mit, von dem ich nur das Unbrauchbare ausschloss. Das später zu Gebende wird daher das Vorliegende an innerem Gehalte nicht übertreffen, ihm aber auch nicht nachstehen, wie das in Friedrich Kinds Taschenb. z. gesell. Vergnügen für d. J. 1832. S. 285. abgedruckte Märchen beweisen kann.

Pirna, d. 30. Oktober 1831.
Anton Dietrich.

1. Märchen von Ljubim Zarewitsch, von der schönen Prinzess, seiner Gemahlin, und vom geflügelten Wolfe

In einem Reiche, in einer Herrschaft lebte ein Zar, namens Elidar Elidarowitsch, mit seiner Gemahlin Militissa Ibrahimowna; die hatten drei Söhne: der älteste Sohn hieß Aksof Zarewitsch, der mittelste Hut Zarewitsch und der jüngste Ljubim Zarewitsch. Und sie wuchsen nicht nach Tagen, sondern nach Stunden; und als der älteste Sohn zwanzig Jahr alt war, fing er an, seine Eltern um Erlaubnis zu bitten, in andere Königreiche zu reisen und eine schöne Prinzess für sich zur Gemahlin zu suchen. Die Eltern willigten darein, gaben ihm ihren Segen und entließen ihn nach allen vier Seiten. Nicht lange nach der Abreise Aksofs bat auch Hut Zarewitsch seine Eltern, ihn zu entlassen, und Zar Elidar und die Zarin Militissa entließen auch Hut Zarewitsch mit größtem Vergnügen. Und so reiste auch Hut Zarewitsch ab, und sie wanderten lange Zeit, dass endlich nichts mehr von ihnen zu sehen und zu hören war und sie für verloren gehalten wurden.

Als Zar Elidar mit der Zarin Militissa sich sehr über sie betrübte und weinte, bat auch ihr jüngster Sohn Ljubim Zarewitsch, sie möchten ihn entlassen, damit er seine Brüder aufsuche. Darauf sagte Zar Elidar und seine Zarin Militissa zu ihm: »Du bist noch jung und kannst eine so weite Reise nicht aushalten. Wie sollten wir dich übrigens auch entlassen, da du als der einzige Sohn uns übrig geblieben bist? Wir sind schon bei Jahren; wem sollten wir unsere Krone aufsetzen?« – Dennoch ließ sich ihr Sohn Ljubim Zarewitsch nicht abweisen, sondern blieb standhaft bei seinen Worten und sprach: »Es ist mir nötig, Menschen zu sehen und mich ihnen zu zeigen, und wenn es geschieht, dass ich den Thron besteige, darf ich daran schon nicht mehr denken, sondern nur, wie ich das Volk anständig beherrschen soll.«

Als Zar Elidar und Zarin Militissa so gute Worte hörten von ihrem Sohne Ljubim, waren sie überaus erfreut, und erlaubten ihm zu reisen, doch nicht auf lange Zeit und nur unter der Bedingung, dass er sich mit Niemandem einlasse und sich in keine großen Gefahren begäbe. Und so sann er, als er entlassen war, wo er ein

Ritterross für sich finden und eine Ritterrüstung sich verschaffen sollte, und darüber nachsinnend ging er in die Stadt. Dort begegnete ihm eine alte Frau und sagte zu ihm: »Warum gehst du so traurig, mein lieber Ljubim Zarewitsch?« – Er mochte darauf keine Antwort geben und ging bei der alten Frau vorbei, ohne ein Wort zu sagen; aber dann bedachte er, dass alte Leute ja mehr wissen müssen, kehrte um, ging fort und holte die alte Frau ein, die ihm begegnet war. Und Ljubim Zarewitsch sprach zu ihr: »Ich habe es bei dem ersten Begegnen verschmäht, dir zu sagen, worüber ich bekümmert bin; aber im Weitergehen fiel mir ein, dass alte Leute mehr wissen müssen.« – »Das ist's eben, Ljubim Zarewitsch,« sprach zu ihm die Alte, »freilich soll man nicht vor alten Leuten fliehen. Sage, worüber grämst du dich denn? Sag' es mir, dem alten Mütterchen.«

Und nun sagte Ljubim Zarewitsch zu ihr: »Ich habe kein gutes Ross und keine Ritterrüstung, aber ich muss weit reisen und meine Brüder aufsuchen.« – Die Alte gab ihm darauf zur Antwort: »Was soll man denken? Es ist ein Ross und eine Ritterrüstung auf eurer verbotnen Wiese hinter zwölf Türen, und dieses Ross liegt an zwölf Ketten. Dort auf der Wiese ist auch ein Schlachtschwert und eine ganze Ritterrüstung.« –

Als Ljubim Zarewitsch dieses gehört und der Alten Dank gesagt hatte, ging er äußerst erfreut gerade auf die verbotene Wiese. Als er an den Ort kam, wo das Ross stand, war er unschlüssig: Wie soll ich diese Türe zerbrechen? Allein er versuchte es und zertrümmerte eine Türe, und das Ross erkannte durch den Geruch einen tüchtigen Jüngling und fing an seine Ketten zu zerreißen, und es zerriss sie alle, und so zerschlug Ljubim Zarewitsch drei Türen, und das Ross zertrümmerte die letzten. Darauf erblickte Ljubim Zarewitsch das Ross und die Ritterrüstung, legte die Ritterrüstung an und ließ das Ross auf die Wiese. Er selbst aber ging zu seinem Vater, dem Zaren Elidar, und zu seiner Mutter, der Zarin Militissa, und sprach folgende Worte: »Nach der Entlassung von euch war ich sehr traurig wegen eines Rosses und einer Ritterrüstung, da ich nicht wusste, wo ich sie hernehmen sollte. Aber eine alte Frau sagte und zeigte mir, wo ich dies Alles finden könnte, und so habe ich es gefunden. Jetzt aber bitte ich euch um euren Segen zur Reise.« Darauf gaben ihm die Eltern den Segen und er reiste ab auf seinem guten Rosse.

Er begab sich auf den Weg und kam an einen Ort, wo drei Wege zusammentrafen; in der Mitte aber stand eine Säule und auf ihr befanden sich drei Inschriften, welche lauteten, wie folgt: »Wer auf die rechte Seite geht, der wird satt sein, aber sein Ross wird hungern; wer aber gerade aus geht, der wird selbst Hunger leiden und sein Ross wird satt sein, und wer auf die linke Seite geht, der wird von dem geflügelten Wolfe getötet werden.« – Ljubim Zarewitsch überlegte und ging zu Rate, und er wurde mit sich einig, auf keine andere Seite zu gehen, als auf die linke, um entweder getötet zu werden oder den geflügelten Wolf zu töten und denen, welche diese Straße zogen, Freiheit zu geben. Und so ging er auf die linke Seite und reiste weiter auf der Straße. So gelangte er in das freie Feld, schlug sich ein Zelt auf und machte Halt, um auszuruhen, als er plötzlich im Westen den geflügelten Wolf fliegen sah. Ljubim Zarewitsch stand sogleich auf, legte seine Ritterrüstung an und setzte sich auf das Ross. Und Ljubim Zarewitsch traf zusammen mit dem geflügelten Wolfe, und der Wolf schlug Ljubim Zarewitsch mit seinen Flügeln so schmerzlich, dass Ljubim Zarewitsch nachdenkend wurde, aber er ließ sich nicht aus dem Sattel werfen. Da ergrimmte Ljubim Zarewitsch und ward hitzig und schlug den geflügelten Wolf mit seinem Schlachtschwerte, dass er halb tot auf die Erde fiel und fühlte, sein rechter Flügel sei verletzt und er könne nicht mehr fliegen. Nachdem er sich aber wieder etwas erholt hatte, sagte er mit Menschenstimme zu Ljubim Zarewitsch: »Bringe mich nicht um, ich werde dir nützlich sein und dir dienen als dein getreuer Knecht.« Und Ljubim Zarewitsch sprach zu ihm: »Weißt du nicht, wo meine Brüder sind?« Darauf antwortete ihm der Wolf, sie seien längst ermordet; aber dann fügte er hinzu: »Wir werden sie wieder erwecken, wenn wir die schöne Prinzess gewonnen haben.« – Und Ljubim Zarewitsch fragte: »Wie sollen wir die schöne Prinzess gewinnen?« – »Nun sieh,« sagte der Wolf zu ihm, »wir erhalten sie so: du lässt dein Ross hier« – »Wie soll ich ohne Ross sein?« fragte ihn Ljubim Zarewitsch. »Nun sieh, hör' mich nur aus,« sprach der Wolf: »ich werde zum Rosse und trage dich; aber dieses dein Ross taugt nicht zum Dienste, weil bei dieser schönen Prinzess von den Stadtmauern Saiten nach allen Glocken in der Stadt gezogen sind, und deshalb ist es auch nötig, dass wir sie überspringen, damit keine, auch nicht die kleinste Saite berührt wird, sonst werden wir gefangen.« – Ljubim Zarewitsch sah ein, dass der Wolf recht sprach, gab seine Einwilligung und sagte: »Wohlan!«

Und so gelangten sie an die weißsteinerne Mauer und Ljubim Zarewitsch erschrak, als er sie erblickte. »Wie ist's möglich, diese hohe weißsteinerne Mauer zu überspringen?« sprach er zum Wolfe. Darauf sagte der Wolf folgende Worte: »jetzt fällt es mir noch nicht schwer, sie zu überspringen, aber von dort aus wird es Mühe machen, denn du wirst dich mit Liebesangelegenheiten beschäftigen und dadurch schwer werden; aber es ist dir nötig, dich in lebendigem Wasser zu baden und auch für deine Brüder etwas davon mit dir zu nehmen, und ebenfalls totes.«

Darauf übersprangen sie glücklich die Stadtmauer, ohne sie zu berühren. Ljubim Zarewitsch machte im Schlosse Halt und ging zur schönen Prinzess an den Hof. Und als er in das erste Gemach kam, fand er eine Menge schlafende Kammermädchen und dachte, ob die Prinzess nicht dort sei; allein er fand sie nicht. Deshalb ging er ins zweite Zimmer, dort schliefen ihre überaus schönen Gesellschafterinnen; auch da war die Prinzess nicht. Darum ging Ljubim Zarewitsch ins dritte, und dort sah er die Prinzess schlafen, und sein ganzes Herz wurde von ihrer Schönheit entflammt; er verliebte sich heftig in die schöne Prinzess und fing an, sie zu küssen und wollte sich nicht trennen von ihr; allein er bedachte, dass man ihn fangen würde, wenn er verweilte, und ging in den Garten, um totes und lebendiges Wasser zu holen. Er badete sich in dem lebendigen Wasser und nahm in einer Blase lebendiges und totes Wasser mit sich und ging zu seinem Wolfe. Als er auf dem Wolfrosse saß, sagte der Wolf zu ihm: »Du bist sehr schwer geworden. Wir können nicht, wie das vorige Mal über die Mauer springen, wir stoßen an und wecken alle auf. Sie werden uns verfolgen, aber du wirst sie erschlagen, und wenn du sie erschlagen hast, so gib dir Mühe, ein weißes Ross zu fangen: ich helfe dir dann kämpfen, und sobald wir an unser Zelt kommen, so nimm dein Ross, ich aber reite auf diesem weißen Rosse, und wenn wir alle ihre Krieger getötet haben, so wird sie selbst zu dir kommen und sagen, du möchtest sie zur Frau nehmen, denn sie wird von heftiger herzlicher Liebe zu dir entbrennen und von dir gefesselt werden.«

Als sie über die hohe Mauer setzen wollten, berührten sie die Saiten und plötzlich erhob sich Glockenklang in der Stadt und Trommelschlag, und alle Menschen erhoben sich und jeder lief auf den Hof mit seinen Waffen; andere öffneten den Thorweg, damit der schönen Prinzess kein Unglück widerfahre. Die Prinzess selbst erwachte und sah, dass ein Jüngling bei ihr zu Besuch gewesen, und sie befahl, sogleich Lärm zu machen, damit sich Alles bei ihr im Palaste versammelte. Da kamen berühmte und starke Ritter zusammen, und sie sprach zu ihnen: »Ach! ihr starken Ritter, gehet und holet diesen Jüngling ein und bringt mir seinen Kopf, damit seine Verwegenheit bestraft werde.«

Darauf antworteten ihr die starken Ritter: »Wir werden nicht ruhen, bis wir ihn zerhauen und dir seinen Kopf gebracht haben, wenn er auch ein Heer bei sich hätte.« Darauf entließ sie die Prinzess und ging hinauf ins Erkerzimmer und sah nach ihrem Heere und nach jenem Ritter, welcher gewagt hatte, im Geheimen an ihren Hof zu gehen und sie im Schlafe zu liebkosen.

Als Lärm gemacht wurde, war Ljubim Zarewitsch auf seinem Wolfrosse schon so weit fort geritten, dass er bereits die Hälfte von der Stadt bis zu seinem Zelte zurückgelegt hatte, ehe sie ihn einholten. Als er sah, dass sie ihn erreichten, drehte er sich um gegen sie auf seinem Wolfrosse und wurde ergrimmt, da er auf dem Felde eine solche Menge Ritter erblickte. Und sie fingen an sich zu schlagen und Ljubim Zarewitsch erlegte nicht so viele mit seinem Schwerte, als sein Ross niedertrat, und er erschlug beinah alle kleinen Ritterlein. Und Ljubim Zarewitsch erblickte einen einzelnen Ritter, der gegen ihn auf einem weißen Rosse ansprengte, und Ljubim Zarewitsch erschlug auch ihn, dessen Kopf war wie ein Bierkessel, und nachdem Ljubim Zarewitsch alle erschlagen hatte, nahm er das weiße Ross und setzte sich darauf, den Wolf aber ließ er ausruhen. Nachdem sie ausgeruht hatten, begaben sie sich zu ihrem Zelte.

Die schöne Prinzess, welche sah, dass er allein eine solche Menge bezwungen hatte, ließ ein noch größeres Heer sammeln und schickte es ab. Sie selbst begab sich wieder ins Erkerzimmer.

Aber Ljubim Zarewitsch kam an sein Zelt; da verwandelte sich der Wolf in Menschengestalt und wurde ein tüchtiger Ritter, als man es sich nicht denken, nicht vorstellen, nur im Märchen erzählen kann. Als das Heer der schönen Zarewna anzurücken begann, setzte sich Ljubim Zarewitsch mit seinem Gefährten, dem Wolfritter, zu Rosse und erwartete ihre Ankunft. Da aber das Heer der schönen Zarewna zahllos war, so befahl Ljubim Zarewitsch dem Wolfe, auf dem linken Flügel zu sein, er selbst begab sich auf den rechten, und sie machten sich fertig: dann stürzten sie sich auf die Krieger der Zarewna und begannen sie zu erschlagen, wie man Heu mäht, und so schlugen sie alle nieder, dass auf dieser Stelle nur zwei übrig blieben: der Wolf und Ljubim Zarewitsch. Nach diesem so gewaltigen Siege sprach der tapfere Wolf zu Ljubim Zarewitsch: »Sieh, da kommt jetzt die schöne Zarewna selbst und wird dich bitten, sie zur Frau zu nehmen: nun ist nichts mehr von ihr zu fürchten. Ich habe mein Vergehen durch meine Tapferkeit und meinen Beistand gesühnt, und so entlass mich nun in mein Reich.« – Ljubim Zarewitsch dankte ihm für seine Dienste und Rathschläge, entließ ihn und nahm Abschied.

Als sie Abschied genommen hatten, verschwand der Wolf. Ljubim Zarewitsch sah, dass die schöne Prinzess zu ihm kam, und Ljubim Zarewitsch freute sich und ging ihr entgegen, nahm sie bei den weißen Händen, küsste sie auf den Zuckermund, drückte sie an das stürmische Herz und sprach zu ihr die holden Worte: »Wenn ich dich nicht liebte, meine schöne und teure Zarewna, so wäre ich jetzt nicht mehr hier und hätte abreisen können; aber ich wusste, dass deine Macht nichts vermöge, und an deinem Heere habe ich es dir bewiesen.« Da begann die schöne Zarewna folgende Rede. »Ach du berühmter Ritter: Du hast meine ganze Macht überwunden und berühmte starke Degen, auf welchen meine ganze Hoffnung stand, und bei mir in der Stadt ist es öde.

Deshalb will ich zu dir gehen, damit du mir ein Schützer seiest und mein Reich nicht untergehe.«

Darauf entgegnete ihr Ljubim Zarewitsch: »Mit Freuden nehme ich dich zur Gemahlin, und ich werde dir ein Schützer sein und dein Reich und deine Stadt nicht zu Grunde gehen lassen.«

So mit einander sprechend gingen sie in das Zelt und fingen dort an zu schmausen und sich zu liebkosen. Den folgenden Tag standen sie frühe auf, setzten sich zu Rosse und reisten ab nach dem Reiche Elidars. Auf dem Wege sprach Ljubim Zarewitsch: »Ach du schöne Zarewna, ich hatte zwei ältere Brüder, und nun muss ich ihren Staub aufsuchen, denn sie zogen vor mir aus und wollten dich gewinnen; aber hier auf der unwegsamen Straße sind sie getötet worden, und wo sie liegen, weiß ich nicht; doch da ich von dir lebendiges und totes Wasser genommen habe, so will ich sie wieder herstellen; sie können in keiner großen Entfernung vom Wege sein, und so reise du gerade zur Säule mit den Inschriften; dort mache Halt und erwarte uns. Wir werden nicht zögern, zu dir zu kommen.«

Als dies Ljubim Zarewitsch gesagt hatte, trennte er sich von seiner schönen Zarewna, um den Staub seiner Brüder zu suchen, und er fand sie hinter Gesträuchen und besprengte sie mit totem Wasser; da wuchsen sie zusammen; dann besprengte er sie mit lebendigem Wasser, und sie wurden lebendig und standen auf den Füßen, und Aksof und Hut Zarewitsch sprachen: »Ach! wie wir lange geschlafen haben.«

Darauf gab ihnen Ljubim Zarewitsch zur Antwort: »Ihr würdet noch lange schlafen, wenn ich nicht wäre!« Er erzählte ihnen nun alle seine Abenteuer, wie er den Wolf besiegte, wie er die schöne Zarewna gewann und lebendiges und totes Wasser für sie mitgebracht. Darauf begaben sie sich alle nach jenem Zelte, wo sie die schöne Zarewna erwartete. Und als sie kamen und sich versammelten, waren alle überaus froh und fingen an zu schmausen.

Als Ljubim Zarewitsch mit der schönen Prinzess in die Schlafkammer gegangen war, sprach Aksof Zarewitsch zu Hut Zarewitsch arglistig: »Warum gehen wir zu unserm Vater Elidar und zu unserer Mutter Militissa? und was sagen wir zu ihnen? Unser jüngster Bruder wird sich brüsten, dass er die schöne Prinzess gewann und seine Brüder vom Tode erweckte; wird es nicht schimpflich für uns sein, mit ihnen zu leben, mit ihnen zu leben? Ist es nicht besser, ihn bei Zeiten zu ermorden?« – Darauf sagte Hut Zarewitsch ebenfalls: »Es wird schimpflich für uns sein, mit ihnen zu leben, und besser ist es, wir töten ihn jetzt.« – Als sie so zusammen gesprochen hatten, nahmen sie das Schlachtschwert und zerhauten Ljubim Zarewitsch in kleine Stücke und zerstreuten sie im Winde. Zur schönen Zarewna aber sprachen sie drohend, wenn sie Jemandem dieses Geheimnis verriete, so würde ihr dasselbe widerfahren. Bei der Teilung fiel dem Hut das lebendige und tote Wasser, und dem Aksof Zarewitsch die schöne Zarewna zu.

So reisten sie zu ihrem Vater Elidar, und als sie auf die verbotenen zarischen Wiesen gekommen waren und ihre Zelte aufgeschlagen hatten, schickte der Zar Elidar seinen Boten ab, zu erfragen, wer auf seinen verbotenen Wiesen Zelte aufschlüge? Und als der Bote auf die grünen Wiesen kam, fing er an zu fragen: »Warum seid ihr Leute gekommen und von wannen?« – Darauf gab ihm Hut Zarewitsch zur Antwort: »Aksof und Hut Zarewitsch sind mit einer schönen Prinzess gekommen, und melden unserem Vater, dass wir lebendiges und totes Wasser mit uns gebracht haben.«

Als der Abgesendete an den Hof kam und dem Zaren meldete, seine Söhne seien gekommen mit einer erbeuteten schönen Zarewna, so fragte der Zar den Boten: »Sind alle drei Söhne gekommen?« Aber der Abgesendete antwortete ihm: »Nur die beiden ältesten, der jüngste ist nicht bei ihnen.« – Dennoch war der Zar über diese Kunde sehr erfreut, ging zur Zarin, seiner Gemahlin, und sagte ihr, dass die ältesten beiden Söhne mit einer schönen Zarewna gekommen seien.

Und Zar Elidar machte sich auf mit der Zarin Militissa, seinen Söhnen entgegen zu gehen, und sie begegneten ihnen auf der Straße, und freuten sich überaus und küssten und umarmten sie. Als sie in das Zarenschloss kamen, fingen sie an zu schmausen, und sie schmausten sieben Tage und sieben Nächte, und sie begannen auf die Hochzeit zu denken, Vorbereitungen zu treffen und Gäste zu laden, Bojaren, gewaltige Degen und berühmte Ritter.

Der geflügelte Wolf, welcher wusste, dass sie ihren Bruder Ljubim Zarewitsch getötet hatten, lief nach lebendigem und totem Wasser, brachte es herbei, vereinigte alle Teile des Ljubim Zarewitsch und besprengte sie mit dem toten Wasser, da wuchsen alle Teile zusammen, und als er ihn mit dem lebendigen Wasser besprengte, stand der gute Jüngling auf, als wäre nichts mit ihm vorgefallen, und sagte: »Ach! wie lange ich geschlafen habe!«

Darauf antwortete ihm der Wolf: »Du hättest ewig geschlafen, wenn ich nicht wäre.« Und nun erzählte er ihm, was die Brüder mit ihm vorgenommen. Und darauf verwandelte sich der Wolf in ein Ross und sagte zu Ljubim Zarewitsch: »Eile zu ihnen; du musst morgen ankommen. Dein Bruder Aksof Zarewitsch wird deine schöne Prinzess heiraten.« Und so setzte sich Ljubim Zarewitsch auf; das Wolfross lief auf steilen Bergen, wie auf dem freien Felde, und Ljubim Zarewitsch kam in die Stadt seines Vaters und entließ sein Wolfross. Er selbst ging auf den Markt und kaufte ein Hackbrett. Dann setzte er sich auf die Straße bei einem Hause auf den Erdwall,[1] wo die schöne Zarewna vorüber in die Kirche geführt werden musste. Als sie die schöne Zarewna in die Kirche geleiteten, fing Ljubim Zarewitsch an, auf dem Hackbrett seine Jugendbegebenheiten zu spielen und mit seiner feinen Stimme dazu zu singen. Sobald sich der Wagen, worin die schöne Zarewna saß, näherte, begann er von seinen Brüdern zu singen und auf dem Hackbrett zu spielen, wie sie ihn zerhauen und ihren Vater betrogen hatten. Da ließ die schöne Prinzess anhalten und befahl ihrem Diener, diesen Spieler zu ihr zu rufen und ihn zu fragen, wer er sei und wie er sich mit Namen nenne.

Als der Diener der schönen Zarewna kam und ihn fragte, wer er sei und ihn zur schönen Zarewna einlud, so ging Ljubim Zarewitsch, ohne dem Diener etwas zu antworten, grade zur Zarew-

---

[1]   Siehe die Anmerkungen im Anhange.

na, und als die schöne Zarewna ihn sah, freute sie sich überaus, dass ihr Ljubim Zarewitsch noch lebe und ließ ihn in den Wagen sitzen und sie fuhren zu ihren Eltern.

Als Zar Elidar und seine Zarin Militissa den Ljubim Zarewitsch erblickten, freuten sie sich und jubelten unaussprechlich. Da begann die schöne Zarewna folgende Rede: »Nicht Aksof Zarewitsch hat mich gewonnen, sondern Ljubim Zarewitsch, und er war es auch, der das lebendige und tote Wasser sich verschaffte.« Und Ljubim Zarewitsch erzählte ihnen genau seine Begebenheiten: Und so fingen Zar Elidar und seine Zarin Militissa, nachdem sie die Zarewitsche Aksof und Hut herbeigerufen hatten, zu fragen an, warum sie so gehandelt hätten; sie aber leugneten es. Allein der Zar ergrimmte gegen sie und befahl, sie am Thore zu erschießen. Ljubim Zarewitsch heiratete seine schöne Zarewna und erzeugte einen Knaben und lebte mit der schönen Zarewna in Liebe und Eintracht zahllose Jahre. Und damit ist dieses Märchen zu Ende.

2. Märchen von der höchst wunderbaren und herrlichen selbst spielenden Harfe

In einem Lande lebte ein König namens Filou. Dieser König hatte eine Gemahlin namens Chaltura, mit welcher er einen einzigen Sohn namens Astrach erzeugte, und dieser ihr Sohn hatte in den Jugendjahren Neigung zu Rittertaten. Als er zu reifem Alter gelangte, fing er an darauf zu denken, sich zu verheiraten, und er fragte seinen Vater, den König Filou, in welchem Reiche die schönste von allen Zaren- oder Königstöchtern sei. Darauf sprach sein Vater, der König: »Mein liebster Sohn, mein holdes Kind, wenn du Lust hast, dich zu verheiraten, so will ich dir die Bilder der Zaren- und Königstöchter aller Reiche zeigen.« Da begann Prinz Astrach ihn um diese Bilder zu bitten, und König Filou führte ihn in ein abgesondertes Gemach und zeigte ihm alle diese Bilder. Er betrachtete sie und wählte sich aus diesen Bildern eine Braut und verliebte sich leidenschaftlich in die Tochter des ägyptischen Zaren Afor, die Zarewna Osida, und Astrach entbrannte gegen sie in seiner Liebe und fing an nachzusinnen, wie er sie sich zur Gattin verschaffen könne. Da begann er, seinen Vater um den Segen zu bitten, damit er ihn zum ägyptischen Zaren entließe, um sich mit der Zarewna Osida mit Ringen zu verloben. König Filou freute sich sehr darüber, dass sein Sohn, Prinz Astrach, heiraten wollte, und deshalb entließ er ihn mit seinem Segen zum Zaren Afor.

Prinz Astrach ging fort, um sich ein gutes Ritterross auszusuchen, und durchschritt alle königlichen Ställe, doch konnte er kein Ross nach seinem Sinne finden. Deshalb nahm er Abschied von Vater und Mutter, empfing von ihnen noch ein Mal den Segen und ging zu Fuße ab nach Ägypten ganz allein; und er ging lange oder kurze Zeit, nahe oder fern, und sah auf dem Felde einen weißsteinernen Palast stehen, welcher so vergoldet war, dass Strahlen von ihm glänzten, wie von der Sonne. Prinz Astrach ging auf diesen Palast zu, und als er ihn erreicht hatte, ging er um ihn herum und sah nach den Fenstern, ob er nicht Jemanden erblickte; allein er konnte Niemanden bemerken. Und so ging er auf den

Hof und wandelte sehr lange auf dem Hofe herum; aber auch dort sah er keinen einzigen Menschen, und dann» ging er in den weißsteinernen Palast, und als er hineingekommen war, durchschritt er alle Gemächer, allein auch da fand er keine Seele, und er ging in diesen Gemächern überaus lange und kam in ein Zimmer, worin ein Tisch für einen einzigen Menschen gedeckt war: und da Prinz Astrach gerade hungrig war, so setzte er sich an diesen Tisch und aß und trank sich satt. Dann legte er sich auf ein Bett und schlief sehr fest ein. Sobald er erwacht war, ging er wieder durch die Zimmer und kam in ein Gemach, wo er durchs Fenster einen so schönen Garten erblickte, als er in seinem Leben noch niemals gesehen hatte, und er bekam Lust, in diesem Garten spazieren zu gehen. Deshalb ging er auch dorthin und wandelte daselbst sehr lange, und gelangte dann an eine steinerne Mauer, in welcher eine eiserne Türe war, an der sich ein großes Schloss befand. Als Prinz Astrach dieses Schloss berührte, hörte er hinter der Türe ein Ritterross wiehern, und Prinz Astrach wünschte dieses Schloss abzunehmen, und so ging er, um etwas zu suchen, womit er es abschlagen könnte, und er fand einen großen Stein von der Größe einer Klafter und einer halben Arschine, und diesen Stein nahm er mit in den Armen und fing an, das Schloss abzuschlagen; allein nicht bloß das Schloss, sondern auch die Türe zerschlug er mit diesem Steine. Und als die Türe sich öffnete, sah er noch eine andere eiserne Türe mit einem Schlosse; er zerschlug auf gleiche Weise auch diese Türe, und hinter dieser Türe waren noch zehn Türen, und er erbrach sie alle mit diesem Steine und erblickte ein gutes Ritterross und eine vollständige Ritterrüstung. Er ging zu dem Rosse und fing an, es zu streicheln, und sobald das Ross einen Reiter für sich hörte, stand es wie eingewurzelt. Und dann fing Prinz Astrach an, das Ross zu satteln, legte ihm den tscherkassischen Sattel auf, gab ihm die Trense von schemachanischer Seide, und führte es, nachdem er es angeschirrt hatte, aus diesem Stalle, setzte sich auf und ritt in das freie Feld, um das Ross zu versuchen. Er schlug es auf die straffen starken Hüften; das Ross wurde hitzig, trennte sich von der Erde, erhob sich höher als der stehende Wald und niedriger als die ziehende Wolke, Berge und Täler ließ es zwischen den Füßen, kleine Flüsse bedeckte es mit dem Schweife und breite Flüsse übersprang es, und so ermüdete Prinz Astrach dieses gute Ross, dass der Schaum wie Seife von ihm floss.

Darauf sprach das gute Ross mit Menschenstimme zum Prinzen Astrach folgende Worte: »Nun, Prinz Astrach, du mein Reiter, ich habe gerade drei und dreißig Jahre dem verstorbenen Jeruslan Jeruslanowitsch gedient, dem starken, gewaltigen Ritter, und bin mit ihm in vielen Zweikämpfen und Schlachten gewesen, dennoch ermüdete ich noch nie so, wie heute, und nun bin ich bereit, dir bis an meinen Tod in Treue und Redlichkeit zu dienen.«

Da ging Prinz Astrach wieder auf jenen breiten Hof und ließ sein gutes Ross im Stalle, warf ihm weißen Weizen vor und goss ihm Quellwasser ein. Er selbst ging in den weißsteinernen Palast, aß und trank sich satt und legte sich schlafen. Den folgenden Morgen stand er früh auf, sattelte sein gutes Ritterross, setzte sich auf und reiste ab nach Ägypten zum Zaren Afor, um sich bei ihm um die Hand seiner Tochter, der schönen Zarewna Osida, zu bewerben. Nach einiger Zeit kam er dorthin und sagte von sich, er sei der Sohn des Königs Filon. Als Zar Afor dies vernahm, empfing er ihn überaus ehrenvoll und fragte ihn, in welcher Absicht er zu ihm gekommen sei. Darauf antwortete ihm Prinz Astrach folgendermaßen: »Großer Zar von allen ägyptischen Landen! ich bin nicht zu dir gekommen, um zu gastieren und zu schmausen, sondern ich bin gekommen, dich um die Gnade zu bitten, dass du mir deine liebenswürdige Zarentochter zur Gemahlin gibst.« –

»Tapferer Ritter, Prinz Astrach,« antwortete ihm Zar Afor, »von Herzen gern will ich dir meine Tochter geben, aber leiste mir nur einen Dienst: der ungläubige Tatarzar nähert sich meinem Reiche und will mein Reich verheeren und plündern und meine Tochter schimpflich zum Weibe nehmen, mich aber und meine Gemahlin will er mit dem Tode bestrafen.«

Da sprach Prinz Astrach zum Zaren Afor: »Gnädiger Herr, Zar Afor, ich bin bereit, in den Kampf zu geben für den christlichen Glauben mit dem ungläubigen Zaren und eure Stadt vor unzeitigem Verderben zu schützen.«

Darüber freute sich der ägyptische Zar Afor und befahl ein großes Gastmahl zuzubereiten für den tapfern und schönen Prinzen
Astrach. Als das Mahl begann, da verlobte sich Astrach, der Königssohn, mit Osida, der schönen Zarentochter, durch Ringe, und
darauf aßen und tranken sie und ergötzten sich und vertrieben
sich die Zeit mit allerhand Lustbarkeiten; dann begaben sie sich
in das nächtliche Gemach.

Den folgenden Tag rückte an diese Stadt ein Heer; die busurma-
nische Macht, an Zahl drei Mal hundert tausend Mann. Zar Afor,
welcher sehr darüber erschrak, nahm seine Zuflucht zum Prinzen
Astrach und bat ihn, dass er für den christlichen Glauben streiten
möchte. Prinz Astrach stand auf, schüttelte sich, sattelte sein gutes Ritterross, ging in den Zarenpalast, betete zu Gott, verneigte
sich nach allen vier Seiten, und fing an vom Zaren Afor, von seiner Gemahlin und der schönen Zarewna, seiner verlobten Braut,
Abschied zu nehmen. Als er Abschied genommen hatte, ging er
auf den breiten Hof und setzte sich auf sein gutes Ritterross. Er
verließ den breiten Hof, näherte sich der feindlichen Macht und
schlug das Ross auf die straffen starken Hüften. Sein Ross wurde
hitzig, trennte sich von der Erde, erhob sich höher, als der stehende Wald, niedriger als die ziehende Wolke, Berge und Täler
ließ es zwischen den Füßen, kleine Flüsse deckte es mit dem
Schweife; große Flüsse übersprang es, und er traf auf jenes Heer,
die feindliche Macht. Und er fing an die Busurmanen niederzu-
metzeln und in kleine Stücke zu zerhauen, und wo Prinz Astrach
mit den Armen fegte, da entstand eine Gasse, und wo er mit dem
Rosse sich drehte, da entstand ein freier Platz; und nicht so viel
erschlug Prinz Astrach selbst, als er mit dem Rosse zertrat, und er
erschlug und zertrat dieses Heer, die feindliche Macht, und den
busurmanischen Zaren selbst machte er zum Gefangenen und
brachte ihn zum Zaren Afor. Da war Zar Afor überaus froh und
befahl den busurmanischen Zaren ins Gefängnis zu setzen. Und
sie fingen an, sich mit dem Prinzen Astrach lustig zu machen,
und diese Lustbarkeiten dauerten fünfzehn Tage. Nach Verlauf
diesem Zeit erinnerte Prinz Astrach den Zaren Afor wieder an die
Hochzeit mit der schönen Zarewna Osida, und Zar Afor befahl,
für die Hochzeit ein großes Gastmahl zuzubereiten. Dann rief er

seine holde Tochter, die schöne Zarewna Osida, zu sich und befahl ihr, sich zur Hochzeit fertig zu machen.

Als dies die Zarewna Osida hörte, rief sie den Prinzen Astrach zu sich und sprach: »O mein geliebtester Freund und verlobter Bräutigam, du willst dich so schnell ehelich mit mir verbinden, aber bedenke vorher, was für Ergötzlichkeit wir bei der Hochzeit ohne Musik haben werden, denn mein Vater hat keine Spieler, und darum, mein geliebter Freund, reite du durch sieben und zwanzig Länder in das dreißigste Reich, in das Zarentum des unsterblichen Kaschtschei, und gewinne von ihm die selbst spielende Harfe. Sie spielt alle Stücke so gut, dass du aufmerksam zuhören wirst, und diese selbst spielende Harfe hat keinen Preis, und sie wird uns ergötzen auf unserer Hochzeit.«

Da ging Astrach, der Königssohn, aus dem weißsteinernen Palast, begab sich in den zarischen Stall, führte sein gutes Ritterross heraus, legte ihm den tschertassischen Sattel auf, gab ihm die Trense von schemachanischer Seide, nahm Abschied vom ägyptischen Zaren, von der Zarin und seiner verlobten Braut, setzte sich auf sein gutes Ross, verließ den breiten Hof und reiste ab nach dem Reiche des unsterblichen Kaschtschei, nach der selbst spielenden Harfe. Er ritt auf der Straße und erblickte eine alte Hütte, und diese Hütte stand vor einem Walde und an einem Garten. Prinz Astrach näherte sich und rief mit der Ritterstimme: »Hütte! Hütte! wende dich mit dem Hinterteil zum Wald und mit dem Vorderteil zu mir!« – Und die Hütte wendete sich mit dem Vorderteil ihm zu. Da stieg Prinz Astrach von seinem guten Ross und ging an diese Hütte; und in dieser Hütte saß eine Zauberin auf der Diele und spann Flachs. Den Kopf stemmte sie in die Ecke, die Füße an der Decke. Und die Zauberin schrie mit fürchterlicher Stimme: »Fu! fu! fu! Bis jetzt hat sich noch kein russischer Geist hören lassen, und heute erscheint ein russischer Geist vor den Augen.« – Darauf fragte sie den Prinzen Astrach: »Warum, guter Jüngling, Prinz Astrach, bist du hierher gekommen, freiwillig oder nicht freiwillig? Hierher fliegt kein Vogel und kein wildes Tier streicht, kein Ritter reitet bei meiner Hütte vorbei, und wie hat dich Gott hierher geführt?«

Darauf sprach Prinz Astrach zu ihr: »Ach du dummes altes Weib, zuvor ätze und sättige mich guten Jüngling, und dann erst frage.«

Die alte Zauberin gab dem Prinzen Astrach sogleich zu essen, peitschte ihn in der Badstube,[2] kämmte ihm das Trotzköpfchen, machte ihm das Bette zurecht und fing wieder an zu fragen: »Sage mir, guter Jüngling, wohin dein Weg geht, in welche entfernte Gegend, und ob du freiwillig gehest oder nicht freiwillig?«

Und ihr antwortete Prinz Astrach darauf so: »Wie viel ich mit Willen gehe, noch ein Mal so viel gehe ich unfreiwillig, durch sieben und zwanzig Länder in das dreißigste Reich, in das Zarentum des unsterblichen Kaschtschei, um die selbst spielende Harfe zu holen.«

»Ho! ho! ho!« sprach die alte Zauberin, »es wird dir schwer werden, diese Harfe zu bekommen; doch bete zu Gott und lege dich schlafen: der Morgen ist erfinderischer, als der Abend.«

Astrach, der Königssohn, legte sich schlafen. Am Morgen erwachte die alte Zauberin sehr früh, stand auf und weckte den Prinzen Astrach: »Erhebe dich, Prinz Astrach, es ist Zeit, dass du guter Jüngling dich auf den Weg machst.«

Da stand Prinz Astrach auf, kleidete sich an, legte Strümpfe und Stiefel an, wusch sich, betete zu Gott, verneigte sich nach allen vier Gegenden und fing an, von der alten Zauberin Abschied zu nehmen. Da sagte die alte Zauberin zum Prinzen Astrach: »Warum machst du, guter Jüngling, dich auf den Weg und fragst mich alte Frau nicht, wie du die selbst spielende Harfe bekommen sollst?«

Prinz Astrach fragte nun die Zauberin, und sie sprach zu ihm: »Ziehe deines Weges unter Gottes Beistand, und wenn du in das Reich des unsterblichen Kaschtschei kommst, so richte es so ein, dass du zu Mittage hingelangst: neben seinem vergoldeten Palast ist ein grüner Garten, und in diesem Garten wird eine schöne Jungfrau, eine Zarentochter, lustwandeln. Springe über die Mau-

---

2   Siehe die Anmerkungen im Anhange.

er in den Garten, und gehe zu der schönen Jungfrau. Du wirst sie erfreuen, denn es sind schon sechs Jahre, dass sie vom unsterblichen Kaschtschei ihrem leiblichen Vater geraubt wurde, und der unsterbliche Kaschtschei lebt mit ihr so, wie mit einer Geliebten. Frage du diese Jungfrau, wie du die selbst spielende Harfe bekommen kannst, so wird sie dir es sagen.«

Da setzte sich Prinz Astrach auf sein gutes Ross und ritt lange oder kurz oder weit, und kam in das Reich des unsterblichen Kaschtschei. Er begab sich an den goldenen Palast und hörte, wie die selbst spielende Harfe tönte. Da stand Prinz Astrach still, und es fehlte nicht viel, dass er bloß mit der größten Aufmerksamkeit zugehört hätte, denn diese Harfe spielte so trefflich, dass sie jeder Mensch bis zum Tode hören könnte. Aber Prinz Astrach kam wieder zu sich, sprang über die Mauer in den grünen Garten und sah dort die Jungfrau, die Zarentochter, und die Jungfrau erschrak sehr vor ihm, aber Prinz Astrach ging sogleich auf sie zu und sagte, sie sollte sich nicht vor ihm fürchten; dann fragte er sie, wie er die selbst spielende Harfe sich verschaffen könne.

Darauf entgegnete ihm die Zarewna Darisa: »Wenn du mich mit dir nehmen willst, so werde ich dir sagen, wie du die selbst spielende Harfe bekommen kannst.« – Prinz Astrach gelobte, sie mit sich zu nehmen, wenn er durch sie die Harfe erlangte. Darauf sprach die Zarewna Darisa, er solle im Garten bleiben. Sie selbst ging zum unsterblichen Kaschtschei und fing an, ihn mit falschen Worten zu befragen, als ob sie ihn herzlich liebe, und sagte zu ihm diese Worte: »Mein innigst geliebter Freund und Vertrauter, unsterblicher Kaschtschei, sage mir, sei so gut, wirst du niemals sterben?« – »Gewiss, ich werde niemals sterben,« antwortete ihr der unsterbliche Kaschtschei. – »Doch,« fuhr die Zarewna Darisa fort, »wo ist dein Tod? ist er bei dir?« – »Gewiss,« entgegnete ihr der unsterbliche Kaschtschei; »er ist unter der Schwelle im Besen.« – Die Zarewna Darisa ergriff sogleich diesen Besen und warf ihn ins Feuer; aber obgleich der Besen verbrannte, so blieb doch der unsterbliche Kaschtschei am Leben. Da fragte die Zarewna den unsterblichen Kaschtschei wieder und sprach zu ihm: »Mein geliebter Freund, du liebst mich nicht aufrichtig, dass du mir nicht die Wahrheit sagst, wo dein Tod ist; doch ich bin dir nicht böse, sondern liebe dich von ganzem Herzen.«

Und so schwatzend fing die Zarewna Darisa an, den unsterblichen Kaschtschei heuchlerisch zu umarmen und zu küssen, und bat ihn, dass er ihr sage, wo sein Tod sei. Da sprach der unsterbliche Kaschtschei zu ihr mit Lachen: »Hast du eine Ursache, zu wissen, wo mein Tod ist? Doch da ich dich liebe, will ich dir sagen, wo er ist. Im freien Felde stehen drei grüne Eichen, und unter der Wurzel der größten Eiche ist ein Wurm, und wenn dieser Wurm gefunden und erdrückt wird, dann sterbe ich auch.«

Als die Zarewna Darisa solche Rede gehört hatte, ging sie zum Prinzen Astrach und sagte es ihm, damit er sich ins freie Feld begebe, die drei Eichen suche, unter der größten Eiche den Wurm ausgrabe und zerdrücke. Prinz Astrach ging sogleich ins freie Feld, ritt vom Morgen bis zum Abend und kaum hatte er die drei grünen Eichen gefunden, als er den Wurm unter der größten ausgrub und zerdrückte. Dann ging er zur Zarewna Darisa und fragte sie: »Lebt der unsterbliche Kaschtschei noch? Ich habe den Wurm gefunden und zerdrückt.« Sie antwortete ihm, Kaschtschei lebe noch.

Da sprach Prinz Astrach: »So gehe zum unsterblichen Kaschtschei und frage ihn recht zärtlich, wo sein Tod ist: er betrügt dich in Allem.« – Da ging die Zarewna Darisa zu dem unsterblichen Kaschtschei und sprach zu ihm mit Tränen: »Du liebst mich nicht aufrichtig und sagst mir die Wahrheit nicht, wo dein Tod ist; du hast mich immer zum Besten, wie eine Närrin.« Dann fing sie wieder an, ihn heuchlerisch zu umarmen und zu küssen; alsdann fragte sie ihn, wo sein Tod sei. Da sagte ihr der unsterbliche Kaschtschei die ganze Wahrheit; er sprach zu ihr: »Mein Tod ist fern von hier und schwer zu finden: er ist auf dem Weltmeer; auf diesem Meere ist eine Insel Bujan, und auf dieser Insel Bujan ist eine grüne Eiche, und unter dieser Eiche ist ein eisernes Kästchen, und in diesem Kästchen ein Körbchen, und in diesem Körbchen ein Hase, und in diesem Hasen eine Ente, und in dieser Ente ein Ei, und wer dieses Ei erhält und zerbricht, der bewirkt in derselben Minute meinen Tod.«

Als die Zarewna diese Worte gehört hatte, eilte sie zum Prinzen Astrach und sagte es ihm. Prinz Astrach setzte sich sogleich auf sein gutes Ross und begab sich an das Weltmeer. Da sah er einen Fischer in einem Kahn, und er sprach zu diesem Fischer: »Bringe mich auf die Insel Bujan.« – Der Fischer sagte darauf: »Herr, setze dich zu mir in den Kahn.« – Und Prinz Astrach setzte sich darauf zu dem Fischer in den Kahn, und der Fischer brachte ihn auf die Insel Bujan.

Prinz Astrach fand dort die grüne Eiche und grub unter der Eiche das eiserne Kästchen aus, und er zerbrach dieses Kästchen und öffnete das Körbchen und nahm aus dem Körbchen den Hasen; er riss diesen Hasen von einander, und kaum hatte er ihn zerrissen, so flog aus ihm eine graue Ente hervor und schwang sich auf, und sobald sie über dem Meere hinflog, ließ sie das Ei in das Meer fallen. Als dies Prinz Astrach sah, war er sehr traurig und befahl dem Fischer, das Netz ins Meer zu werfen. Der Fischer warf sogleich das Netz aus und zog einen großen Hecht empor. Prinz Astrach ließ diesen Hecht ausnehmen, und sie fanden das Ei, welches die Ente hatte fallen lassen. Prinz Astrach setzte sich in den Kahn und ließ sich vom Fischer ans Gestade bringen. Als sie übergefahren waren, gab Prinz Astrach dem Fischer Geld für seine Bemühungen, er selbst setzte sich auf sein gutes Ross und begab sich zur Zarewna Darisa.

Sobald er zu ihr kam und ihr sagte, dass er das Ei bekommen habe, sprach die Zarewna Darisa zu ihm: »Nun fürchte nichts, gehe mit mir zugleich zu Kaschtschei.« Und als er vor ihm erschien, sprang Kaschtschei auf und wollte den Prinzen Astrach umbringen; aber Prinz Astrach nahm sogleich das Ei in die Hand und fing allmählich an, es zu zerdrücken. Kaschtschei, anstatt den Prinzen Astrach zu töten, fing an zu schreien und zu brüllen aus voller Kehle und sagte dabei zu Zarewna Darisa: »Siehe, aus Liebe sagt' ich dir, wo mein Tod sei, und was machst du jetzt aus mir?« – Darauf riss er das Schwert von der Wand und wollte die Zarewna Darisa in Stücke zerhauen; aber in derselben Zeit zerbrach Astrach, der Königssohn, das Ei, und Kaschtschei fiel tot zu Boden, wie eine Garbe.

Die Zarewna Darisa führte dann den Prinzen Astrach in den Palast, wo die selbst spielende Harfe war, und als sie dorthin kam, sagte sie zu ihm: »Nun ist diese Harfe dein! Nimm sie, aber bringe mich dafür in meine Heimat.« Prinz Astrach nahm die Harfe an den Busen, und sie spielte so herrlich und stark, dass er darüber erstaunte, und zwar nicht bloß, weil die Harfe selbst spielte, sondern auch weil sie verziert und aus dem reinsten morgenländischen Kristall gebaut war, und goldne Saiten hatte. Prinz Astrach sah sie lange an und betrachtete sie mit Lust; dann ging er aus dem Palast fort, setzte sich auf sein gutes Ross, nahm zu sich die Zarewna Darisa, und sie machten sich auf den Weg.

Er brachte erst die Zarewna Darisa zu ihrem Vater und ihrer Mutter, dann ging er nach Ägypten zum Zaren Afor, seinem Schwiegervater, und gab die selbst spielende Harfe der geliebten Braut, der schönen Zarewna Osida. Und da setzten sie die selbst spielende Harfe auf den Tisch, und sie fing an zu spielen sehr schön und lustig.

Den Tag darauf verband sich Prinz Astrach ehelich mit der schönen Zarewna Osida, und kurze Zeit hernach verließ er Ägypten und kehrte in sein Vaterland zurück. Als der König, sein Vater, und die Zarin, seine Mutter, ihren geliebten Sohn wieder sahen, freuten sie sich sehr in ihrem Herzen.

Bald darauf starb König Filou nach dem Willen Gottes, und Prinz Astrach setzte auf sein Haupt die väterliche Krone und lebte mit seiner geliebten holden Gemahlin, der schönen Zarewna Osida, in aller Innigkeit und wirkte wohltätig bis an sein Ende.

3. Von den sieben Simeonen, den leiblichen Brüdern

Es war einmal ein alter Mann und eine alte Frau; die lebten viele Jahre zusammen und hatten keine Kinder, und waren schon hoch bejahrt und fingen an, zu Gott zu flehen, dass er ihnen ein Kind geben möchte, das ihnen im Alter bei ihren Arbeiten helfen könnte, und sie beteten lange Zeit, und ihr Gebet um ein Kind wurde nicht erhört. Aber nach sieben Jahren wurde die alte Frau schwanger und gebar auf ein Mal sieben Söhne, welche alle Simeon genannt wurden. Als der alte Mann und seine Frau gestorben waren, da wurden sie alle im zehnten Jahre Waisen und bearbeiteten ihr Feld selbst.

Da begab sich's einmal, dass Zar Ador bei ihnen vorüber fuhr und sie arbeiten sah auf dem Felde; und er wunderte sich sehr, dass so kleine Knaben ihr Feld selbst bestellten. Deshalb schickte er zu ihnen seinen ältesten Bojaren und ließ sie fragen, wessen Kinder sie wären. Der Bojar kam zu den Simeonen und fragte sie, warum sie als so kleine Kinder so schwere Arbeit verrichteten. Darauf antwortete ihm der älteste Simeon, sie seien Waisen und hätten Niemanden, der für sie diese Arbeit verrichten könnte, und fügte noch hinzu, dass sie alle Simeon hießen. Der Bojar ging von ihnen und sagte dieses dem Zaren Ador, welcher sich darüber sehr verwunderte und sie mitzunehmen befahl.

Als der Zar in das Schloss kam, versammelte er alle seine Bojaren, fragte sie um Rath und sprach: »Meine Herren Bojaren! Ihr seht hier sieben Waisen, welche keine Verwandte haben; ich will sie zu solchen Leuten machen, dass sie mir später dafür danken sollen, und darum frage ich euch um Rath, in welchem Handwerk oder in welcher Kunst ich sie in die Lehre geben soll.« Darauf antworteten alle: »Gnädiger Herr, da sie jetzt schon herangewachsen sind und ihren Verstand haben, so möchte es wohl das Beste sein, jeden einzeln zu befragen, welches Handwerk oder welche Kunst er erlernen will.« –

Der Zar empfing diese Antwort mit Freuden und begann den ältesten Simeon zu fragen: »Sage mir, Freund, welches Handwerk oder welche Kunst willst du lernen? ich werde dich dazu in die Lehre geben.« – Da antwortete ihm Simeon: »Eure zarische Majestät, ich will keine Kunst lernen, aber wenn ihr befehlt in der Mitte Eures Hofes eine Schmiede zu bauen, so würde ich Euch eine Säule schmieden, die bis zum Himmel reichte.« Der Zar sah, dass es nicht nötig sei, diesen Simeon etwas zu lehren, weil er schon ein Schmidt war und dieses Handwerk sehr künstlich auszuüben verstand, aber er glaubte nicht, dass er eine Säule bis zum Himmel schmieden könne. Deswegen befahl er, eine Schmiede in der Mitte seines Hofes zu bauen, und also begann der älteste Simeon in dieser Schmiede sein Werk.

Darauf fragte er den zweiten Simeon: »Und du, mein Freund, welches Handwerk oder welche Kunst willst du erlernen?« Dieser antwortete: »Eure Majestät, ich will weder ein Handwerk, noch eine Kunst erlernen; aber wenn mein ältester Bruder die eiserne Säule geschmiedet hat, so werde ich auf den Gipfel dieser Säule steigen, in alle Königreiche sehen und dir sagen, was in jedem Reiche geschieht.« – Der Zar befand, dass man auch diesen Sohn nichts zu lehren brauche, weil er schon ohne dies weise sei.

Darauf fragte er den dritten Simeon: »Welches Handwerk oder welche Kunst willst du lernen?« Dieser antwortete: »Eure Majestät, ich will weder ein Handwerk noch eine Kunst erlernen, aber wenn mein ältester Bruder mir ein Beil schmiedete, so würde ich blitzschnell ein Schiff bauen.« – Da rief der Zar aus: »O solche Meister sind mir notwendig! Du brauchst also auch nichts zu lernen.«

Darauf fragte er den vierten Simeon: »Du, Simeon, welches Handwerk oder welche Kunst willst du lernen?« – »Eure Majestät, ich will nichts lernen, aber wenn mein dritter Bruder ein Schiff erbaut hat, und das Schiff wird von Feinden angefallen, so will ich es am Schnabel fassen und es ins unterirdische Reich führen, und wenn der Feind weggegangen ist, so werde ich es wieder aufs Meer bringen.« Der Zar erstaunte über solche Wunder und sagte zu ihm: »Auch du brauchst nichts zu lernen.«

Darauf fragte er den fünften Simeon: »Und du, Simeon, welches Handwerk oder welche Kunst willst du lernen?« – »Ich will nichts lernen, Eure Majestät,« sagte Simeon, »aber wenn mir mein ältester Bruder eine Flinte schmiedet, so werde ich mit dieser Flinte jeden Vogel anschießen, er mag so weit sein, als er will, wenn ich ihn nur sehe.« – »So wirst du mir ja ein trefflicher Jäger sein,« sagte der Zar zu ihm.

Darauf fragte er den sechsten Simeon: »Du, Simeon, welche Kunst willst du betreiben?« – »Eure Majestät,« sagte Simeon, »ich will keine Kunst betreiben; aber wenn mein fünfter Bruder in der Luft einen Vogel angeschossen hat, so werde ich ihn nicht auf die Erde fallen lassen, sondern ihn in der Luft fangen und Eurer Majestät bringen.« – »Du bist auch geschickt,« sagte zu ihm der Zar, »du kannst bei mir statt eines Hühnerhundes im Felde dienen.«

Darauf fragte der Zar auch den letzten Simeon: »Und du, Simeon, welches Handwerk oder welche Kunst willst du lernen?« – »Eure zarische Majestät,« antwortete er ihm, »ich will weder ein Handwerk, noch eine Kunst lernen, denn ich verstehe ohne dies ein kostbares Handwerk.« – »Was für ein Handwerk verstehst du denn?« fragte der Zar, »sage mir's, sei so gut.« – »Ich verstehe gut zu stehlen,« antwortete er, »und so, dass es keiner besser versteht, als ich.« Als er von einem so schlechten Handwerk hörte, wurde der Zar zornig und sprach zu seinen Bojaren: »Meine Herren, sagt mir, wie ratet ihr mir, diesen Dieb Simeon zu strafen? welchen Tod soll er erleiden?«– »Eure Majestät,« sagten alle zu ihm, »warum soll man ihn mit dem Tode bestrafen? Vielleicht ist er ein ausgezeichneter Dieb und vielleicht kann er uns im Notfalle nützlich sein.« – »Wie so?« fragte der Zar. »Auf diese Weise,« sagten sie: »Eure Majestät wirbt schon zehn Jahre um die Hand der Zarin, der schönen Helene, aber Ihr könnt sie nicht bekommen und habt schon viel Heere und viel Geld verloren, und dieser Dieb Simeon kann vielleicht die Zarin, die schöne Helene, irgendwie für Eure Majestät stehlen.«

Da antwortete ihnen der Zar: »Ihr sprecht wahr, meine Freunde!« Dann wendete er sich zu dem Dieb Simeon und sprach zu ihm: Nun, Simeon, kannst du durch sieben und zwanzig Länder in das dreißigste Königreich wandern und mir die schöne Königin Helene stehlen? denn ich bin sehr in sie verliebt, und wenn du sie mir stiehlst, so werde ich dich reichlich belohnen.« – »Das ist unsere Sache,« antwortete Simeon, »wenn Ihr es nur befehlet.« – »Ich befehle nicht bloß, sondern ich bitte dich, verweile nicht länger an meinem Hofe und nimm dir Heere und Schätze so viel du haben willst.« – »Ich brauche nicht deine Heere und deine Schätze, entlasse nur uns Brüder alle zusammen; aber ohne die übrigen kann ich nichts tun.« – Der Zar wollte nicht gerne alle Simeonen entlassen; allein, obgleich es ihm Leid tat, so war er doch genötigt, sie alle zusammen zu beurlauben.

Unterdessen hatte der älteste Simeon die eiserne Säule in der Schmiede auf dem Schlosshof schon vollendet. Der zweite Simeon kletterte hinauf und sah nach allen Seiten sich um, wo das Reich des Vaters der schönen Helene sei, und plötzlich rief er dem Zaren Ador zu: »Eure Majestät, hinter sieben und zwanzig Ländern im dreißigsten Königreiche sitzt die Zarin, die schöne Helene, am Fenster. Wie sie schön ist! Man sieht bei ihr, wie das Mark aus einem Knochen in den andern fließt.« Der Zar wurde dadurch noch mehr gereizt und rief laut zu den Simeonen: »Meine Freunde, begebt euch auf die Reise und kommt bald wieder. Ich kann ohne die Zarin, die schöne Helene, nicht mehr leben.«

Der älteste Simeon schmiedete dem Dritten eine Flinte und nahm, was zur Reise notwendig war, d. h. Brod. Der Dieb Simeon nahm eine Katze mit sich und dann machten sie sich auf den Weg. Der Dieb Simeon hatte diese Katze so an sich gewöhnt, dass sie ihm überall, wie ein Hund, nachlief, und wenn er stehen blieb, stellte sie sich auf die Hinterpfoten, schmeichelte um ihn und schnurrte. So gingen sie auf ihrem Wege fort, bis an das Ufer des Meeres, über welches sie segeln mussten. Sie gingen lange am Ufer des Meeres herum und suchten sich Holz, um ein Schiff zu bauen. Endlich fanden sie eine ungeheure Eiche. Der dritte Simeon nahm sein Beil und hieb die Eiche an der Wurzel um, und auf dieselbe Eiche schlug er und blitzschnell wurde ein Schiff daraus und war ganz segelfertig, und in dem Schiffe befanden sich verschiedene kostbare Waren. Alle Simeonen bestiegen das Schiff und segelten ab.

Nach einigen Monaten gelangten sie glücklich an den Ort, wohin ihnen nötig war. Sobald sie in den Hafen kamen, warfen sie die Anker aus. Den folgenden Tag nahm Simeon, der Dieb, seine Katze, und ging in die Stadt; er kam an das Schloss des Zaren und blieb vor den Fenstern der Königin Helene stehen. Sogleich stellte sich seine Katze auf die Hinterpfoten, fing an, um ihn zu schmeicheln und zu schnurren. Man muss aber wissen, dass in diesem Reiche Niemand eine Katze kannte und nicht gehört hatte, was das für ein Tier sei. Die schöne Zarin Helene saß um diese Zeit am Fenster, und als sie die Katze erblickte, schickte sie alsbald ihre Wärterinnen und Zofen, um sich bei Simeon zu erkundigen, was das für ein Tier sei und ob er es nicht verkaufe, und wenn er es verkaufte, sollten sie ihn um den Preis fragen. Die Zofen eilten alsbald zu Simeon und fragten im Namen der Zarin Helene, was das für ein Tier sei, und ob er es nicht verkaufe. Simeon antwortete: »Meldet ihrer Majestät, der schönen Helene, dass dieses Tier Katze genannt wird; allein ich verkaufe es nicht; wenn es ihrer Majestät aber gefällig ist, so werde ich es ihr unentgeltlich verehren.« – Die Wärterinnen liefen in das Gemach und meldeten, was sie von Simeon gehört hatten. Als die Zarin Helene dies hörte, freute sie sich sehr, ging selbst aus ihren Zimmern und fragte Simeon, ob er die Katze nicht verkaufe. Simeon sprach zu ihr: »Eure Majestät, diese Katze verkaufe ich nicht, aber wenn es Euch gefällig ist, so schenke ich sie Euch.« Die Zarin nahm die Katze auf ihre Arme, ging in ihre Zimmer und befahl dem Simeon, auch mit zu kommen. Als sie in das Schloss kamen, ging die Zarin zu ihrem Vater, dem Zaren Sarg, zeigte ihm die Katze und sagte, dass ein Fremder sie ihr geschenkt habe. Der Zar besah das wunderbare Tier, freute sich sehr darüber und befahl, den Dieb Simeon zu ihm zu rufen, und als dieser kam, wollte ihn der Zar für die Katze mit Schätzen belohnen. Da aber Simeon nichts nehmen mochte, sprach der Zar zu ihm: »Mein Freund, wohne einstweilen in meinem Hause und unterdessen kann sich die Katze in deiner Gegenwart besser an meine Tochter gewöhnen.« Aber Simeon hatte keine Lust und sagte zu dem Zaren: »Eure

Majestät, ich würde mit großem Vergnügen in einem Hause wohnen, wenn ich nicht ein Schiff hätte, auf dem ich in Euer Reich gekommen bin und das ich Niemandem anvertrauen kann; aber wenn Ihr so befehlet, so werde ich jeden Tag zu Eurer Majestät kommen und die Katze an Eure liebe Tochter gewöhnen.« Da befahl ihm der Zar, jeden Tag zu ihm zu kommen.

Simeon ging jeden Tag zu der schönen Königin Helene, und einstmals sagte er zu ihr: »Gnädige Frau, Eure Majestät, ich gehe schon lange zu Euch; aber ich bemerke nicht, dass Ihr irgendwohin spazieren gehet. Wenn Ihr nur einmal auf mein Schiff gehen wolltet, so würde ich Euch viele schöne Waren, Goldstoffe und Diamanten zeigen, wie Ihr sie noch nie gesehen habt.« – Die Zarin ging sogleich zu ihrem Vater und bat ihn um die Erlaubnis, auf den Kai spazieren zu gehen. Der Zar gestattete es und befahl ihr, die Wärterinnen und Zofen mit sich zu nehmen. Die Zarin tat dies alles sogleich und ging mit Simeon. Sobald sie auf den Kai kamen, bat Simeon die Zarin auf sein Schiff, und nachdem sie es bestiegen hatte, fing Simeon, der Dieb, samt seinen Brüdern an, der Zarin verschiedene Waren zu zeigen. Darauf sagte Simeon, der Dieb, zur schönen Helene: »Befehlet nun Euren Wärterinnen und Zofen, vom Schiffe zu gehen, denn ich will Euch nun kostbare Waren zeigen, die sie nicht sehen dürfen.« Die Zarewna befahl ihnen sogleich, das Schiff zu verlassen. Und sobald sie ausgestiegen waren, befahl Simeon, der Dieb, seinen Brüdern, die Ankertaue zu kappen und mit allen Segeln auf das Meer zu fahren. Unterdessen wickelte er selbst der Zarin verschiedene Waren aus und beschenkte sie mit manchen. Also verflossen einige Stunden, da er ihr die Waren zeigte. Endlich sagte sie zu ihm, es sei nun Zeit, nach Hause zu gehen, denn der Zar, ihr Vater, würde sie erwarten. Darauf ging sie aus der Kajüte und sah, dass das Schiff sich schon in offener See befand, und dass sogar die Ufer schon verschwunden waren. Da schlug sie sich an die Brust, verwandelte sich in einen Schwan und flog auf. Der fünfte Simeon ergriff sogleich seine Flinte und schoss sie an, und der sechste ließ sie nicht ins Wasser fallen, sondern fing sie in der Luft auf und brachte sie auf das Schiff, wo die Zarin wieder zur Jungfrau wurde. Die Wärterinnen und Zofen, welche auf dem Kai standen und sahen, dass das Schiff mit der Zarin fortsegelte, erzählten dem Zaren Simeons Betrug. Da befahl der Zar sogleich der ganzen Flotte, ihm nachzujagen, und sie waren dem Schiffe der Simeonen sehr nahe schon, als der vierte Simeon das Schiff beim Schnabel fasste und in das unterirdische Reich führte. Und als ihr Schiff entwich, da sah die Flotte, wie es verschwand, und alle meinten, dass das Schiff mit der schönen Zarin Helene versunken sei, und sie meldeten dem Zaren Sarg, das Schiff Simeons sei mit der schönen Helene untergegangen.

Die Simeonen aber fuhren glücklich in ihr Reich, und überlieferten die schöne Zarin Helene dem Zaren Ador, welcher den Simeonen für ihren so großen Dienst die Freiheit gab und viel Gold und Silber und Edelsteine schenkte. Und er lebte mit der schönen Königin Helene viele Jahre in Glück und Frieden.

4. Märchen vom Ritter Iwan, dem Bauersohne

In einem Dorfe lebte ein unbemittelter Bauer mit seiner Frau. Drei Jahre hatten sie keine Kinder, aber das vierte Jahr wurde seine Frau schwanger und gebar einen Sohn, dem sie den Namen Iwan gaben. Der wurde fünf Jahr alt und konnte noch nicht gehen. Vater und Mutter wurden traurig und beteten zu Gott, dass er ihrem Sohne gesunde Füße geben möchte, aber so viel sie auch beteten, er musste sitzen und konnte seine Füße nicht brauchen drei und dreißig Jahre lang.

Eines Tages ging der Bauer mit seiner Frau in die Kirche zur Messe; da kam um dieselbige Zeit ein Bettler an das Fenster ihrer Hütte und bat Iwan, den Bauersohn, um ein Almosen. Iwan, der Bauersohn, antwortete: »Ich möchte dir ein Almosen geben, aber ich kann nicht von der Stelle aufstehen.« – Da sprach zu ihm der Bettler: »Stehe auf und gib mir Almosen, deine Füße sind gesund und geheilt.«

Iwan, der Bauersohn, stand den Augenblick auf von seinem Sitze und wurde sehr froh, dass seine Füße gesund waren. Er rief den Bettler in seine Hütte und gab ihm zu essen. Darauf bat ihn der Bettler um einen Trunk Bier, und Iwan, der Bauersohn, ging sogleich und brachte Bier, aber der Bettler trank es nicht, sondern befahl ihm, das volle Gefäß zu leeren, und er trank es aus bis auf den Grund. Da fragte ihn der Bettler: »Nun, Iwanuschka, wie viel Kraft fühlst du jetzt in dir?« – »Sehr viel!« antwortete ihm Iwan. »So lebe wohl nun!« sprach darauf der Bettler und verschwand. Und Iwan blieb in großer Verwunderung stehen.

Bald darauf kamen sein Vater und seine Mutter, und als sie ihren Sohn gesund sahen, verwunderten sie sich und fragten ihn, wie er sich von seiner Krankheit befreit habe. Da erzählte ihnen Iwan Alles, und die Alten meinten, das sei kein Bettler, sondern ein heiliger Mensch gewesen, der ihn von der Krankheit befreit, und sie fingen an, zu schmausen und sich lustig zu machen. Iwan aber ging, seine Kraft zu versuchen; er kam in den Küchengarten, ergriff eine Stange, stieß sie bis in die Mitte in den Boden und redete so stark, dass das ganze Dorf sich umdrehte. Dann ging er in die Hütte zurück und wollte von seinen Eltern Abschied nehmen und um ihren Segen bitten. Da begannen die Alten bitterlich zu weinen und baten ihn, er möchte wenigstens eine kurze Zeit noch bei ihnen weilen; aber Iwan achtete ihrer Tränen nicht und sprach: »Wenn ihr mich nicht fortlassen wollt, so werde ich von selbst gehen.« Da segneten ihn die Eltern, und Iwan, der Bauersohn, betete, verneigte sich nach allen vier Seiten und nahm Abschied von Vater und Mutter. Darauf ging er vom Hofe aus rechts, und er ging, wo seine Augen gerade hinsahen, und wanderte zehn Tage und zehn Nächte. Da kam er in ein Reich; aber kaum war er in die Stadt getreten, als sich ein großes Geschrei und Getöse erhob, worüber der Zar also erschrak, dass er befahl auszurufen, wer dieses Getöse beseitigen würde, der solle seine Tochter zur Gemahlin erhalten, und ihr wolle er das halbe Reich als Mitgift geben.

Als Iwanuschka dies vernahm, begab er sich auf den Zarenhof und befahl dem Zaren zu melden, dass er dieses Getöse beseitigen wolle. Der Thorwächter hörte dies, ging zu dem Zaren und sagt' es ihm. Der Zar befahl sogleich, Iwan, den Bauersohn, zu ihm zu rufen, und als er zu ihm kam, sprach der Zar: »Mein Freund, ist es wahr, wessen du dich gegen den Thorwächter berühmt hast?« – »Ja, es ist wahr, ich habe mich dessen gegen ihn berühmt,« antwortete Iwan, der Bauersohn, »und verlange von dir weiter nichts dafür, als dass du mir das schenkst, was dieses Getöse verursacht.« – Da sagte der Zar mit Lächeln: »Recht gern, nimm es, wenn du es brauchen kannst.« Iwan, der Bauersohn, verneigte sich vor dem Zaren und ging von ihm.

Er kam zu dem Thorwächter und verlangte von ihm hundert Mann Arbeitsleute. Der Thorwächter gab ihm sogleich, was er verlangt hatte. Da nahm sie Iwan, der Bauersohn, und befahl vor dem Schlosse ein Loch zu graben. Und als die Arbeiter die Erde ausgeworfen hatten, erblickten sie eine eiserne Türe mit einem kupfernen Ring. Diese Tür hob Iwan auf mit einer Hand und sah ein Ritterross mit Pferdegeschirr und Ritterrüstung, und als das Ross einen seiner würdigen Reiter erblickte, fiel es vor ihm auf die Knie und sprach mit Menschenstimme: »Ei sieh da! du guter Jüngling, Iwan Bauersohn, mich hat der starke Ritter Lukopero hier hereingestellt, ich harre deiner gerade drei und dreißig Jahre und konnte dich kaum erwarten. Setze dich auf mich und reite, wohin dir nötig ist, ich will dir treu und ehrlich dienen, wie ich meinem starken und berühmten Ritter Lukopero gedient habe.« Da sattelte Iwan, der Bauersohn, sein gutes Ross, gab ihm einen Zügel von gewirktem Bande, legte ihm einen tscherkassischen Sattel auf und schnallte ihm zehn Gurte um, von schemachanischer Seide. Er setzte sich auf dieses Ross und schlug es auf die Hüfte, und das Ross ergrimmte und erhob sich von der Erde höher, als der Wald, Berge und Täler ließ es zwischen seinen Füßen, mit seinem Schweife bedeckte es große Flüsse, aus seinen Ohren ließ es dichten Dampf gehen, aus den Nasenlöchern Flammen. Da kam Iwan, der Bauersohn, in eine unbekannte Gegend und ritt in ihr gerade dreißig Tage und dreißig Nächte, und gelangte ins chinesische Reich. Hier stieg er ab von seinem guten Rosse und ließ es ins freie Feld laufen. Er selbst ging in die Stadt und kaufte sich eine Blase, zog sie über den Kopf und ging um den Zarenhof. Da fragten ihn die Leute, von wannen er gekommen wäre, was er für ein Mensch sei, welches Vaters und welcher Mutter Sohn. Er aber antwortete auf alle ihre Fragen nur: »Ich weiß nicht.« Da hielten ihn alle für einen Narren und erzählten von ihm dem chinesischen Zaren. Der Zar ließ ihn zu sich rufen und fragte ihn, von wo er herkäme und wie er sich nenne. Aber er antwortete auch dem Zaren: »Ich weiß nicht.« Darauf befahl der Zar, ihm vom Hofe fortzujagen. Aber es begab sich, dass da ein Gärtner war, welcher den Zaren bat, er solle ihm diesen Narren übergeben, damit er ihn bei der Gartenarbeit brauchen könne. Und der Zar überließ ihm den Iwan. Der Gärtner nahm ihn und führte ihn in den kaiserlichen Garten und befahl ihm, den Garten zu reinigen. Er selbst aber ging hinweg.

Iwan, der Bauersohn, legte sich unter einen Baum und schlief ein. In der Nacht erwachte er und brach alle Bäume im Garten um. Früh morgens kam der Gärtner in den Garten und entsetzte sich, als er dieses sah; er ging zu Iwan, dem Bauersohne, und fing an, ihn zu schimpfen, und fragte ihn, wer diese Bäume alle umgebro-

chen habe. Er aber antwortete ihm nur: »Ich weiß nicht.« Der
Gärtner fürchtete sich, dies dem Zaren zu sagen; aber die Tochter
des Zaren sah aus ihrem Fenster und wunderte sich über die
Verwüstung und fragte den Gärtner, wer dies Alles getan hätte.
Der Gärtner antwortete, dass der »Ich weiß nicht« diese kostba-
ren Bäume zerbrochen habe, und bat zugleich, sie solle ihrem
Vater nichts davon sagen, und versprach ihr, den Garten in bes-
sern Zustand zu setzen, als er vorher war.

Iwan schlief die andere Nacht nicht, sondern trug aus dem Brunnen Wasser und begoss die zerbrochenen Bäume, und früh morgens fingen sie an zu wachsen, und als die Sonne erschien, schlugen sie aus und wurden noch besser, als vorher. Als der Gärtner
in den Garten kam, erstaunte er über die Veränderung, aber er
fragte nun schon nicht darnach den Ich weiß nicht, weil er von
ihm niemals eine Antwort bekam. Als die Zarentochter erwacht,
von ihrem Lager aufgestanden war und in den Garten blickte, sah
sie ihn in besserem Zustande, als vorher, und ließ deswegen den
Gärtner zu sich rufen und fragte, wie es zugegangen, dass der
Garten wieder in so kurzer Zeit in so guten Zustand gekommen.
Der Gärtner antwortete: er könne dies selbst nicht begreifen, und
daraus erkannte die Zarentochter große Weisheit in dem Ich weiß
nicht. Von dieser Zeit an liebte sie ihn mehr, als sich, und schickte
ihm Essen von ihrem Tisch.

Der chinesische Zar hatte drei Töchter, die schön waren; die älteste hieß Duasa, die mittelste Skao, die jüngste, welche sich in Iwan,
den Bauersohn, verliebt hatte, hieß Lotao. Eines Tages berief der
Zar alle seine Töchter zu sich und sprach zu ihnen: »Meine lieben
Töchter, schöne Prinzessinnen, es ist nun die Zeit gekommen, da
ihr euch ehelich verbinden sollt, und ich habe euch vor mich gerufen, um euch zu sagen, dass ihr euch aus benachbarten Ländern Prinzen zu Bräutigamen erwählt.« Die zwei ältesten nannten
sogleich zwei von ihnen geliebte Zarewitschs, und die jüngste
fing an, ihren Vater mit Tränen zu bitten, dass er sie dem Ich weiß
nicht zur Frau geben möchte. Der Zar erstaunte, als er dies von
seiner Tochter hörte, und sagte alsdann: »Bist du von Sinnen gekommen, meine Tochter, dass du den Narren Ich weiß nicht zum

Manne haben willst, der kein Wort sprechen kann?« – »Lasst ihn immer einen Narren sein,« antwortete sie ihm, »aber ich bitte Euch, mein Herr Vater, erlaubt, dass ich ihn zum Manne nehme.« »Wenn du nicht anders willst,« sprach der Zar sehr traurig, »so nimm ihn meinetwegen.« Bald darnach schickte der Zar nach den Prinzen, welche seine ältesten Töchter zu Bräutigamen gewählt hatten, und sobald diese die Einladung erhielten, kamen sie eiligst nach China, und nach ihrer Ankunft wurden sie alsbald mit den Prinzessinnen verheiratet. Eben so wurde auch die Prinzessin Lotao mit Iwan, dem Bauersohne, getraut, und ihre ältesten Schwestern lachten über sie, dass sie einen Narren zum Manne genommen hatte.

Bald darauf fiel ein großes Heer in dieses Reich ein, und der Ritter Polkan verlangte von dem Zaren seine geliebte Tochter, die schöne Lotao, zur Gemahlin. Er drohte ihm und sagte, wenn er ihm nicht seine Tochter zur Gemahlin gäbe, so würde er sein Reich mit Feuer verheeren, und sein Heer mit dem Schwerte, den Zaren und die Zarin ins Gefängnis werfen, und die Tochter mit Gewalt nehmen. Als der Zar diese Drohungen von dem Ritter Polkan hörte, erschrak er sehr und befahl sogleich sein ganzes Heer zu versammeln; da es ganz versammelt war, stellte es sich dem Ritter Polkan unter Anführung der Prinzen entgegen. Und die beiden Heere begannen zu kämpfen, wie zwei furchtbare Gewitterwolken, und der Ritter Polkan schlug das Heer des chinesischen Zaren. Um diese Zeit kam die Prinzess zu ihrem Manne Iwan, dem Bauersohne, und sprach zu ihm: »Mein lieber Freund Ich weiß nicht, man will mich dir rauben: in unser Reich ist der ungläubige Ritter Polkan mit seinem Heere eingefallen und schlägt unser Heer mit seinem schrecklichen Schwerte. Iwan, der Bauersohn, sagte zur Prinzess, sie sollte ihn in Ruhe lassen, sprang zum Fenster hinaus, rannte ins freie Feld und rief mit seiner Heldenstimme:

»Siwka Burka! he!
Frühlings-Lichtfuchs! steh!
wie das Blatt vorm Grase, hier,
unverweilt vor mir!«[3]

Das Ross rennt, dass die Erde bebt. Aus den Ohren stiegen Dämpfe, aus den Nüstern Flammen: Iwan, der Bauersohn, kroch in ein Ohr, verkleidete sich und wurde ein so wackerer Bursche, dass man es gar nicht mit der Feder beschreiben und nicht im Märchen erzählen kann. Er ritt auf das Heer des Ritters Polkan und hieb ein mit seinem Schwert auf das Heer, trat es nieder mit dem Rosse und verjagte es aus seinem Reiche. Da kam der chinesische Zar zu Iwan, dem Bauersohne, erkannte ihn nicht, und bat ihn zu sich in das Schloss; aber er antwortete ihm: »Ich bin nicht dein Knecht und will dir nicht dienen.« Als er diese Worte gesprochen, ritt er fort von ihm, ließ sein Ross in das freie Feld laufen, ging zurück in das Zarenhaus, schlich sich wieder durchs Fenster hinein, legte sich schlafen und zog wieder seine Blase über den Kopf. Der Zar gab ein allgemeines Fest für diese große Freude, und es währte einige Tage, bis Ritter Polkan aufs Neue mit dem Heere in sein Reich einfiel und wieder die jüngste Tochter mit den vorigen Drohungen zu seiner Gemahlin forderte. Der Zar befahl sogleich wieder, sein Heer zu sammeln, und schickte es aus, gegen Polkan zu fechten. Aber Polkan schlug das Heer wieder. Um diese Zeit ging Lotao abermals zu ihrem Manne, und sprach: »Man will mich dir wieder rauben.« Iwan Bauersohn schickte sie abermals fort, sprang zum Fenster hinaus, eilte ins freie Feld, rief wie das vorige Mal sein Ross, setzte sich auf, ritt auf das Heer Polkans, fing an einzuhauen und verjagte es auch bald aus dem Reiche. Der Zar näherte sich ihm wieder und bat ihn zu sich in das Schloss. Aber er hörte nicht auf ihn, ritt hinweg, ließ sein Ross ins freie Feld laufen, kam nach Hause und legte sich schlafen. Der Zar gab wieder ein Festgelage wegen des Sieges über Polkan, aber er dachte immer, was das für ein Held sein möge, der sein Reich so beschützte und das Heer Polkans niederschmetterte.

---

[3] siehe die Anmerkung im Anhange.

Nach einiger Zeit fiel Polkan mit seinem Heere zum dritten Male in das Reich und forderte die Zarentochter Lotao zur Frau mit größeren Drohungen. Da befahl der Zar abermals, ein Heer zu sammeln und gegen Polkan auszuschicken. Als beide Heere grimmig kämpften und Polkan die chinesische Macht zu schlagen anfing, da ging die Prinzess Lotao zu ihrem Manne und sagte ihm, dass sie Polkan ihm rauben wolle. Iwan Bauersohn entfernte sich in Eile, sprang aus dem Fenster und lief ins freie Feld, wo er mit seiner Ritterstimme sein Ross rief. Er setzte sich auf und ritt fort nach dem Heere Polkans. Da sprach das Ross mit Menschenstimme: »Ach, Iwan Bauersohn, jetzt ist für mich und dich ein schwerer Dienst gekommen; wehre dich soviel als möglich und stehe fest vor Polkan, sonst wirst du samt dem ganzen chinesischen Heere umkommen.« Da setzte er sein Ross in Wut, ritt auf Polkans Macht und fing an einzuhauen. Als Polkan sah, dass sein Heer geschlagen wurde, geriet er in Zorn und überfiel Iwan, den Bauersohn, wie ein ergrimmter Löwe, und es stritten die beiden gewaltigen Helden, dass das ganze Heer sie anstaunte. Sie fochten lange Zeit, und Polkan verwundete Iwan, den Bauersohn, in die linke Hand. Da ergrimmte Iwan Bauersohn, richtete seinen scharfen Wurfspieß auf ihn, und durchbohrte sein Herz. Dann schlug er ihm das Haupt ab und verjagte den ganzen Überrest des Heeres aus China. Er trat vor den chinesischen Zaren, und dieser verbeugte sich vor ihm bis zur Erde, und lud ihn ein zu sich in das Schloss. Die Prinzess Lotao sah Blut an seiner linken Hand, verband ihn mit ihrem Tuche, und bat ihn zu sich in das Schloss, aber Iwan Bauersohn hörte sie nicht und trabte hinweg. Er ließ sein Ross in das freie Feld laufen und ging selbst schlafen. Da befahl der Zar abermals ein großes Festgelage zuzubereiten. Die Zarentochter Lotao ging zu ihrem Manne und wollte ihn wecken; aber sie konnte ihn nicht erwecken. Da erblickte sie plötzlich auf seinem Haupte, von dem die Blase abgefallen war, goldene Haare. Sie wurde sehr dadurch überrascht, trat näher zu ihm und erkannte ihr Tuch an seiner linken Hand, mit dem sie die Wunde des Siegers verbunden hatte, und nun wusste sie, dass er es gewesen, der drei Mal den Ritter Polkan besiegt und zuletzt getötet hatte, lief sogleich zu ihrem Vater, führte ihn in ihre

Schlafkammer und sprach: »Sehet, Herr Vater, Ihr habt zu mir gesagt, ich habe einen Narren geheiratet; betrachtet genau seine
Haare und diese Wunde, die er von Polkan bekommen hat.« – Da
erkannte der Zar, dass er es gewesen, der sein Reich drei Mal von
dem Einfall des Ritter Polkan befreit hatte, und wurde sehr erfreut darüber. Sobald Iwan Bauersohn erwachte, nahm ihn der
Zar bei seinen weißen Händen, führte ihn in seinen Palast, dankte
ihm für die Befreiung von dem Ritter Polkan, und da er schon alt
war, setzte er die Krone auf das Haupt Iwans, des Bauersohnes.
Dieser bestieg den Thron und herrschte friedlich, und lebte mit
seiner Gemahlin viele Jahre in großer Liebe und Einigkeit, und sie
beschlossen ihr Leben im Glücke.

5. Märchen vom goldenen Berge

In einem Reiche lebte ein Zar mit seiner Gemahlin, die hatten drei
schöne Söhne, der älteste hieß Wasili Zarewitsch, der mittelste
Fedor Zarewitsch und der jüngste Iwan Zarewitsch. Eines Tages
ging der Zar mit seiner Gemahlin im Garten spazieren; auf ein
Mal erhob sich ein gewaltiger Sturm und entführte die Zarin aus
seinen Augen. Der Zar war sehr betrübt und trauerte lange Zeit,
wegen seiner Gemahlin. Die zwei älteren Söhne baten ihren be-
trübten Vater um den Segen, um auszuwandern, und ihre Mutter
aufzusuchen. Er gab ihnen seinen Segen, und sie gingen lange
Zeit, und kamen in eine öde Wüste. Sie schlugen ihre Zelte auf
und warteten, bis Jemand kommen möchte, der ihnen den Weg
zeigte. Aber drei Jahre blieben sie liegen und sahen Niemanden.
Unterdessen erwuchs der jüngste Bruder Iwan Zarewitsch, ging
auch zu seinem Vater, um ihn um seinen Segen zu bitten, und
nahm Abschied von ihm. Er wanderte lange Zeit und erblickte
endlich in der Ferne Zelte, und er ritt hin nach ihnen, und als er
näher gekommen war, erkannte er, dass es seine Brüder waren.
»Warum seid ihr in so öder Wüste liegen geblieben, meine Brüder?« sprach er zu ihnen, »lasst uns lieber reisen, und unsere
Mutter aufsuchen.«

Die Brüder folgten seinem Rate, und machten sich auf den Weg.
Sie ritten lange Zeit, bis sie in der Ferne ein Schloss von Kristall
erblickten, das von einem eben solchen Zaune umgeben war. Sie
näherten sich dem Schlosse, und Iwan Zarewitsch öffnete die
Pforte und ritt in den Hof. Als er zur Türtreppe kam, sah er eine
Säule, in welche zwei Ringe eingeschraubt waren. Der eine war
von Gold, der andere von Silber. Er zog den Zügel durch beide
Ringe und band sein Ritterross an. Dann ging er auf die Treppe;
da kam ihm der König selbst entgegen, und nach langer Bespre-
chung erkannte der König, dass Iwan Zarewitsch sein Neffe sei.
Da führte er ihn in sein Gemach und lud auch die Brüder dahin
ein.

Als sie eine Zeit lang bei dem König zu Gaste gewesen waren,
erhielten sie von ihm eine Zauberkugel, welche sie fortrollten,

und der sie nachritten bis an einen hohen Berg, wo sie stehen blieben. Der Berg war so hoch und steil, dass man ihn nicht ersteigen konnte. Iwan Zarewitsch ging lange um den Berg herum, und fand endlich eine Spalte. Er schritt hinein und erblickte eine eiserne Türe mit einem kupfernen Ringe, und als er sie geöffnet, fand er eiserne Klauen, um sie an Händen und Füßen zu befestigen und mit ihrer Hülfe auf den Gipfel des Berges zu klettern. Er war aber sehr ermüdet, als er die Höhe erreicht hatte, und setzte sich nieder, um auszuruhen, und sobald er die Klauen abgenommen, verschwanden sie plötzlich. Da sah er in der Ferne auf dem Berge ein Zelt von feinem Batist, auf welchem ein kupfernes Reich dargestellt war, und auf dessen Spitze sich eine kupferne Kugel befand. Und er ging hin zu dem Zelte; bei dem Eingang lagen aber zwei große Löwen, welche Niemanden einließen in das Zelt. Iwan Zarewitsch sah zwei kupferne Becken bei ihnen stehen; er goss Wasser hinein und stillte damit den Durst der Löwen. Darauf ließen sie ihm freien Eingang in das Zelt. Als er in dasselbe eintrat, erblickte er auf dem Sofa eine schöne Königin, und zu ihren Füßen schlief ein dreiköpfiger Drache, welchem er mit einem Hiebe alle Köpfe abschlug. Die Königin dankte ihm dafür, und schenkte ihm ein kupfernes Ei, in welchem ein kupfernes Reich enthalten war. Darauf nahm der Zarewitsch Abschied von ihr und ging weiter, und nachdem er eine lange Zeit gegangen war, erblickte er ein Zelt aus feinem Flore, welches silberne Schnuren an Zederbäume befestigt hielten. An diesen Schnuren waren die Quasten von Smaragd, und aus dem Zelte war ein silbernes Reich dargestellt, und auf der Spitze des Zeltes befand sich eine silberne Kugel. Bei dem Eingange in dasselbe lagen zwei große Tiger, deren Durst er eben so stillte, damit sie ihm den Eingang frei machten. Als er in das Zelt trat, erblickte er auf dem Sofa eine schöne, sehr reich gekleidete Königin, welche die vorige an Schönheit weit übertraf. Zu ihren Füßen lag ein sechsköpfiger Drache, der noch ein Mal so groß war, als der vorige. Iwan Zarewitsch schlug ihm mit einem Hiebe alle Köpfe ab, und die Königin schenkte ihm für seine Unerschrockenheit ein silbernes Ei, in welchem ein silbernes Reich enthalten war. Darauf nahm er auch von dieser Königin Abschied und ging weiter. Endlich erreichte er ein drittes Zelt aus Seide, auf welchem ein goldenes Reich gestickt war, und auf dessen Spitze eine Kugel vom reinsten Golde stand. Es war mit goldenen Schnuren an Lorbeerbäume befestigt, und an die Schnuren waren Quasten von Diamanten angeknüpft. Vor dem Eingange lagen zwei große Krokodille, welche vor großer Hitze Flammen von sich spieen. Der Zarewitsch tränkte sie und machte sich dadurch den Eingang in das Zelt frei, und erblickte auf einem Sofa eine Königin, welche an Schönheit die vorigen weit übertraf. Zu ihren Füßen lag ein zwölfköpfiger Drache, welchem Iwan Zarewitsch mit zwei Hieben alle Köpfe abschlug. Die Königin schenkte ihm dafür ein goldenes Ei, in welchem ein goldenes Reich enthalten war; und mit dem Eie schenkte sie ihm auch ihr Herz. Unter andern Gesprächen fragte sie Iwan Zarewitsch, ob sie nicht wisse, wo sich seine Mutter aufhalte. Sie zeigte ihm die Wohnung seiner Mutter und wünschte ihm, dass er sein Unternehmen glücklich ausführen möchte.

Nach langer Reise gelangte er in ein Schloss. Er ging hinein und durchschritt viele Zimmer, aber er traf keinen einzigen Menschen. Endlich gelangte er in einen großen, reichen Saal, und erblickte seine Mutter in königlicher Tracht, auf einem Sessel. Nachdem sie sich auf das Zärtlichste begrüßt hatten, sagte er ihr, dass er mit seinen Brüdern schon lange Zeit reise, um seine liebe Mutter aufzusuchen. Da sagte die Königin zu Iwan Zarewitsch, der Geist würde sogleich kommen, und befahl ihm, sich mit ihrem Kleide zu verhüllen. »Wenn der Geist erscheint,« sprach sie weiter zu ihm, »und mir mit Liebkosungen schmeichelt, so bemühe dich, mit beiden Händen seinen Zauberstab zu ergreifen. Er wird sich mit dir empor heben, aber fürchte dich nicht, und lass es ruhig geschehen; er wird sich dann wieder auf die Erde niederlassen, und in kleine Stücke zerfallen. Sammle diese alle, verbrenne sie, und zerstreue die Asche auf dem Felde.« Kaum hatte die Mutter diese Worte geendigt und ihn unter ihre Kleider versteckt, so kam der Geist und fing an, der Königin mit Liebkosungen zu schmeicheln. Da sprang Iwan Zarewitsch nach dem Rath seiner Mutter hervor, und ergriff den Zauberstab. Der Geist ergrimmte gegen den Zarewitsch, flog in die Höhe mit ihm, ließ sich dann auf die Erde nieder, und zerfiel in kleine Stücke. Darauf sammelte der Zarewitsch die Stücke, und verbrannte sie, und behielt für sich den Zauberstab. Er nahm seine Mutter und die drei Königinnen mit sich, die er befreit hatte, kam an eine Eiche, und ließ sie auf einer Leinewand alle vom Berge hinunter gleiten. Als seine Brüder sahen, dass er noch allein auf dem Berge war, rissen sie ihm die Leinewand aus den Händen, zogen mit ihrer Mutter und den Zarentöchtern in ihr Reich zurück, und nahmen diesen einen Schwur ab, dass sie ihrem Vater sagen sollten, sie wären von ihnen gefunden worden.

Also blieb Iwan Zarewitsch allein auf dem Berge, und wusste nicht, wie er herunter kommen sollte. Gedankenvoll ging er auf dem Berge herum, und warf den Zauberstab aus einer Hand in die andere, als plötzlich vor ihm ein Mensch erschien, und ihn fragte: »Was ist dir gefällig, Iwan Zarewitsch?« Dieser verwunderte sich, als er einen Menschen vor sich sah, und fragte ihn, wer er sei, und wie er auf diesen unbewohnten Berg gekommen. »Ich bin ein Geist, und war dem untertänig, welchen du vernichtet hast; da du aber jetzt seinen Zauberstab besitzest, und ihn aus einer Hand in die andere geworfen hast, was du immer tun musst, wenn du meiner bedarfst, so bin ich gekommen, um dir zu dienen.« – »Gut,« sagte Iwan Zarewitsch zu dem Geiste, »so leiste mir jetzt den ersten Dienst und trage mich in mein Reich.«

Sobald er diese Worte ausgesprochen hatte, erschien er in einem Augenblicke in seiner Vaterstadt. Aber er wollte erst wissen, was in dem Schlosse vorgehe, deshalb ging er nicht sogleich dahin, sondern trat bei einem Schuster in Arbeit, weil er glaubte, dass man ihn in diesem Stande so bald nicht erkennen würde. Den folgenden Morgen ging der Schuster in die Stadt, um Leder einzukaufen, und besoff sich tüchtig. Deswegen konnte er nicht selbst arbeiten, und gab Alles seinem neuen Gesellen; dieser aber, weil er nichts von solcher Arbeit verstand, rief seinen Geist zu Hülfe, befahl ihm, aus dem Leder Schuhe zu verfertigen, und legte sich selbst schlafen. Als der Meister frühmorgens erwachte, ging er, nachzusehen, was sein Geselle gemacht habe. Da er aber sah, dass dieser noch schlief, ward er zornig und schrie ihn an:

»Ach du fauler Mensch, habe ich dich denn zum Schlafen angenommen?« – »Schimpfe nicht,« antwortete ihm Iwan Zarewitsch, indem er sich langsam dehnte, »gehe erst in die Werkkammer und siehe zu, was du findest.« Der Meister ging in die Werkkammer, und wie groß war sein Erstaunen, als er viele Paare Schuhe fertig da stehen sah. Er trat näher und nahm einen Schuh, um die Arbeit zu betrachten, aber da wurde sein Erstaunen noch größer, und er traute seinen Augen kaum, denn die Schuhe hatten keine Naht, und waren wie gegossen. Darauf nahm er seine Ware und ging in die Stadt, sie zu verkaufen, und als man die wunderbaren Schuhe sah, kaufte man sie in wenigen Augenblicken alle. Bald wurde er so berühmt, dass man auch im Schlosse von ihm hörte; da ließen ihn die Königstöchter zu sich rufen, und bestellten viele Dutzend Schuhe bei ihm; aber er sollte sie alle den folgenden Morgen fertig gemacht haben. Er wollte ihnen vorstellen, dass dies nicht möglich sei, aber sie drohten ihm, wenn er ihrem Willen nicht sich füge, so würde ihm der Kopf abgeschlagen werden, denn sie merkten, dass dies nicht mit natürlichen Dingen zugehe. Der Schuster verließ das Schloss mit gesenktem Kopfe, ging in die Stadt, kaufte Leder und besoff sich vor Kummer noch weit mehr, als vorher. Spät abends kam er nach Hause, warf das Leder auf die Diele und sprach zu seinem Gesellen: »Höre, du Verfluchter, was du mit deiner teuflischen Arbeit gemacht hast.« Er erzählte, was ihm die Königstöchter befohlen, und womit sie ihn bedroht, wenn er nicht ihren Befehl vollbrächte. »Kümmere dich nicht,« sagte Iwan Zarewitsch zu ihm, »lege dich getrost schlafen. Morgenstunde hat Gold im Munde.« Sein Meister dankte ihm für den Rath, warf sich auf die Bank hin und fing bald an, laut zu schnarchen. Iwan Zarewitsch rief sogleich seinen Geist und befahl ihm, Alles fertig zu machen, dann legte er sich selbst schlafen.

Obgleich sich der Schuster berauscht hatte, so kam es ihm, als er früh morgens erwachte, doch nicht aus dem Sinne, dass er heute seinen Kopf verlieren sollte. Er trat zu seinem Gesellen und sprach zu ihm: »Lass uns eine Flasche austrinken, damit ich mehr Muth habe, mich unter das Beil zu bücken.« – »Sei unbesorgt,« antwortete ihm Iwan Zarewitsch, »gehe in die Werkkammer und nimm die Arbeit, die gefordert worden ist.« Er ging misstrauisch in die Werkkammer, aber da er die ganze Arbeit fertig sah, wusste er vor Freude nicht, was er anfangen sollte, umarmte seinen Gesellen und nannte ihn seinen Retter. Darauf nahm er alle Schuhe und ging in das Schloss. Als die Königstöchter dies Alles sahen, da wurden sie noch fester überzeugt, dass Iwan Zarewitsch in der Stadt sein müsste und sprachen zu dem Schuster: »Du hast deine Sache recht gut gemacht, aber noch einen Dienst musst du uns leisten: heute Nacht muss vor unserem Schlosse ein goldenes Schloss stehen, und von diesem bis zu dem unsrigen muss eine mit Sammet überzogene Porzellanbrücke führen.« Der Schuster blickte sie bestürzt an und sprach: »Ich bin ja nur ein Schuster, wie sollte ich so etwas machen können?« – »Nun, wenn du unsern Willen nicht vollziehst,« drohten sie, »so wird dir der Kopf abgeschlagen werden.« Der Schuster ging alsbald aus dem Schlosse und weinte bitterlich; doch kehrte er in eine Kneipe ein, um seinen Kummer im Wein zu vertrinken, kam berauscht nach Hause und erzählte Iwan Zarewitsch, was ihm zu vollbringen befohlen worden. »Lege dich schlafen,« sagte dieser: »Morgenstunde hat Gold im Munde.« Und der Schuster warf sich wieder auf die Bank, und schlief ein. Iwan Zarewitsch rief seinen Geist zu sich, und befahl ihm, Alles auszuführen, was dem Schuster befohlen worden; dann legte er sich selbst nieder, um zu schlafen.

Frühmorgens weckte Iwan Zarewitsch seinen Meister auf, gab ihm einen Flederwisch in die Hand, und sagte: »Gehe dort auf die Brücke und kehre überall den Staub ab.« Er selbst aber ging in das goldene Schloss. Als der Zar und die Königstöchter früh morgens erwachten, gingen sie auf ihren Balkon, und erstaunten, als sie das Alles sahen. Die Königstöchter aber wussten vor Freude nicht, was sie machen sollten, denn nun waren sie fest überzeugt, dass Iwan Zarewitsch in der Stadt sei, und bald erblickten sie ihn sogar im Fenster des goldenen Schlosses. Sie baten daher den Zaren und die Zarin, mit ihnen in das Schloss zu gehen, und als sie die Treppe des Schlosses betreten hatten, da kam ihnen Iwan Zarewitsch entgegen. Seine Mutter und die drei Königstöchter eilten auf ihn zu, umarmten ihn und sprachen: »Das ist unser Retter!« Seine Brüder schlugen beschämt die Augen nieder, und

und der Zar blickte alle starr und verwundert an; aber bald erklärte ihm seine Gemahlin, was dies Alles zu bedeuten habe. Da
wurde der Zar so zornig auf seine ältesten Söhne, dass er sie
sogleich wollte töten lassen. Aber Iwan Zarewitsch fiel ihm zu
Füßen und sprach: »Lieber Vater, wenn Ihr mich für meine An-
strengungen belohnen wollt, so schenkt meinen Brüdern das Leben, und ich werde zufrieden sein.« Da hob ihn der Vater auf,
küsste ihn, und sprach: »Sie sind deiner in der Tat nicht wert.«
Darauf gingen alle in ihr Schloss zurück.

Den folgenden Tag wurden drei Hochzeiten gefeiert. Der älteste
Sohn Wasili Zarewitsch nahm die Königin von dem kupfernen
Reiche, Fedor Zarewitsch, der mittelste, nahm die Königin von
dem silbernen Reiche, und Iwan Zarewitsch trat ihnen auch diese
Reiche ab; er selbst aber ließ sich mit seiner Königin in dem goldenen Reiche nieder. Auch den Schuster nahm er zu sich, und so
lebten sie viele Jahre in Glück und Frieden.

6. Geschichte von dem berühmten und tapfern Ritter Ilija, dem Muromer, und dem Räuber Nachtigall

In der berühmten Stadt Murom, in dem Kirchdorfe Karatscharowa, lebte ein Bauersmann, namens Iwan Timofejewitsch. Der hatte einen geliebten Knaben Ilija, den Muromer. Dieser saß und konnte nicht gehen dreißig Jahre lang; da fing er an, gesund auf den Füßen zu wandeln und fühlte in sich große Kraft, machte sich eine kriegerische Rüstung und einen stählernen Spieß, sattelte sein Ritterross, ging zu seinem Vater und zu seiner Mutter, und bat sie um ihren Segen: »Mein Herr Vater und meine Mutter, entlasst mich, damit ich in der berühmten Stadt Kiew zu Gott bete und den Fürsten von Kiew begrüße.« – Sein Vater und seine Mutter gaben ihm den Segen, nahmen ihm einen schweren Eid ab und sprachen: »Gehe gerade in die Stadt Kiew, gerade in die Stadt Tschernigof, und tue kein Unrecht auf deinem Wege, vergieße nicht umsonst christliches Blut.« Ilija, der Muromer, empfing den Segen von Vater und Mutter und betete zu Gott. Dann nahm er Abschied von beiden Eltern, machte sich auf den Weg und ging so weit in einen finstern Wald, bis er auf ein Lager von Räubern traf. Die Räuber erblickten Ilija, den Muromer, in ihren Herzen entbrannte räuberische Lust zu seinem ritterlichen Ross, und sie sprachen unter einander: »Lasset uns das Ross wegnehmen, denn es ist so schön, wie wir es noch nirgends gesehen, und jetzt sitzt auf so gutem Rosse ein unbekannter Mensch.« Und sie begannen Ilija, den Muromer, anzuhalten zu fünf und zwanzig Mann. Ilija, der Muromer, hielt sein Ritterross an, nahm aus seinem Köcher einen trockenen Pfeil, legte ihn auf den straffen Bogen und schoss den trockenen Pfeil ab, auf den Boden, dass er drei Arschinen weit die Erde aufriss. Als die Räuber dies sahen, entsetzten sie sich, traten in einen Kreis zusammen, fielen auf die Knie und sprachen: »Herr, unser Vater, kühner, guter Jüngling, wir sind schuldig vor dir; für unsere so große Schuld nimm Schätze so viel dir beliebt, und bunte Kleider und Rossherden, so viel dir gefällig.« Ilija lächelte und sprach: »Was soll ich mit euren Schätzen machen? Wenn ihr aber am Leben bleiben wollt, so wagt in Zukunft so etwas nicht wieder.« – Und er zog seine Straße der berühmten Stadt Kiew zu, und kam vor die Stadt Tschernigof, und bei dieser Stadt stand ein heidnisches Heer, so stark, dass man es nicht zählen konnte, und sie wollten die Stadt Tschernigof zerstören, die Gotteshäuser in die Luft sprengen, und den Fürsten und Wojewoden von Tschernigof selbst lebendig in die Sklaverei abführen. Vor dieser Macht erschrak Ilija, der Muromer; aber er warf alle seine Sorgen auf den Allerhöchsten und entschloss sich, sein Haupt für die christliche Religion hinzugeben. Er fing an, das ungläubige Heer mit dem Wurfspieße zu schlagen, zerstreute das ganze Heer, nahm den Fürsten des ungläubigen Heeres gefangen, und führte ihn in die Stadt Tschernigof. Da kamen ihm die Bürger Tschernigofs entgegen; voran ging der Fürst und Wojewode von Tschernigof selbst. Sie dankten ihm, und mit ihnen zugleich brachte er seinen Dank Gott dem Herrn dar, dass er der Stadt Rettung geschickt und nicht gestattet hatte, dass sie vertilgt werde, von einer so ungläubigen Macht.

Sie führten Ilija, den Muromer, in den Palast, bereiteten einen großen Schmaus, und entließen ihn alsdann. Da ritt Ilija, der Muromer, nach Kiew, die gerade Straße, welche der Räuber Nachtigall seit dreißig Jahren innehatte, und wo er weder Reiter noch Fußgänger vorüberziehen ließ, indem er sie tötete, nicht mit Waffen, sondern mit seinem räuberischen Pfeifen. Ilija, der Muromer, kam in das freie Feld und ritt in den Brianskischen Wald, den er in der Ferne erblickte, auf morastigen Strecken, über Brücken von Wasser-Holunder zu dem Flusse Smarodienka. Aber der Räuber Nachtigall ahnte sein nahes Unglück, und als Ilija, der Muromer, noch zwanzig Werst weit von ihm entfernt war, ließ er sein starkes räuberisches Pfeifen erschallen. Allein das Heldenherz erschrak nicht, und als er noch zehn Werst weit von ihm war, da pfiff er so stark, dass das Ross unter Ilija, dem Muromer, auf die Knie stürzte. Da gelangte Ilija, der Muromer, an sein Nest, das auf zwölf Eichen gebaut war, und der Räuber Nachtigall erblickte den russischen Helden, pfiff aus aller Kraft und wollte ihn töten. Ilija, der Muromer, aber nahm seinen straffen Bogen ab, legte auf ihn einen trockenen Pfeil, ließ ihn fliegen in das Räubernest und traf den Räuber in das rechte Auge. Der Räuber Nachtigall fiel aus seinem Neste herab wie eine Hafergarbe.

Ilija, der Muromer, nahm den Räuber Nachtigall, band ihn fest an seinen Steigbügel, und ritt zur berühmten Stadt Kiew. Auf dem Wege stand der Palast des Räubers Nachtigall, und als er bei diesem vorüber ritt, sahen aus den offenen Fenstern die Töchter des Räubers. Da schrie die jüngste: »Dort kommt unser Vater geritten und bringt einen Bauer, an seinen Steigbügel gebunden.« Aber die älteste betrachtete ihn genau und fing an bitterlich zu weinen. »Das ist nicht unser Vater, der dort reitet, sondern ein unbekannter Mensch führt unsern Vater.« Und sie schrieen ihren Männern zu: »Unsere lieben Männer, reitet diesem Bauer entgegen, und entreißt ihm unsern Vater! Lasst keine Schande über unsern Stamm kommen!« – Ihre Männer waren mächtige Ritter. Sie ritten aus gegen den russischen Ritter und hatten gute Rosse und scharfe Lanzen und wollten Ilija aufspießen. Der Räuber Nachtigall erblickte sie und sprach zu ihnen: »Meine lieben Schwiegersöhne, ladet keine Schande auf euch und erzürnet nicht einen so starken Ritter, damit er nicht auch euch töte. Bittet ihn lieber, dass er zu euch ins Haus komme und ein Glas Branntwein trinke.« Auf ihre Bitten kehrte Ilija im Palast ein, ohne ihre Bosheit zu ahnen, denn die älteste Tochter hatte einen Ballen an Ketten über der Türe aufgezogen, um ihn zu erschlagen, wenn er durch das Thor ritte. Ilija aber erblickte sie über der Pforte, schlug sie mit seiner Lanze und tötete sie. Darauf ritt er nach Kiew und gerade auf den Fürstenhof, ging in den Palast, betete zu Gott und begrüßte den Fürsten. Der Fürst von Kiew fragte ihn: »Sage mir, guter Jüngling, wie du heißest, und aus welchem Reiche du bist?« – »Ich werde Iljuschka genannt, mein Herr, und nach dem Vater Iwanow, und bin gebürtig aus dem Kirchdorfe Karatscharowa der Stadt Murom.« Der Fürst fragte ihn darauf, welchen Weg er geritten sei. »Aus Murom bin ich nach Tschernigof geritten und habe bei Tschernigof ein zahlloses Heer von Ungläubigen geschlagen und die Stadt befreit; von da bin ich auf dem geraden Wege weiter gezogen und habe den gewaltigen Helden, den Räuber Nachtigall, gefangen, und ihn auch mit mir, am Steigbügel gebunden, hierher gebracht.« Aber der Fürst wurde zornig und sagte: »Warum betrügst du mich?« – Als dies die Helden Alescha Popowitsch und Dobrinja Nikititsch hörten, eilten sie hinaus, um sich zu überzeugen, und sie versicherten sich, dass er die Wahrheit geredet. Da befahl der Fürst, dem guten Jüngling ein Glas Branntwein zu geben, und der Fürst hatte Lust, das Pfeifen des Räubers zu hören. Da nahm Ilija, der Muromer, den Fürsten und die Fürstin mit in seinen Zobelpelz unter seine Arme, und befahl dem Räuber Nachtigall halblaut zu pfeifen; aber er pfiff ganz laut und betäubte alle Ritter, dass sie zu Boden stürzten. Darüber wurde Ilija, der Muromer, so aufgebracht, dass er ihn auf der Stelle tötete.

Dann machte er mit Dobrinja Nikititsch brüderliche Freundschaft. Sie sattelten ihre guten Rosse, ritten hinweg, und zogen drei Monate umher, ohne einen Gegner zu finden. Da trafen sie einen Krüppel; sein Bettlermantel war 50 Pud schwer, sein Hut wog 9 Pud, und sein Krückenstock war eine Klafter lang. Da begann Ilija, der Muromer, auf ihn loszusprengen, um an ihm seine Heldenkraft zu versuchen, aber der Krüppel sprach zu ihm: »Ach Ilija Muromer, erinnerst du dich nicht mehr, wie wir in einer Schule zusammen lesen lernten, und jetzt willst du mich, einen Krüppel, anfallen, wie einen Feind? Und weißt du denn nicht, dass in der berühmten Stadt Kiew großes Elend herrscht? Ein ungläubiger gewaltiger Ritter, ein gottloser Götzendiener, ist dahin gekommen; sein Kopf ist so groß, wie ein Bierkessel, seine Augenbrauen sind eine Spanne von einander, und in den Schultern misst er eine Klafter. Er frisst einen Ochsen auf ein Mal und trinkt einen Kessel voll Bier dazu aus. Der Fürst ist sehr betrübt über deine Abwesenheit.« – Und Ilija, der Muromer, zog die Kleider des Krüppels an, ritt nach Kiew, ging gerade auf den Fürstenhof und schrie mit seiner Ritterstimme: »He da, Fürst von Kiew, schicke dem Krüppel ein Almosen!« Als ihn der Fürst erblickte, sprach er: »Komme in meinen Palast, ich will dir zu essen und zu trinken geben und dich mit Gold beschenken auf den Weg.« Da trat der Krüppel in das Zimmer und setzte sich an den Ofen. Hier saß auch der Götzendiener und verlangte zu essen. Da brachte man ihm einen ganzen gebratenen Ochsen, und er fraß ihn samt den Knochen auf. Dann verlangte er zu trinken, und 27 Menschen brachten einen Kessel voll Bier. Da nahm er ihn am Henkel und leerte ihn bis auf den Grund. Darauf sprach Ilija, der

Muromer: »Mein Vater hatte eine gefräßige Stute, die verzehrte so viel, dass sie verreckte.« Da ergrimmte der Götzendiener und sprach: »Was bindest du mit mir an, du armer Krüppel? Du bist für mich nichts: ich setze dich auf die flache Hand und drücke mit der andern, so wird es nur feucht sein. Ihr habt einen großen Helden gehabt, Ilija, den Muromer, mit dem möchte ich einen Kampf bestehen.« – »Hier ist er!« sprach dieser, nahm seinen Hut ab, und schlug ihn damit an den Kopf, nicht zu sehr, aber doch so, dass der Kopf die Mauer des Schlosses durchstieß. Ilija nahm dann auch den Rumpf und warf ihn auf den Hof. Dafür belohnte ihn der Fürst reichlich und behielt ihn an seinem Hof als den ersten und gewaltigsten Ritter.

7. Das vollständige Märchen von dem berühmten und tapfern Helden Vowa Korolewitsch und der schönen Königstochter Druschnewna

In der berühmten Stadt Anton herrschte der tapfere und mächtige König Guidon. Der hörte von seinen Leuten und fremden Gästen viel von der Schönheit der Prinzess Militrisa Kirbitowna. Er wünschte sie zu sehen und reiste in dieser Absicht in die Stadt Dimichtian zu ihrem Vater, wo er sie viele Male sah und sich in sie verliebte. Als er aus der Stadt Dimichtian in seine Stadt Anton zurückgekehrt war, schickte er als Gesandten seinen Diener Litscharda zu dem König Kirbit Wersoulowitsch, dem Vater der Militrisa Kirbitowna, damit er seine Tochter bei ihm zur Gemahlin erbäte für ihn. Diesem Litscharda gab er eine eigenhändige, und mit seinem Insiegel versehene Urkunde, und in dieser Urkunde bat er den König Kirbit Wersoulowitsch, dass er ihm seine Tochter Militrisa Kirbitowna ablassen möchte. Als Litscharda in der Stadt Dimichtian angekommen war, übergab er dem König Kirbit Wersoulowitsch die Urkunde vom König Guidon, und bewarb sich bei ihm um seine Tochter zur Gemahlin für seinen König. Kirbit Wersoulowitsch nahm die Urkunde und las sie durch. Dann ging er sogleich zu seiner Tochter Militrisa Kirbitowna und sprach zu ihr: »Meine liebe und schöne Tochter Militrisa Kirbitowna, der Ruhm deiner Schönheit ist auch bis zu dem mächtigen und tapfern König Guidon gedrungen. Er war in meiner Stadt, um dich zu sehen, und hat dich schon sehr lieb gewonnen. Jetzt hat er einen Gesandten geschickt, dass er um deine Hand für ihn werbe; ich habe diesem Gesandten schon mein Jawort gegeben und bin gekommen, dich davon zu unterrichten.«

Während der König Kirbit Wersoulowitsch diese Worte sprach, fing Militrisa Kirbitowna an zu weinen, und als dies der König Kirbit sah, sprach er weiter zu ihr: »Gräme dich nicht, meine liebe Tochter, der König Guidon ist mächtig, berühmt und sehr reich, du wirst seine geliebte Gemahlin sein, und mit ihm die Herrschaft teilen. Ihm sein Gesuch abzuschlagen, ist unmöglich, denn er würde mit großer Heeresmacht vor unsere Stadt rücken, sie mit Sturm nehmen und dich mit Gewalt hinwegführen.« Als dies die Prinzess Militrisa Kirbitowna hörte, fing sie an zu schluchzen, fiel auf die Knie vor ihrem Vater und sprach folgende Worte: »Mein Herr Vater, berühmter König Kirbit Wersoulowitsch, du hast über mich königliche und väterliche Gewalt, aber erlaube mir, die Wahrheit zu gestehen: den König Guidon habe ich in der Stadt gesehen, allein ich habe ihn nicht lieb gewonnen, sondern bin erschrocken vor ihm, darum fürchte ich mich jetzt, zu ihm zu ziehen. Ich bitte dich, lieber Vater, deinen Sinn zu ändern und mich dem Zaren Dadon zu geben, welcher unser naher Nachbar und ein treuer Schützer und Hüter unseres Reiches ist.« – Aber der König Kirbit willigte nicht in ihre Bitte, und schickte sie dem König Guidon zur Gemahlin in die Stadt Anton. Guidon freute sich sehr über ihre Ankunft, und befahl, den folgenden Tag zu seiner Hochzeit ein großes Gastmahl zu bereiten, befreite alle Gefangenen und erließ alle Schulden.

Drei Jahre lebte Guidon mit Militrisa Kirbitowna, und zeugte mit ihr den Vowa Korolewitsch, der von Gestalt kräftig, von Angesicht schön war; er wuchs aber nicht nach Tagen, sondern nach Stunden. Eines Tages berief die Königin Militrisa Kirbitowna den treuen Diener Litscharda zu sich und sprach zu ihm folgende Worte: »Leiste mir treu und ehrlich einen Dienst, Litscharda; ich werde dir dafür viel Gold, Silber und Edelsteine geben: bringe diesen Brief zu dem Zaren Dadon, aber ohne Wissen des Königs Guidon, und wenn du mein Gebot nicht vollziehst, Litscharda, so werde ich den Guidon gegen dich aufhetzen, und er wird dich eines bösen Todes sterben lassen.«

Litscharda nahm den geheimen Brief von seiner Königin, versprach, ihr treu zu dienen, setzte sich auf ein gutes Ross, kam zu dem Zaren Dadon und übergab ihm den Brief. Als Dadon den Brief gelesen hatte, lächelte er und sagte zu Litscharda: »Deine Königin scherzt entweder mit mir oder sie verhöhnt mich. Sie befiehlt mir, mit meinem Heere vor die Stadt Anton zu rücken, und verspricht, mir ihren Gemahl auszuliefern; aber ich halte es nicht für wahrscheinlich, da sie mit Guidon einen Sohn erzeugt hat.« – Darauf antwortete Litscharda: »Mächtiger und berühmter Zar Davon, wenn dir das im Briefe Geschriebene Misstrauen erweckt, so lass mich in ein finstres Gefängnis setzen, und mich nur gut mit Speise und Trank versehen: sammle dein Heer und ziehe vor die Stadt Anton, und wenn das, was in dem Briefe geschrieben steht, sich nicht bewährt, so lass mich eines qualvollen Todes sterben.« –

Als Zar Dadon solche Worte von Litscharda hörte, freute er sich sehr, befahl in die Trompete zu stoßen und sammelte dreißig tausend Mann, zog dann vor die Stadt Anton und stellte sich mit seinem Heere auf die königlichen Wiesen. Sobald Militrisa Kirbitowna erfuhr, dass Zar Dadon mit seinem Heere vor der Stadt an einem verborgenen Orte stehe, schmückte sie sich mit ihren besten Kleidern, ging zu dem König Guidon und meldete ihm mit schmeichlerischen Worten, dass sie zum zweiten Male schwanger geworden sei, und dass sie das Fleisch eines wilden Schweins essen möchte, welches der König Guidon selbst erlegt hätte. Als Guidon so freundliche Worte von ihr hörte, wurde er sehr erfreut, befahl sogleich, sein gutes Ross vorzuführen, und ritt auf das Feld, um zu jagen.

Als er die Stadt verlassen hatte, befahl Militrisa, die Brücken aufzuziehen und die Stadtpforten zu schließen. Kaum näherte sich König Guidon dem Hinterhalte Dadons, als ihn dieser erblickte und sogleich mit seinem Heere verfolgte. Guidon lenkte sein Ross nach der Stadt, und wollte sich durch die Flucht vor Dadon retten. Als er aber an seine Stadt kam und die Brücken aufgezogen und die Pforten zugeschlossen sah, wurde er traurig und rief mit Tränen aus: »Ach! ich Unglückseligster von allen Menschen! Jetzt erkenne ich die abscheuliche Tücke meiner bösen Frau und empfange den von ihr gesendeten Tod. Aber du, mein geliebter Sonn Vowa, warum hast du mir nichts gesagt von der List deiner Mutter?« Als er diese Worte sprach, stürzte Dadon auf ihn, stieß mit seiner scharfen Lanze nach seinem Herzen, und die Lanze durchbohrte und tötete ihn, und Guidon fiel von seinem Rosse. Als dies Militrisa Kirbitowna von der Stadtmauer sah, befahl sie, die Pforten zu öffnen und die Brücken herabzulassen, und kam dem Zaren Dadon unter der Stadtpforte entgegen, küsste ihn auf die Lippen, nahm ihn bei den weißen Händen und führte ihn in das weißsteinerne Schloss, und in den königlichen Palast. Sie setzten sich an Eichentische nieder, und an feine, gewürfelte Tischtücher, und fingen an zu essen und zu trinken, und Kurzweil zu treiben. Und das kleine Kind Vowa Korolewitsch ging, so jung es auch noch war, als es dieses unschickliche Betragen seiner Mutter sah, aus dem Palast in den Stall, setzte sich unter eine Pferdekrippe und war betrübt. Hier sah ihn sein Wärter Simbalda, vergoss Tränen bei seinem Anblicke und sprach folgendermaßen: »Mein Herr, lieber Vowa Korolewitsch, deine Mutter, die Verbrecherin, hat meinen guten König, deinen Vater, durch den Zaren Dadon umbringen lassen, und jetzt isst und trinkt sie und treibt Kurzweil mit dem Mörder in seinem Palast. Du bist jetzt noch jung, mein Kind, und kannst den Tod deines Vaters nicht rächen; es ist sogar zu fürchten, dass sie auch dich umbringen. Darum wollen wir von hier fliehen, um unser Leben zu retten, in die Stadt Sumin, in welcher mein leiblicher Vater herrscht.« Als dieses der Wärter Simbalda gesagt hatte, sattelte er für sich ein gutes Ritterross und für Vowa Korolewitsch einen Passgänger, nahm dreißig junge und tapfere Bursche mit sich, und eilte aus der Stadt.

Sobald dies die treuen Diener Dadons sahen, gingen sie zu ihm und sagten ihm, dass der Wärter Simbalda mit Vowa Korolewitsch und dreißig Jünglingen nach der Stadt Sumin zu seinem Vater entflohen sei. Als dies Zar Dadon hörte, befahl er sein Heer zu sammeln und schickte es aus, dem Vowa Korolewitsch und seinem Wärter Simbalda nachzusetzen. Und sie holten sie ein nahe bei der Stadt Sumin. Simbalda, der unvermeidliches Unglück und nahe Gefangenschaft sah, fing an in gestrecktem Laufe nach der Stadt Sumin zu jagen, und schloss sich ein. Vowa Korolewitsch war noch sehr jung, konnte sich auf dem Pferde nicht erhalten und fiel herab auf die Erde. Die Verfolger fingen bloß Vowa Korolewitsch und brachten ihn zum Zaren Dadon; aber er schickte ihn zu seiner Mutter Militrisa Kirbitowna und sammelte selbst sein ganzes Heer und rückte vor die Stadt Sumin, um sie mit Gewalt einzunehmen und den Einwohnern und dem Wärter Simbalda bösen Tod zu geben. Er schlug sein Lager auf um die

Stadt Sumin, auf den verbotenen Wiesen. Da träumte er einmal in der Nacht, dass ihn Vowa Korolewitsch mit einer Lanze durchbohrt habe. Er erwachte und war sehr finster, und berief einen seiner nächsten Bojaren zu sich, schickte ihn zu der Königin Militrisa Kirbitowna und bat sie, sie möchte den Vowa Korolewitsch töten. Als Militrisa Kirbitowna von dem Abgesandten diesen Auftrag hörte, antwortete sie ihm: »Ich kann ihn jetzt nicht selbst umbringen; denn er ist mein leibliches Kind; aber ich werde befehlen, ihn in ein dunkles Gefängnis zu setzen, und weder Essen noch Trinken zu geben; so wird er endlich Hungertodes sterben.«

Unterdessen stand der Zar ein halbes Jahr vor der Stadt Sumin und konnte sie weder durch Gewalt, noch durch Hunger einnehmen. Endlich brach er sein Lager ab und ging in die Stadt Anton zurück. Der Wärter Simbalda versammelte nach seinem Abzuge ein Heer von fünfzehn tausend Mann, rückte vor die Stadt Anton, umringte sie von allen Seiten, ließ weder Reiter noch Fußgänger hinein und verlangte unaufhörlich, dass man ihm den Vowa Korolewitsch ausliefern solle; ohne ihn wollte er nicht abziehen. Da konnte Zar Dadon die Unruhe, die ihm der Wärter Simbalda machte, nicht länger ertragen; er sammelte ein Heer, noch ein Mal so stark, als das seinige, und jagte ihn bis in die Stadt Sumin.

Eines Tages ging die schöne Königin Militrisa Kirbitowna in ihrem königlichen Hofe spazieren und kam bei dem Gefängnisse des Vowa Korolewitsch vorüber. Da rief er ihr mit lauter Stimme zu: »Ach, gnädige Frau Mutter, schöne Königin Militrisa Kirbitowna, warum zürnst du auf mich? Du hast mich ins Gefängnis geworfen, und gibst mir keine Speise, dass ich bald vor Hunger verschmachten werde. Habe ich dein Herz durch schlechte Handlungen oder törichte Worte gekränkt, oder haben mich böse Menschen bei dir verleumdet?« – Da antwortete ihm Militrisa Kirbitowna: »Ich weiß keine schlechten Handlungen von dir, und habe dich nur wegen deiner Unehrerbietigkeit gegen den Zaren Dadon ins Gefängnis setzen lassen, welcher unser Reich gegen unsere Feinde beschützt, so lange du jung bist; aber bald werde ich dich aus dem Gefängnisse befreien, und jetzt will ich dir Zuckergebäcke und Honigtrank schicken. Du kannst essen und trinken so viel du willst.«

Als sie dieses gesagt hatte, ging sie in ihren königlichen Palast und fing selbst an, aus Schlangenfett und Weizenteig zwei Brötchen zu bereiten, und als sie dieselben gemacht hatte, ließ sie sie backen, und schickte sie mit einem Mädchen, namens Tschernawka, zu Vowa Korolewitsch. Als das Mädchen zu ihm kam, sagte sie: »Mein Herr Vowa Korolewitsch, iss nicht von den Broden, welche dir deine Mutter zuschickt, sondern gib sie den Hunden, denn sie sind mit Gift gemischt; iss lieber ein Stück von meinem Brot.« – Vowa Korolewitsch nahm die Brötchen und warf sie den Hunden vor, welche krepierten, sobald sie sie aufgefressen hatten. Als er die redliche Gesinnung des Mädchens Tschernawka sah, nahm er schwarzes Brod und aß es, und als sie fortgehen wollte, bat er sie, sie möchte die Türe hinter sich nicht zumachen. Das Mädchen Tschernawka erhörte seine Bitte und ließ die Türe unverschlossen, und sie kam zu der schönen Militrisa Kirbitowna und sagte, sie habe die Brote dem Vowa Korolewitsch gegeben.

Vowa aber verließ, als das Mädchen fort war, sein Gefängnis und ging in den Hafen, um seinen Kummer zu zerstreuen. Da erblickten ihn Betrunkene, ergriffen ihn und brachten ihn auf ein Schiff, wo ihn die Kaufleute fragten, aus welchem Stande er sei. Vowa Korolewitsch antwortete, er sei aus dem Bürgerstande, seine Mutter wasche Linnenzeug für fremde Leute, und habe dadurch sich und ihn ernährt. Als die Kaufleute dieses hörten, bewunderten sie seine Schönheit und dachten, wie sie ihn bei sich behalten könnten. Sobald Vowa Korolewitsch ihre Absicht bemerkte, sagte er zu ihnen, sie sollten seinetwegen keine Händel untereinander anfangen, denn er wolle ihnen allen nach der Reihe dienen.

Dann spannten die Schiffer die Segel aus und fuhren von der Stadt Anton über das offene Meer, in das armenische Königreich zu König Sensiboi Andronowitsch. Als sie dort ankamen, warfen sie den Anker aus und gingen in die Stadt ihren Handelsgeschäften nach.

Vowa ging auf dem Schiffe hin und her und spielte auf dem Hackbrett. In dieser Zeit kamen Leute auf das Schiff, die der König Sensiboi geschickt hatte, um zu fragen, womit, und aus welchem Reiche das Schiff gekommen, und wer die Kaufleute seien. Als sie aber das Spiel des Vowa Korolewitsch hörten, und die Schönheit seines Angesicht sahen, vergaßen sie, weshalb sie gekommen, kehrten alsdann zu dem König Sensiboi Andronowitsch zurück und sagten nur, dass sie auf dem Schiffe einen Jüngling von unbeschreiblicher Schönheit gesehen, welcher auf dem Hackbrett mit solcher Anmut gespielt, dass sie nicht müde geworden wären, ihm zuzuhören und seine Schönheit zu betrachten, und dass sie darüber den Befehl des Königs zu erfüllen vergessen und nicht gefragt hätten, mit was für Waren das Schiff angekommen sei. Als dies der König Sensiboi Andronowitsch hörte, begab er sich sogleich selbst auf das Schiff, und kaum hatte er den Vowa Korolewitsch gesehen, so fing er sogleich an, bei den Kaufleuten um ihn zu handeln; aber sie wollten ihn um keinen Preis an den König verkaufen und sagten, er gehöre ihnen allen gemeinschaftlich und sei vom Ufer des Meeres genommen worden. Auf diese Worte geriet der König Sensiboi Andronowitsch in Zorn und befahl sogleich, sie aus seinem Reiche zu jagen, und verbot ihnen, jemals wieder in dasselbe zu kommen. Als die Kaufleute dieses vernahmen, verkauften sie Vowa Korolewitsch für drei hundert Stangen Gold. Als Vowa auf den Königshof gebracht wurde, rief ihn der König vor sich und sprach: »Sage mir, junger Bursche, welches Standes du bist, und wie du mit Namen genannt wirst.« Vowa verschwieg seinen wahren Stand und Namen, und antwortete »Gnädiger König Sensiboi Andronowitsch, ich bin aus dem Bürgerstande, und habe meinen Vater schon früh verloren; meine Mutter wusch für fremde Leute Linnenzeug, und ernährte dadurch sich und mich; mein Name ist Anhusei, und ich will dir von nun an treu und redlich dienen.« Als dieses der König Sensiboi hörte, sprach er zu ihm: »Wenn du von niedrigem Stande bist, und dich deines Vaters nicht erinnern kannst, so gehe in meinen Stall, und sei der Aufseher über meine Stallknechte. Da verneigte sich Vowa und ging in den Stall.

Vowa diente in dem Stalle des Königs Sensiboi Andronowitsch. Oft fuhr er mit seinen Kameraden auf die königlichen verbotenen Wiesen nach Gras für die Pferde, aber er nahm nie eine Sichel mit sich, sondern er riss alles mit den Händen ab, und pflückte allein so viel, als zehn Schnitter zusammen mähten. Als dies die andern Stallknechte sahen, wunderten sie sich über seine Kraft. Endlich erreichte das Gerücht von ihm auch die schöne Königstochter Druschnewna. Sie ging, ihn zu sehen, und als sie ihn erblickte, wurde sie von seiner ungewöhnlichen Schönheit entzückt. Eines Tages begab sie sich zu ihrem Vater und sprach folgendergestalt: »Mein gnädiger Herr Vater, König Sensiboi Andronowitsch, mächtig und berühmt bist du nicht allein in deinem Reiche, sondern auch in den benachbarten, und an Reichtum kann sich mit dir kein König, kein Zar, und kein Ritter messen; aber, König, du hast keinen treuen und behänden Diener bei deinem Schranke. Ich habe gehört, dass sich bei uns im Stalle ein junger Bursche befindet, den du von Schiffern erkauft hast, sein Name ist Anhusei. Dieser Jüngling wird dir sehr treu und zu diesem Dienste sehr brauchbar sein: befiehl, ihn aus dem Stalle zu nehmen, und bei dem Schranke anzustellen.« Auf diese Worte entgegnete ihr der Vater: »Meine liebe und schöne Tochter, Prinzess Druschnewna, von deinen Bitten habe ich dir bis jetzt noch keine einzige abgeschlagen; auch hierin kannst du, wie du willst, nach deinem Wunsche verfahren.« – Als dies die Prinzess Druschnewna von ihrem Vater vernahm, verneigte sie sich vor ihm, und ging hinaus. Sie ließ Vowa zu sich rufen und befahl ihm, seinen alten Dienst zu verlassen, und den neuen bei dem Schranke anzutreten.

Den folgenden Tag rief sie ihn zu sich und sprach: »Höre, Anhusei, morgen wird bei meinem Vater ein großes Fest sein, und alle Fürsten und Bojaren und tapferen Ritter werden dazu kommen, um zu essen, zu trinken und Kurzweil zu treiben; du aber musst dich bei Tische bei mir befinden, um meine Befehle zu vollziehen.« Darauf verneigte sich Vowa vor ihr und wollte hinausgehen. Aber die Prinzess Druschnewna rief ihn zurück und fing an, ihn zu fragen: »Sage mir die Wahrheit, junger Fant, welches Standes bist du, aus zarischem oder königlichem Geschlechte? oder bist du der Sohn eines mächtigen Ritters, oder ein Kaufmannssohn aus fremdem Lande? und wie ist dein eigentlicher Name? Denn ich glaube dir nicht, dass du ein Bürgersohn bist, wie du zu meinem Vater gesagt hast.« – Darauf antwortete ihr Vowa: »Meine Herrin, schöne Prinzess Druschnewna, von meinem Stande und Namen habe ich deinem Vater, dem Könige Sensiboi Andronowitsch, die Wahrheit gesagt, und jetzt sage ich dir dasselbe.« – Als er dieses gesagt hatte, ging er aus ihrem Zimmer.

Den andern Tag wurde bei dem Könige ein großes Fest gegeben und Vowa musste einen gebratenen Schwan halten, den die Prinzess Druschnewna zu zerschneiden anfing; und sie ließ mit Fleiß eine Gabel auf die Diele fallen. Vowa hob sie sogleich auf, und als er ihr dieselbe darreichte, küsste sie ihn auf das Haupt. Nach diesem Feste legte sich Vowa schlafen und schlief drei Tage und drei Nächte, und man mochte ihn rütteln, so viel man wollte, er wurde nicht wach. Den vierten Tag, als er aufwachte, ritt er in das freie Feld, um auf den verbotenen königlichen Wiesen zu spazieren, pflückte dort schöne Blumen, machte sich daraus einen Kranz, setzte ihn auf seinen Kopf und kam so in die Stadt. Als die schöne Prinzess ihn in diesem Kranze erblickte, rief sie ihn vor sich, und befahl ihm, den Kranz vom Kopfe abzunehmen und auf den ihrigen zu setzen; aber Vowa gehorchte nicht, sondern nahm den Kranz von seinem Kopf und warf ihn auf die Erde, dass er zerfiel, und Vowa ging aus den Zimmern der Prinzess, und warf hinter sich die Türe mit solcher Kraft zu, dass er den silbernen Griff herausriss, und ein Stein aus der Mauer fiel, und ihn am Kopfe verwundete. Als die schöne Druschnewna davon hörte, heilte sie ihn mit ihren Arzneien. Nach seiner Genesung legte sich Vowa wieder schlafen, und schlief fünf Tage und fünf Nächte.

In dieser Zeit kam aus dem sardonischen Königreiche der König Markobrun mit vier Mal hundert tausend Kriegern, und forderte vom König Sensiboi Andronowitsch seine Tochter, die Prinzess Druschnewna, zur Gemahlin. Er umgab mit seinem Heere die armenische Stadt, und schickte einen Gesandten ab an Sensiboi, welcher vor ihm erschien und folgendermaßen sprach: »Herr König Sensiboi Andronowitsch, ich bin von dem berühmten Kö-

nig und gewaltigen Helden Markobrun als Gesandter an dich
geschickt, um von dir deine schöne Tochter, die Prinzess Druschnewna, zur Gemahlin für ihn zu erbitten: wenn du sie ihm freiwillig übergibst, so wirst du es nicht bereuen, denn er ist sehr
reich und mächtig und berühmt, und kann dich gegen alle deine
Feinde schützen, und die umliegenden Königreiche deiner Herrschaft untertänig machen. Er hat ein unzählbares Heer. Es steht
vor deiner Stadt, und wenn du ihm sein Gesuch, deine Tochter
ihm zur Gemahlin zu geben, nicht gewährst, so wird er deine
Stadt mit Sturm einnehmen, dann sie verbrennen, die Einwohner
mit dem Schwerte niederhauen, dich in sein Reich in Gefangenschaft führen, und die schöne Druschnewna mit Gewalt nehmen.« Da antwortete der König Sensiboi: »Sage deinem König,
dem mächtigen und berühmten Markobrun, ich hätte bis jetzt
keine Uneinigkeiten und Händel mit ihm gehabt, ich hätte in
Freundschaft mit ihm gelebt, auch jetzt möchte ich mich nicht mit
ihm entzweien; aber es wäre besser gewesen, wenn er dich nur
mit Bitten, und nicht mit Drohungen geschickt hätte. Ich verzeihe
ihm nur wegen seiner Jugend, und lade ihn in mein königliches
Schloss, Salz und Brod zu essen,[4] und mit meiner Tochter Hochzeit zu feiern.«

Der König Sensiboi Andronowitsch entließ den Gesandten, und
befahl, die Stadtpforten zu öffnen, ging selbst dem König Markobrun entgegen, nahm ihn bei den weißen Händen, führte ihn in
die weißsteinernen Gemächer, ließ ihn sitzen an Eichentischen,
vor feinen gewürfelten Tischtüchern und vor Zuckergebäcke, und
sie fingen an zu essen und zu trinken und Kurzweil zu treiben.

Da erwachte Vowa Korolewitsch von seinem fünftägigen Schlafe
und hörte vor der Stadt Menschengetümmel und Pferdewiehern.
Er ging in die weißsteinernen Gemächer zu der schönen Prinzess
Druschnewna und sprach: »Meine gnädige Herrin, schöne Prinzess Druschnewna, ich höre vor der Stadt ungewöhnliches Menschengetümmel und Pferdewiehern, und man sagt, dass Markobruns Edelleute sich mit einem Lanzenstechen belustigen. Ich

---

[4] Siehe die Anmerk. im Anhange.

habe Lust dazu, befiehl, mir ein gutes Ross zu geben, und entlasse mich, ihnen zuzusehen.« - Die Prinzess Druschnewna antwortete ihm: »Junger Fant Anhusei, wie kannst du zu Markobruns Edelleuten reiten, du bist noch sehr jung und kannst dich nicht fest genug auf dem Rosse halten. Wenn du aber dazu gar so große Lust hast, so nimm dir ein gutes Ross und reite, der Kurzweil der Edelleute Markobruns zuzusehen, aber nimm keine Waffen mit dir, und mische dich nicht in ihre Belustigungen.« Als Vowa die Erlaubnis erhalten, ging er in den Stall, nahm einen Besen und ritt aus der Stadt. Sobald Markobruns Edelleute den Vowa Korolewitsch mit einem Besen in der Hand sahen, fingen sie an, ihn zu verspotten und sprachen: »Da reitet ein Stallknecht des Königs Sensiboi mit einem Besen, das Feld zu unsern Lustbarkeiten zu fegen.« - Aber dem Vowa behagten ihre Spöttereien nicht, er ritt näher zu ihnen, und fing an, sich mit dem Besen zu wehren, und sie zu zweien und zu dreien niederzuschlagen. Als dies Markobruns Edelleute sahen, begannen sie zu zehn Mann und mehr auf ihn einzustürzen, aber er schlug auch diese alle nieder. Da ergrimmten die übrigen Krieger und gingen zu zwei hunderten auf ihn los, und wollten ihn mit den Pferden niedertreten, aber auch da wich er nicht zurück und erschlug Einen nach dem Andern, bis auf zwei Mal hundert taufend Mann. Als dies die schöne Königstochter Druschnewna aus ihrem Fenster sah, ging sie zu ihrem Vater und sagte zu ihm: »Mein gnädiger Herr Vater, König Sensiboi Andronowitsch, lass deinen Diener Anhusei Einhalt tun. Er ist in das freie Feld zu Markobruns Edelleuten geritten, ihrem Turnierspiel zuzusehen, aber sie sind ergrimmt und stürzen auf ihn ein in großer Menge. Es wäre Schade, wenn man ihn erschlüge, er ist noch ein junges Kind und hat wenig Kräfte.« - Der König Sensiboi Andronowitsch schickte sogleich zu Vowa und befahl ihm, in die Stadt zurückzukehren.

Vowa gehorchte dem Befehle des Königs, kehrte augenblicklich in die Stadt zurück, legte sich schlafen, und schlief neun Tage und neun Nächte. In der Zeit, während er schlief, rückte in das armenische Reich der mächtige Zar und Ritter Lukoper; sein Kopf ist wie ein Bierkessel groß, zwischen seinen Augenbraunen ist eine Spanne Raum, seine Schultern sind einen Pfeil breit, und er hat Riesenlänge. Von so einem gewaltigen Ritter hat man noch nie gehört, und er brachte ein Heer noch ein Mal so stark, als das Heer Markobruns, und er umringte die Stadt des Königs Sensiboi Andronowitsch, und schickte einen Gesandten zu ihm, der zum König Sensiboi folgendermaßen sprach: »König Sensiboi Andronowitsch, mich hat Lukoper, der mächtige Zar und Ritter der Ritter, zu dir gesendet, um dir zu sagen, dass er an deine Stadt gerückt sei, nicht um zu schmausen und zu kurzweilen, sondern um deine Tochter, die schöne Prinzess Druschnewna, für sich zur Gemahlin zu fordern, und um von dir zu verlangen, dass du den Markobrun abweisest. Wenn du seinen Befehlen nicht gehorchen willst, so wird er deine Stadt mit Sturm einnehmen, die Einwohner in Gefangenschaft abführen, das ganze Heer Markobruns zu Boden strecken, dir und ihm bösen Tod geben, die schöne Prinzess Druschnewna mit Gewalt nehmen, die Stadtmauern schleifen, und den ganzen Wohnort niederbrennen. Wenn du ihm deine Tochter aber freiwillig übergibst, so wird er dir ein Schützer gegen deine Feinde sein, und ein treuer Hüter und Erhalter deines Reiches.« –

Als der König Sensiboi Andronowitsch solche Worte hörte, konnte er nichts entgegnen und entließ den Gesandten ohne Antwort. Darauf rief Sensiboi den Markobrun zu sich, und sann nach mit ihm, und sie beschlossen beide, mit ihren Heeren gegen Lukoper zu rücken. Sogleich ließen sie ihre Rosse satteln, nahmen in die Rechte ein stählernes Schwert, in die linke eine scharfe Lanze, und ritten aus der Stadt. Als sie der Ritter Lukoper erblickte, richtete er seine Lanze mit dem stumpfen Ende gegen Markobrun und Sensiboi, stieß sie, Einen nach dem Andern, aus dem Sattel, machte sie zu Gefangenen, und schickte sie an seinen Vater Saltan Saltanowitsch, welcher mit seinem Heere am Ufer des Meeres stand. Darauf überfiel Lukoper das Heer des Königs Sensiboi und Markobruns, und fing an unbarmherzig zu töten, und er hieb noch nicht so viel nieder, als sein gutes Ross mit Füßen trat. In kurzer Zeit schlug Lukoper die ganze Heeresmacht, und bedeckte die ganzen königlichen verbotenen Wiesen mit Menschenleichen. In dieser Zeit erwachte Vowa Korolewitsch aus seinem Schlafe, und hörte großes Getümmel von Lukopers Heere, und das Wiehern der Rosse. Er kam zu der schönen Prinzess Druschnewna, und sprach zu ihr folgendermaßen: »Meine Herrin, Prinzess Druschnewna, ich höre vor der Stadt das Getümmel von Lukopers Kriegern, welche mit Lanzenstechen sich jetzt belustigen, nach dem Sieg über deinen Vater und Markobrun, welche er in Haft zu seinem Vater, dem Zaren Saltan Saltanowitsch, ans Ufer des Meeres geschickt. Das Herz wurde mir zerrissen, als ich von der Gefangenschaft meines gnädigen Königs hörte. Deswegen bin ich als dein treuer Diener zu dir gekommen, um Erlaubnis zu bitten, mir ein gutes Ross und aus dem königlichen Stalle das Pferdegeschirr, und ein Schlachtschwert, und eine stählerne Lanze zu nehmen. Gestatte mir, gegen das Heer Lukopers zu rücken, an ihm meine starken Arme zu versuchen, und mich über seine prahlerischen Krieger lustig zu machen.« – Die Prinzess Druschnewna antwortete: »Ich will deinen Wunsch erfüllen, junger Fant, aber vorher musst du mir die Wahrheit sagen, aus welchem Stande du stammst, und wie dein wirklicher Name ist. Ich weiß, dass du mir und meinem Vater bisher die Wahrheit nicht gesagt hast. Deine ungewöhnliche Schönheit, und deine tapfern Taten lassen keinen Bürgersohn vermuten.« – »Meine Herrin,« gab ihr Vowa Korolewitsch zur Antwort, »ich wollte dir meinen wahren Stand und Namen nicht entdecken, aber da ich jetzt auf einen Kampf auf Leben und Tod ausreiten will, und nicht weiß, ob ich lebendig daraus zurückkehre, oder mein Haupt sich neigt bei der Rettung meines Königs aus der Gefangenschaft, so will ich dir von mir die Wahrheit sagen: mein Vater war der berühmte König Guidon, ein mächtiger Ritter im freien Felde, und ein barmherziger gegen seine Untertanen. Meine Mutter ist die Königin Militrisa, Tochter des Zaren Kirbit Wersoulowitsch; mein Name ist Vowa. Mein Vaterland und Reich habe ich in jungen Jahren verlassen, weil der König Dadon unser Reich erobert, und meinen Vater auf eine hinterlistige Weise ermordet, und sich der Herrschaft meines Vaters bemächtigt hat. Er suchte Gelegenheit, mich zu töten, aber ich entfloh ihm, schiffte mit Kaufleuten in euer Reich und wurde an deinen Vater verkauft.« –

Als dieses die schöne Druschnewna hörte, wurde ihr Vowa Korolewitsch noch teurer, sie ließ ihn sich zu sich setzen, und fing an ihm zuzureden: »Mein lieber und tapferer Ritter Vowa Korolewitsch, du willst in einen Kampf auf Leben und Tod gegen den Zaren Lukoper und sein Heer ziehen, aber du weißt vielleicht nicht, dass er sehr stark ist, und ein tapferes und zahlreiches Heer bei sich hat, und du bist noch sehr jung und hast noch nicht Manneskraft erreicht; bleibe lieber in meiner Stadt, nimm mich zur Gattin, und schütze meine Stadt und mein Volk gegen die Feinde.« – Aber Vowa Korolewitsch ließ sich nicht erweichen durch ihre Worte, und bat von Neuem um Ritterross und Rüstung. Die Prinzess Druschnewna sah sein inständiges Bitten, nahm von der Wand ein Schlachtschwert, gürtete es ihm mit eigenen Händen um, legte ihm eine Ritterrüstung an, und führte ihn zu dem steinernen Stalle nach einem Ritterrosse, das hinter zwölf eisernen Türen und zwölf großen Schlössern stand, und sie befahlen den Stallknechten, die Schlösser abzuschlagen. Aber sobald das Ross einen seiner würdigen Reiter gewahrte, fing es an, mit den Füßen die Türen einzustoßen, zerschmetterte sie alle, rannte heraus, stellte sich auf die Hinterbeine vor Vowa und wieherte so stark, dass die schöne Druschnewna und die übrigen Leute beinahe umgefallen wären. Als Vowa das Ross an der schwarzgrauen Mähne fasste und es zu streicheln anfing, da blieb es so still stehen, als wäre es eingewurzelt, und Vowa Korolewitsch, dies sehend, legte ihm einen tscherkassischen Sattel auf, dessen Gurte von schemachanischer Seide, und mit goldenen Schnallen versehen waren. Und als er sich aufs Ross setzte und Abschied nahm von der Prinzess Druschnewna, da küsste sie ihn auf seine Lippen und drückte ihn an ihr klopfendes Herz. Der Haushofmeister, namens Orlop, der dies sah, fing an, ihr Vorwürfe deshalb zu machen; dem Vowa behagte das übel, und er schlug ihn mit dem stumpfen Ende seiner Lanze, dass er halbtot zu Boden stürzte, er selbst aber ritt aus der Stadt. Da schlug Vowa sein Ross auf die straffen Hüften, und sein Ross wurde hitzig, trennte sich von der Erde und sprang über die Stadtmauer.

Als Vowa das Lager Lukopers erblickte, in welchem die Zelte so dicht standen, wie die Bäume im Walde, nahm er sein Schlachtschwert und den Streitkolben, und ritt auf den mächtigen Zaren Lukoper los. Zwei Berge stürzen nicht mit solcher Kraft zusammen, als die beiden gewaltigen Ritter. Lukoper stieß den Vowa mit der Lanze nach dem Herzen, aber Vowa wendete den Stoß mit dem Schilde von sich ab, und die Lanze zersprang in Stücken, und er selbst hieb den Lukoper mit seinem Schwerte über den Kopf und zerspaltete denselben samt dem Rumpfe bis auf den Sattel des Rosses. Dann überfiel er sein zahlloses Heer, und, so viel er auch mit dem Streitkolben niederschlug, noch ein Mal so viel trat sein Ross mit den Füßen zu Boden. Hier schlug Vowa fünf Tage ohne auszuruhen, und schlug und trat nieder beinahe das ganze Heer; nur eine kleine Zahl davon entrann zu dem Zaren Saltan Saltanowitsch und sprach zu ihm: »Unser Herr Zar, Saltan Saltanowitsch, nachdem wir die Zaren Sensiboi und Markobrun gefangen genommen und ihr Heer niedergehauen hatten, stürzte aus der Stadt Sensibois ein junger Fant von schöner Gesichtsbildung; der hat im Zweikampf deinen tapfern Sohn Lukoper getötet, und unser ganzes Heer niedergehauen, und mit dem Rosse zu Boden getreten. Er jagt uns jetzt nach, haut alle nieder, die er einholt, und wenn er hier ankommt, will er mit dir fechten.« Da erschrak Saltan Saltanowitsch, eilte sogleich auf seine Schiffe, ließ seine Zelte und Schätze zurück, kappte die Ankertaue und segelte ab von dem Ufer des armenischen Reiches. Kaum hatte er das Ufer verlassen, als Vowa in das Lager einritt, aber er fand keine lebendige Seele, als die Könige Markobrun und Sensiboi Andronowitsch, die bei dem Zelte des Saltan Saltanowitsch gebunden lagen. Vowa Korolewitsch befreite sie von ihren Banden und ritt mit ihnen zurück in das armenische Reich.

Auf dem Wege sprach Sensiboi Andronowitsch folgendergestalt zu Vowa: »Mein lieber Diener Anhusei, ich sehe deine treuen Dienste und deine unglaubliche Tapferkeit. Dir habe ich meine Befreiung zu verdanken, und ich weiß nicht, womit ich dich dafür belohnen kann. Erbitte dir von mir, was du haben willst. Meine Schätze sollen dir offen stehen.« – Darauf antwortete Vowa Korolewitsch: »Gnädiger Herr König Sensiboi Andronowitsch, ich bin zufrieden mit deiner königlichen Gnade und erbitte mir nichts von dir, sondern will dir noch treu und redlich dienen, soviel mir möglich ist.« Unter diesen Gesprächen kamen sie in die armenische Stadt, und fingen an zu essen und zu trinken und allerlei Kurzweil zu treiben. Vowa Korolewitsch legte sich schlafen und schlief neun Tage und neun Nächte.

Die Könige Sensiboi und Markobrun, des Schmausens müde, ritten auf drei Tage ins Feld auf die Jagd. In dieser Zeit begab sich's, dass der Haushofmeister, ärgerlich über die Gunst, in der Vowa Korolewitsch bei dem Könige stand, dreißig Burschen zu sich berief und zu ihnen sprach: »Meine Freunde und Kameraden, ihr sehet, dass der Bösewicht Anhusei unsern König Sensiboi Andronowitsch und die Prinzess Druschnewna überlistet hat, und ihre Gnade allein genießt, ja dass er uns, die wir doch besser und würdiger sind als er, verachtet, und selbst vor den Augen der Prinzess schlägt. Kommt jetzt in den Stall, wo er schläft, lasst uns ihm bösen Tod im Schlafe geben, und ich werde euch dafür viel Gold, Silber, Edelsteine und bunte Kleider schenken.« – Als Orlop seine Rede beendet hatte, sprach einer von den dreißig Burschen: »Wir sind nicht stark genug, den Anhusei im Schlafe zu töten; wenn er aufwachte, so würde er uns alle umbringen, besser wäre es wohl, wenn sich jetzt Jemand auf das Bette des Königs legte, während er auf der Jagd ist, den Anhusei zu sich berief und ihm eine Schrift einhändigte, damit er sie dem Saltan Saltanowitsch übergäbe, an den man schreiben müsste, dass er dem Anhusei bösen Tod gäbe.« – Als dies der Haushofmeister Orlop hörte, sprang er entzückt von der Stelle, umarmte den Burschen, welcher diesen bösen Rath gegeben hatte, und beschenkte ihn dafür mehr als die übrigen. Nachdem die falsche Schrift verfertigt war, legte sich Orlop auf das königliche Bette, berief den Vowa vor sich und sprach zu ihm: »Leiste mir treu und redlich den letzten Dienst, Anhusei: überbringe diese Schrift dem Zaren Saltan Saltanowitsch und überreiche sie ihm eigenhändig. Wenn du zurückkehrst, werde ich dich belohnen, wie du es verlangen wirst.« – Vowa konnte in der Schlaftrunkenheit nicht erkennen, dass Orlop, und nicht der König, ihm diesen Befehl gab, nahm die Schrift, ging aus den königlichen Gemächern, sattelte sich ein gutes Ross und ritt ab nach dem Reiche des Zaren Saltan Saltanowitsch.

Er ritt zwei Monate und gelangte in eine Wüste, wo kein Fluss, kein Bach und kein kühlender Brunnen war, und Vowa bekam einen unerträglichen Durst. Als er noch etwas weiter geritten war, holte er einen Pilger ein, bei dem er einen Schlauch mit Wasser sah, und fing an, ihn zu bitten, er möchte ihm wenigstens einen Krug voll geben, um seinen Durst zu löschen. Der Greis schüttelte sogleich etwas Schlafpulver in das Wasser und gab dem Vowa Korolewitsch zu trinken. Kaum hatte er dies Wasser getrunken, so fing es an, ihn zu schläfern, und er stieg ab von seinem Rosse und schlief wie ein Toter. Da nahm der Greis das Schlachtschwert, setzte sich auf das Ross, ritt von dannen, und ließ ihn allein mitten in der Wüste ohne Waffen. Vowa Korolewitsch schlief zehn Tage, und als er erwachte, und neben sich weder das gute Ross, noch das Schlachtschwert und den Streitkolben fand, weinte er bitterlich und sprach zu sich selbst: »Es scheint, dass ich guter Jüngling nicht lebendig von diesem Dienste zurückkehre, und dass mich der König Sensiboi Andronowitsch für meinen treuen Dienst zum Tod zu dem Zaren Saltan Saltanowitsch gesendet hat.« – Nach diesen Worten ging er auf seinem Wege zu Fuße weiter, und sein Kopf hing niedriger, als die starken Schultern.

Als Vowa Korolewitsch vor dem Zaren Saltan Saltanowitsch erschien, neigte er sich vor ihm bis auf die Erde, übergab ihm die Schrift und sprach: »Langes Leben euch, gnädiger Herr und Zar Saltan Saltanowitsch! Ich bin an deine Majestät von dem König Sensiboi Andronowitsch gesendet, um dir von seiner Gesundheit Nachricht zu bringen, nach deiner mich zu erkundigen, und dir diese Schrift zu übergeben.« – Zar Saltan Saltanowitsch nahm von Vowa die Schrift, erbrach das Siegel, fing an zu lesen und schrie dann mit starker Stimme: »Wo sind meine mächtigen Ritter, treuen Diener und tapfern Krieger? Ergreift diesen Gesandten Sensibois und führt ihn an den Galgen, denn er hat meinen lieben Sohn erschlagen und unser mächtiges Heer vernichtet.« – Da stürzten sechzig Ritter Saltans hervor, umringten Vowa und führten ihn aufs Feld, um ihn aufzuhängen. Unterwegs sann Vowa Korolewitsch bei sich nach, wodurch er so schimpflichen Tod verdient habe, und in der Blüte der Jahre die Welt verlassen müsse. »Es wäre besser, wenn meine Mutter mich in der Stadt Anton umgebracht hätte, oder wenn ich von Markobruns Edelleuten oder von Lukoper auf dem Felde erschlagen worden wäre.« Und da riss er sich los, und schlug alle sechzig Ritter nieder und entfloh aus dem Reiche.

Als dies Zar Saltan Saltanowitsch hörte, befahl er alsbald in die Trompeten zu stoßen, und es sammelten sich sogleich seine tapfern Ritter, bis auf hundert tausend, jagten dem Vowa Korolewitsch nach, und umringten ihn von allen Seiten. Vowa Korolewitsch hatte weder ein gutes Ross, noch ein scharfes Schwert, oder eine stählerne Lanze, und er hatte nichts, womit er sie abwehren konnte. Da fasste er einen von Saltans Kriegern, und fing an, mit ihm um sich zu schlagen; allein er sah, dass er sie nicht alle erschlagen konnte und gab sich gefangen. Sie griffen ihn, banden ihm die Hände, und führten ihn vor Saltan Saltanowitsch. Da schrie der Zar, man solle die Henker holen, Vowa Korolewitsch hinzurichten. In dieser Zeit trat die Tochter Saltans herein, die schöne Prinzess Miliheria, fiel vor ihrem Vater auf die Knie und sprach folgendergestalt: »Mein Herr Vater, Zar Saltan Saltanowitsch, befiehl nicht, den Vowa hinzurichten, sondern erlaube mir, ein Wort zu sprechen: durch seinen Tod wird mein Bruder nicht wieder erweckt, und das von ihm erschlagene Heer nicht wieder lebendig gemacht. Schenke ihm lieber das Leben, bekehre ihn zu unserem Glauben, und mache ihn zu deinem Thronfolger. Dann wird er deinem Alter im Kriege eine Stütze sein.« – Darauf antwortete Saltan Saltanowitsch: »Meine liebe Tochter, schöne Miliheria, du hast mich getröstet mit deinen sanften Worten und deinem weisen Rate; ich gebe den Vowa in deine Macht, und wenn er unserm Glauben annimmt, so werde ich ihn zum Thronfolger machen, ihn dir zum Gemahle geben, und ihm als Mitgabe alle meine Städte samt den Kirchdörfern, Goldschätzen und Edelsteinen abtreten.« – Die Zarentochter verneigte sich vor ihrem Vater und ging aus dem Zimmer und befahl, Vowa herbeizubringen. Dann fing sie an, ihn mit ihrer Schönheit zu reizen und ihm mit angenehmen Worten zuzureden, dass er ihren Glauben annehmen sollte; aber Vowa gab zur Antwort: er werde weder um des Reiches, noch um der goldenen Schätze und Edelsteine willen, ja sogar nicht um ihretwillen seinen Glauben ändern.

Da befahl die schöne Miliheria, den Vowa ins Gefängnis zu führen, den Eingang mit Sand zu verschütten, und ihm fünf Tage lang weder Speise noch Trank zu reichen. Nach Verlauf dieser Tage zog sie ein goldenes, mit Edelsteinen geschmücktes Kleid an, und begab sich zu Bowas Gefängnis. Als sie an dasselbe kam, befahl sie, den Sand wegzuschaufeln und die Türe zu öffnen, trat zu Bowa und sprach: »Nun, junger Fant, hast du dir es überlegt? willst du deinem Glauben entsagen und leben bleiben und über das Reich meines Vaters herrschen, oder hast du noch nicht von deiner Halsstarrigkeit gelassen und willst lieber am Galgen dein Leben enden?« – »Nie werde ich meinen Glauben verleugnen,« antwortete Bowa, »und ihn mit dem Deinigen vertauschen; so lange ich lebe, werde ich an dem meinigen festhalten. Verführe mich nicht mit listigen Worten und großen Versprechungen, ich will lieber den Tod erleiden, als ein niederträchtiger Mensch sein.« – Die Prinzess Miliheria wurde sehr zornig, als sie dies von ihm hörte; sie ging sogleich zu ihrem Vater und sprach also: »Mein Herr Vater, Zar Saltan Saltanowitsch, ich bin schuldig vor dir, dass ich dich um Gnade für diesen ungläubigen Gefangenen gebeten habe, indem ich ihn zu unserm Glauben bekehren und zu einem treuen Diener deiner Majestät machen wollte. Aber jetzt sehe ich seine Verstocktheit und sein unerbittliches Herz. Ich will nicht mehr für ihn um Gnade bitten, sondern gebe ihn in deine Gewalt zurück und du kannst mit ihm machen, was du willst.« Nach diesen Worten ging sie hinaus. Als dies Saltan Saltanowitsch hörte, rief er dreißig tapfere Ritter zu sich und schickte sie nach Bowa ins Gefängnis; aber als sie dahin kamen, konnten sie nicht den Sand von der Türe wegschaufeln, weil die Zarentochter in ihrem Zorn zu viel hatte aufschütten lassen, und sie gedachten das Dach abzubrechen und Bowa herauszuziehen. Da wurde Bowa Korolewitsch traurig und sprach weinend: »Ich bin der unglücklichste aller Menschen, ich habe weder ein scharfes Schwert, noch einen Streitkolben, und meine Feinde sind zahllos, und dazu bin ich so geschwächt von fünftägigem Hunger.« – Da setzte er sich nieder in einen Winkel des Gefängnisses und fühlte neben sich auf der Erde ein stählernes Schwert. Er ergriff es mit großer Freude, wendete es auf alle Seiten, und traute kaum seinem unerwarteten Funde. Dann näherte er sich dem Orte, wo sich die Ritter Saltans in das Gefängnis herabließen und fing an, ihnen einzeln die Köpfe abzuhauen und sie auf einen Haufen zu legen. Saltan Saltanewitsch erwartete seine nach Bowa geschickten Ritter und wurde sehr zornig über ihre Langsamkeit und schickte noch ein Mal so viel zu ihrer Hülfe; aber Bowa tötete auch diese, und legte ihre Leichen zusammen auf einen Haufen und stieg über diesen aus dem Gefängnisse, und eilte davon dem Seehafen zu, wo er ein Schiff vor Anker liegen sah, und rief mit lauter Stimme: »Ihr Herren Schiffer, nehmt mich guten Jüngling mit auf euer Schiff, und rettet mich von einem bösen Tod, ich werde euch reichlich dafür belohnen.«

Sobald dies die Kaufleute vernahmen, schickten sie einen Kahn an das Ufer, und nahmen Bowa Korolewitsch zu sich auf das Schiff. Bald darauf kamen die Verfolger an den Strand und mit ihnen Saltan Saltanowitsch selbst. Da schrie Zar Saltan Saltanowitsch den Schiffern zu: "He! ihr fremden Kaufleute, gebt mir auf der Stelle meinen entsprungenen Verbrecher zurück, welchen ihr auf eurem Schiffe aufgenommen habt. Wenn ihr ihn mir nicht sogleich ausliefert, so erlaube ich euch nicht mehr, in meinem Reiche Handel zu treiben, sondern befehle, euch alle zu fangen und mit bösem Tode zu bestrafen.« Als dies die Kaufleute hörten, entsetzten sie sich vor dem Zorne des Zaren und wollten Vowa wieder zurück an das Ufer schicken; aber er zog ein Schwert unter dem Kleide hervor, und fing an, sie niederzuhauen. Dies sehend, fielen die übrigen vor ihm auf die Knie und versprachen, mit ihm zu fahren, wohin er nur wolle. Da befahl Vowa, die Segel aufzuziehen, und von dem Reiche des Saltan Saltanowitsch ins offene Meer zu steuern. Nach dreimonatlicher Reise gelangten sie an das sardonische Reich, und weil er dies nicht wusste, fragte er einen Fischer, was das für ein Reich wäre, das er vor sich sähe. »Das ist das sardonische Reich,« antwortete der Fischer, »und der König darin heißt Markobrun.« Da fragte Vowa weiter: »Ist es etwa der Markobrun, welcher bei dem Zaren Sebsibri Andronowitsch um seine Tochter angehalten hat?« »Derselbe,« entgegnete der Fischer, »und er ist noch nicht längst aus seinem Reiche mit der schönen Braut, der Prinzess Druschnewna angekommen, mit welcher er bald Hochzeit halten wird.« – Als Vowa Korolewitsch dies hörte, stutzte er und konnte lange kein Wort hervorbringen. Als er endlich wieder zu sich kam, sprach er zu dem Fischer: »Bringe mich auf die andere Seite, guter Fischer, und ich will dich reichlich belohnen.« – Er teilte unter seinen Schiffsgenossen das Vermögen der getöteten Kaufleute, entließ sie mit ihrem Schiffe und ging mit dem Fischer ins sardonische Land.

Er richtete seinen Weg auf die Hauptstadt Markobruns. Zwei Tage lang ging er, und kein einziger Mensch begegnete ihm. Den dritten Tag traf er auf den Pilgrim, der ihm das Schlafpulver eingegeben, und das Schlachtschwert, den Streitkolben und das gute Ross geraubt hatte. Vowa Korolewitsch ergriff ihn, zog ihn vom Pferde herab, warf ihn auf den feuchten Boden und sprach: »Ha, verruchter Pilgrim, du hast mich wegen eines Kruges Wasser beraubt, hast mir das gute Ross entführt und mich ohne Waffen in einer öden Wüste gelassen, wo mich wilde Tiere zerreißen konnten. Dafür will ich dir jetzt den Tod geben.« – Da flehte der Pilgrim: »Tapferer Herr Ritter, Vowa Korolewitsch, gib mir nicht den Tod, sondern schenke mir das Leben. Ich gebe dir dein Ross, dein Schlachtschwert und deinen Streitkolben zurück, und für meine Schuld noch drei Pulver dazu. Wenn du dich mit dem einen waschen wirst, so wirst du alt werden, und Niemand wird dich erkennen; wenn du dich mit dem andern waschen wirst, so wirst du wieder so, wie du gewesen bist, und wenn du das dritte Pulver Jemandem im Getränke reichst, so wird er neun Tage fest wie ein Toter schlafen.« – Als Vowa Korolewitsch dies hörte, nahm er von ihm die drei Pulver, das Schlachtschwert und seine schwarze Kleidung. Das Ross und seine Kleider gab er ihm zurück. Alsdann wusch er sich mit dem ersten Pulver und ging in die Stadt. Er kam auf den königlichen Hof und fing an, in einer Küche im Namen des Vowa Korolewitsch um ein Almosen zu bitten. Als dies einer von den Köchen hörte, ergriff er einen Brand auf dem Herde, schlug damit Vowa Korolewitsch auf den Kopf und sprach: »Alter Taugenichts, bitte nicht um Almosen im Namen Vowas, bei uns ist es bei Todesstrafe verboten, seinen Namen auszusprechen.« – Vowa Korolewitsch fühlte diesen Schlag nicht, aber er ergriff den Brand, schlug ihn, und sprach dazu: »Es schickt sich nicht für Dich, Spitzbube, Einen zu schlagen, der besser ist, als du. Du konntest mir es lieber mit Worten sagen, und wenn ich dir nicht gehorche, so war es noch Zeit, mich zu schlagen.« Aber der arme Koch hatte schon seinen Geist aufgegeben, und diese Ermahnung nicht mehr gehört. Als dies seine Kameraden sahen, liefen sie fort und erzählten es ihrem Haushofmeister, welcher in die Küche kam und den Vowa fragte, wie sich die Sache verhielt. Vowa Korolewitsch nahm die Haltung eines bejahrten Greises an und sprach zu dem Haushofmeister: »Ehrwürdiger Herr, ich kenne nicht die Sitten dieses Landes und habe nichts von eurem Verbote gehört. Ich bat euren Koch um ein Almosen im Namen des Vowa Korolewitsch, weil ich weiß, dass er wegen seiner Tapferkeit und Stärke überall geehrt wird, aber euer Koch schlug mich, ohne ein Wort zu sprechen, mit dem Brande auf den Kopf, und ich habe ihn wider meinen Willen und ohne Absicht tot geschlagen.« Als dies der Haushofmeister hörte, verwandelte sich sein Zorn in Gnade, und er sprach zu Vowa: »Höre, Alter, von dieser Stunde an, bitte um kein Almosen im Namen Vowas mehr, denn es ist geboten, auf der Stelle Jeden zu töten, der in unserm Reiche etwas zum Lobe seines Namens sagt; dir aber soll wegen deiner Unkunde verziehen werden. Gehe jetzt gerade auf den Hinterhof; dort wirst du die schöne Prinzess Druschnewna sehen, welche Bettlern deines Gleichen Almosen gibt. Nach drei Tagen wird sie Hochzeit halten mit unserm König Markobrun.«

Vowa verneigte sich vor dem guten Haushofmeister und ging auf den Hinterhof. Da erblickte er Druschnewna, und ging gerade auf sie zu; aber es waren so viel Bettler, dass er nicht bis zu ihr durchdringen konnte, und manche Neidische fingen an, den Alten zu schlagen und zu stoßen. Das verdross den Vowa, und er begann auf seine Art zu stoßen, und machte sich bald Bahn bis zur schönen Druschnewna, und vor sie tretend sprach er: »Gnädige Frau, schöne Prinzess Druschnewna, verlobte Braut des berühmten Königs Markobrun, reiche mir ein Almosen, nicht um deiner Trauung willen, sondern im Namen des Vowa Korolewitsch.« Als dies die Prinzess Druschnewna hörte, veränderte sich ihr Gesicht; sie ließ die Schüssel mit dem Golde aus den Händen fallen und konnte sich kaum auf den Füßen erhalten. Sie befahl einem Mädchen anstatt ihrer das Almosen und den Bettlern auszuteilen, rief den Vowa zu sich und fragte ihn, warum er im Namen des Vowa Korolewitsch um Almosen gebeten? Da antwortete ihr Vowa Korolewitsch: »Meine gnädige Herrin, Prinzess Druschnewna, ich kenne genau den Vowa Korolewitsch, denn ich saß mit ihm im Reiche des Zaren Saltan Saltanowitsch in einem Gefängnisse, aß schwarzes Brod und trank faules Wasser mit ihm zusammen, ertrug viel Hunger und Kälte, und er hat mir gestanden, dass du, schöne Prinzess, ihn herzlich liebst und ihm dein Wort gegeben hast, Niemanden, als ihn, zu heiraten. Deshalb bin ich so kühn gewesen, in seinem Namen dich um Almosen zu bitten.« – »Ach, guter Alter,« sagte zu ihm Druschnewna, »wo hast du den Vowa Korolewitsch verlassen? Wenn ich wüsste, wo er sich jetzt befindet, so würde ich gleich abreisen, ihn aufzusuchen, wenn es auch durch sieben und zwanzig Länder bis ins dreißigste Reich wäre.« – »Er wurde mit mir zugleich aus dem Gefängnisse entlassen,« antwortete Vowa Korolewitsch, »und ich ging mit ihm bis in dieses Königreich zusammen; er blieb zurück, und, wohin er gegangen ist, weiß ich nicht; ich aber wanderte in diese Stadt!« Also sprach der vermeintliche Greis, und in diesem Augenblick trat der König Markobrun herein und sah Tränen in Druschnewnas Augen; er fragte sie, weshalb sie weine, und ob sie etwa Jemand beleidigt habe; aber Druschnewna antwortete ihm: »Nein, Herr König Markobrun, ich weine, weil dieser Mann (auf Vowa zeigend) mir sagte, mein Vater liege auf dem Sterbebette.« – Der König Markobrun befahl dem Vowa fort zu gehen und fing selbst an, die schöne Prinzess Druschnewna mit folgenden Worten zu trösten: »Meine liebe Druschnewna, gräme dich nicht über die Krankheit deines Vaters, er ist ja nur krank und liegt gewiss nicht auf den Tod und kann wieder genesen, und du wirst mit deinem Kummer ihm keine Hülfe bringen, sondern dich selbst zu sehr angreifen und deiner Gesundheit schaden. Deine schwarzen Augen werden von Tränen trübe werden, und dein Kummer wird deine Schönheit zerstören.«

Während der König diese Worte sprach, ging Vowa in den Stall, wo sein gutes Ross an zwölf Ketten angefesselt stand. Als das Ross seinen tapfern Herrn kommen hörte, fing es an, die eisernen Türen zu durchbrechen und seine Ketten zu zerreißen, und nachdem es alle Türen durchbrochen hatte und ins Freie gesprungen war, stürzte es auf Vowa, stellte sich auf die Hinterbeine und wollte ihn umfassen; aber Vowa ergriff es bei der Mähne und fing an, es zu streicheln. Als dies die Stallknechte sahen, gingen sie, und erzählten Alles dem Markobrun. Er kam sogleich auf den Hof und sah, wie Vowa mit dem Rosse umging, rief ihn zu sich und befahl ihm, an seinem Hofe beim Stalle zu dienen und das Ritterross zu pflegen. Da dies die schöne Prinzess Druschnewna hörte, ließ sie den Vowa vor sich kommen und fragte ihn, wie er im Stande sei, dieses Ritterross zu bändigen, dem sich Niemand vorher zu nahen gewagt, aus Furcht vor seiner Wut. Da antwortete Vowa: »Meine Herrin, schöne Prinzess Druschnewna, dieses Ross ist hitzig und aufbrausend vor Markobruns Stallknechten, welche nie auf ihm geritten sind; aber wer sein Herr war im Königreiche des Sensiboi Andronowitsch, und auf ihm in der Schlacht geritten ist, den kennt es und dem gehorcht es. Das Ross hat mich durch den Geruch erkannt, und du hast drei Mal mit mir gesprochen und hast nicht erkannt, dass ich Vowa Korolewitsch bin.« – Als er dies gesagt hatte, wollte er fortgehen, aber die schöne Druschnewna hielt ihn zurück und sprach: »Beunruhige mich nicht mit deinen Worten, Alter, und wage nicht, über meinen Kummer zu spotten, ich kenne Vowa Korolewitsch: er ist sehr schön und jung und weiß; aber du bist alt und schwarz.« – »Wenn du mir nicht glaubst, so befiehl, Wasser zu bringen, und du wirst sehen, ob ich die Wahrheit gesprochen.« – Man brachte Wasser, und Vowa wusch sich vor den Augen Druschnewnas mit dem weißen Pulver, und er wurde jung und schön, wie vorher. Als sie dies sah, sprang sie von der Stelle vor Freude, stürzte sich dem Vowa Korolewitsch an den Hals, küsste ihn, nannte ihn mit zärtlichen Namen, drückte ihn an ihre weiße Brust und sprach: »Mein lieber und holder Freund, Vowa Korolewitsch, deinetwegen habe ich drei Jahre meinem Vater nicht gehorcht und die inständigen Bitten des Königs Markobrun, ihn zu heiraten, zurückgewiesen, aber da ich so lange Zeit von dir keine rückgewiesen, aber da ich so lange Zeit von dir keine Nachricht erhielt, dachte ich, du befändest dich nicht mehr unter den Lebendigen, und war genötigt, gegen Willen und Wunsch mit dem von mir ungeliebten Markobrun in sein Reich zu reisen. Hier schob ich die Hochzeit von einem Tage zum andern auf, in der Hoffnung, von dir etwas zu hören; aber da ich dich jetzt vor Augen sehe, so kann ich dreist den Markobrun abweisen, und mit dir ans Ende der Welt wandern.«

Darauf sagte Vowa Korolewitsch zu ihr: »Meine liebe Druschnewna, du kannst immerhin auf meine Tapferkeit vertrauen; aber jetzt können wir nicht öffentlich fortwandern wegen der großen Zahl von Markobruns Kriegern und wegen der Volksmenge, die auch zehn der tapfersten Ritter nicht niederschlagen könnten, besonders in der Mitte ihrer Stadt. Lieber nimm dies Pulver und schütte es dem Markobrun ins Getränk; davon wird er neun Tage lang sehr fest schlafen, und im Verlaufe dieser Zeit können wir uns ohne allen Nachtheil sehr weit von seinem Reiche entfernen.« Kaum hatte er diese Worte zur schönen Druschnewna gesagt, ihr das Pulver gegeben und war hinausgegangen, so kam der König Markobrun herein. Da sprach Druschnewna zum ersten Male mit ihm sanft und freundlich, brachte ihm auf einem silbernem Brette ein Glas süßen Met, schüttete vorher das Schlafpulver hinein, und Markobrun, von ihrem Schmeicheln gereizt, nahm sogleich das Glas, trank es aus und schlief nach einer kurzen Weile ein.

Darauf ging die schöne Prinzess Druschnewna heraus auf ihre Treppe, und befahl ihrem treuen Diener, ihr einen guten Passgänger und dem Vowa Korolewitsch das Ritterross zu bringen. Sie gab ihm eine Ritterrüstung, und in dunkeler Nacht entflohen sie aus dem Reich Markobruns. Drei Tage ritten sie, und am vierten wählten sie sich einen angenehmen Ort, hielten bei einem klaren Bache an, schlugen ein weißes Zelt auf und schliefen ein, von der Reise ermüdet.

An einem hellen Morgen tränkte Vowa Korolewitsch sein gutes Ritterross. Auf ein Mal fing dasselbe an zu wiehern und mit den Füßen den Boden zu stampfen, und gab dadurch dem Vowa Korolewitsch zu verstehen, dass eine feindliche Macht gegen ihn im

Anzuge sei. Da sattelte er sein Ross, legte seine Ritterrüstung an, gürtete das Schlachtschwert um, ging in das weiße Zelt und nahm Abschied von Druschnewna, indem er sprach:»Meine liebe Druschnewna, ich gehe, um mit einem großen Heere zu kämpfen, aber gräme dich nicht. Ehe die Sonne sinkt, habe ich das Heer geschlagen und kehre zu dir zurück.« Als er dies gesagt, ritt er gegen das Heer, und schlug das ganze Heer, und ließ nur drei Menschen übrig. Und sobald er erfuhr, dass dieses Heer von König Markobrun zu seiner Verfolgung bestimmt war, ließ er ihm sagen:»Sagt eurem König, dass er mich nicht verfolgen solle, damit er nicht sein Heer verliere, er wird Alles verlieren, was er ausschickt, denn er weiß, wer ich bin.«

Diese drei ritten zu ihrem König und meldeten ihm, dass Vowa alle drei Mal hundert Tausende erschlagen und nur sie drei übrig gelassen habe, dass er nicht mehr schicken solle, damit nicht umsonst Menschenblut vergossen würde. Da befahl der König Markobrun, in die Trompete zu stoßen, und versammelte vier Millionen Mann, und sprach zu seinen Bojaren:»Meine lieben getreuen Diener, verfolgt den Vowa, und bringt mir ihn und Druschnewna lebendig.« – Da sprachen alle Ritter einstimmig:»Unser Herr König Markobrun du hast einen Ritter Polkan; der sitzt in deinem Gefängnisse viele Jahre, vielleicht kann er Vowa einholen, denn mit einem Sprunge durchmisst er sieben Werst. Von Kopf bis zum Unterleibe ist er Mensch, das Übrige vom Leib an ist Rossgestalt.« Als Markobrun dies von seinen Rittern hörte, schicke er sogleich nach Polkan, und sobald er vor Markobrun kam, sprach derselbe:»Herr Polkan, verfolge den Vowa Korolewitsch und bringe ihn und Druschnewna zu mir; ich werde dich reichlich dafür belohnen.« Polkan versprach es ihm und lief dem Vowa und der Druschnewna nach.

Eines Tages spazierte Vowa im Felde nahe bei seinem Zelte. Da hörte er den Ritter Polkan rennen, trat in das Zelt zu Druschnewna und sprach zu ihr:»Meine liebe Prinzess Druschnewna, ich höre im Felde einen gewaltigen Ritter reiten, von der Seite des Reichs Markobruns; aber ich weiß nicht, ob er ein Freund oder ein Feind von mir sein wird.«– Da antwortete Druschnewna:»Gewiss ist es eine neue Verfolgung von Markobrun, und das muss der gewaltige Ritter Polkan sein, der vom Kopfe bis zum Unterleib Mensch und vom Unterleib an Ross ist, und mit jedem Sprunge sieben Werst zurücklegt; er wird uns bald einholen.«

Und Vowa nahm sein Schlachtschwert und sattelte sein Ritterross, setzte sich auf und ritt Polkan entgegen. Polkan traf auf ihn und schrie mit fürchterlicher Stimme: »Ah, Vowa, Spitzbube, du bist meinen Händen nicht entwischt.« Und er riss aus der Erde eine hundertjährige Eiche mit den Wurzeln heraus und schlug Vowa auf den Kopf; aber Vowa wankte nicht von diesem Schlag; er ergriff mit beiden Händen sein Schlachtschwert und wollte Polkan erschlagen; allein er traf ihn nicht, und das Schwert ging bis zur Hälfte in die Erde, und Vowa stürzte von seinem Rosse herab. Polkan griff nach dem Rosse, aber das Ross fing an, mit den Hinter- und Vorderfüßen zu schlagen und mit den Zähnen zu beißen, und es riss ihn mit den Zähnen so lange herum, bis Polkan entfloh. Das Ross verfolgte ihn, bis Polkan alle Kräfte verlor und bei dem Zelte des Vowa Korolewitsch halbtot niederfiel. Da trat Vowa Korolewitsch zu Polkan und fragte ihn, ob er sterben oder leben wolle; da sprach Polkan zu ihm: »Bruder Vowa, wir wollen mit einander Frieden schließen und uns Brüder nennen, und es wird auf der Welt keinen uns gleichen Gegner geben.« Und Vowa schloss mit Polkan Bruderschaft, und Vowa wurde der älteste und Polkan der jüngste Bruder.

Da setzte sich Vowa auf sein gutes Ross und Druschnewna auf ihren Passgänger, und Polkan folgte ihnen nach. So ritten sie lange Zeit, und endlich sahen sie vor sich die Stadt Kostel, in welcher der Zar Uril herrschte. Als dies Zar Uril hörte, befahl er die Stadtpforten zuzumachen und fest zu versperren. Da nahm Polkan den Anlauf, sprang über die Stadtmauer und öffnete die Stadtpforten. Vowa und Druschnewna ritten in die Stadt. Zar Uril kam ihnen mit der Zarin entgegen und nahm sie mit großer Ehrerbietung auf, führte sie in seine zarischen Paläste, und sie fingen an zu essen und zu trinken und Kurzweil zu treiben.

In dieser Zeit rückte der Zar Markobrun vor die Stadt Kostel, und brachte mit sich drei Mal hundert tausend Mann, und er belagerte die Stadt Kostel, schickte zu dem Zaren Uril einen Gesandten, und befahl strenge, dass er ihm Bowa, Druschnewna und Polkan ausliefern sollte. Da versammelte Zar Uril Krieger, so viel er konnte, nahm seine beiden Söhne mit sich und zog aus, mit Markobrun zu fechten; sie kämpften gewaltig mit ihm, aber Markobrun schlug ihr ganzes Heer nieder, und machte den Zaren Uril mit seinen Kindern zu Gefangenen. Da versprach Uril dem König Markobrun, Vowa, Druschnewna und Polkan aus der Stadt auszuliefern, und ließ seine zwei Söhne als Geißel bei ihm. König Markobrun entließ den Zaren Uril und gab ihm von seinem Heere eine Million und fünf Mal hundert tausend, um Vowa und Polkan mitzubringen. Zar Uril ging in seine Gemächer und legte sich mit der Zarin schlafen. Polkan aber trat an die Türe des Schlafzimmers und horchte, was der Zar von ihnen sprechen würde. Der Zar sagte seiner Gemahlin, dass er seine beiden Söhne als Geißel bei Markobrun gelassen habe, damit er ihm Vowa, Druschnewna und Polkan ausliefere. Da sprach die Zarin zu ihm: »Mein lieber Gemahl, es ist unmöglich, sie auszuliefern.« Darauf schlug sie der Zar ins Gesicht und sprach: »Die Weiber haben langes Haar, aber kurzen Verstand.« – Als dies Polkan hörte, ergrimmte er, öffnete die Türe, trat in das Schlafzimmer, nahm den Zaren beim Kopf, warf ihn auf den Boden und tötete ihn.

Darauf sah Polkan auf den Zarenhof, und gewahrte, dass der Hof gefüllt war mit Markobruns Kriegern. Da nahm Polkan Vowas Schlachtschwert und erschlug zehntausend Krieger, verjagte die übrigen aus der Stadt Kostel, machte die Pforte zu und verschloss sie fest. Dann kehrte er in das Schloss zurück, weckte den Vowa Korolewitsch auf und erzählte ihm Alles, was vorgefallen war, und Vowa Korolewitsch küsste ihn und dankte ihm für seinen treuen Dienst. Dann rüsteten sie sich und ritten aus der Stadt gegen Markobruns Heer. Da fing Vowa Korolewitsch von der rechten, und Polkan von der linken Seite an, und sie schlugen das ganze Heer Markobruns nieder und befreiten die Kinder des Zaren Uril aus der Gefangenschaft, und Zar Markobrun entfloh mit wenigen von seinem Heere in sein sardonisches Reich und legte sich, seinen Kindern, Enkeln und Urenkeln einen Schwur auf, nie Vowa zu verfolgen.

Vowa und Polkan kehrten mit den beiden Söhnen des Zaren Uril in die Stadt Kostel zurück. Sie kamen in dem Schlosse an, und Vowa sprach zur Gemahlin des Zaren Uril: »Hier hast du deine Kinder, gute Zarin!« Das übrige Heer ließ er den Kindern Urils huldigen und ließ sie regieren, wie vorher.

Alsdann ritt Vowa Korolewitsch mit dem Ritter Polkan und der schönen Druschnewna nach der Stadt Sumin zu seinem Wärter Simbalda, um bei ihm ein kleines Heer zu nehmen, gegen den König Dadon damit zu ziehen, und ihn aus der Stadt Anton zu vertreiben. Sie ritten lange Zeit, hielten dann auf einer Wiese an, schlugen ihr weißes Zelt auf und schickten sich an, auszuruhen. Während sie ruhten, gebar die schöne Druschnewna dem Vowa Korolewitsch zwei Söhne, und er nannte den einen Litscharda, und den andern Simbalda. Einst als Vowa Korolewitsch mit Polkan um sein weißes Zelt spazierte, erblickten sie in der Ferne eine dichte Staubwolke; da bat Vowa Korolewitsch den Polkan: »Eile dorthin und erkundige dich, ob dort ein Heer zieht, oder ein mächtiger Held reitet, oder eine Kaufmannskarawane wandert; ich werde unterdessen beim Zelte bleiben und deine Zurückkunft erwarten.« – Als Polkan diese Bitte gehört hatte, eilte er sogleich dahin und brachte bald darauf zusammengebundene Krieger zurück, welche Vowa zu befragen anfing: »Sagt mir, ihr, Krieger, gutwillig und ohne Widerstand, was das für eine Macht ist, welche dort zieht, aus welchem Reiche, wer euer König ist, und warum ihr ausgeschickt seid.« – Da antworteten ihm die Leute: »Tapferer Herr Ritter, wir ziehen mit einem großen Heere aus dem Königreiche Dadons in das armenische Reich, um von dem Zaren Sensiboi Andronowitsch die Auslieferung des Stiefsohnes unseres Königs zu fordern, welcher schon in der Jugend ihm entflohen ist. Sein Name ist Vowa.« – »Kehrt um und sagt dem Befehlshaber eures Heeres, dass er nicht in das armenische Reich ziehe, sondern auf der Stelle mich erwarte, wo ihr ihm begegnet. Ich bin Vowa Korolewitsch und werde euch bald nachkommen, um euer Heer zu sehen.« –

Und er dieses gesagt hatte, entließ er die Gefangenen und fing an, Polkan zu bitten: »Mein lieber Kamerad Polkan, ich reite jetzt aus, um mit dem Heere des Königs Dadon zu kämpfen, das gegen mich ausgeschickt ist; ich bitte dich, bei meinem weißen Zelte zu bleiben, zum Schutz meiner Gemahlin gegen böse Menschen und wilde Tiere, aber ihr nicht zu sagen, dass ich zu einer Kriegstat ausgeritten bin, denn ich werde bald zurückkehren, dich für deine treuen Dienste belohnen und im Notfalle mein Leben für dich wagen.« Darauf nahm er Abschied von Polkan, setzte sich auf sein gutes Ross und ritt sogleich dem Heere Dadons entgegen; er fing an, dasselbe ohne Barmherzigkeit niederzumachen, und haute so lange ein, bis alle noch übrigen Krieger vor ihm niederfielen und um Gnade baten.

Um dieselbe Zeit, da Vowa Korolewitsch das Heer Dadons niederhieb und die schöne Druschnewna in ihrem weißen Zelte sich befand, stürzten zwei große Löwen aus dem Walde hervor, warfen sich auf Polkan und wollten ihn zerreißen. Aber er trat ihnen entgegen und schlug mit einem Hiebe den einen tot, und fing an, mit dem andern zu kämpfen, allein er konnte ihn nicht so leicht überwinden, als den ersten, schlug sich lange mit ihm, und endlich fiel er samt dem Löwen tot nieder. Bald darauf trat die schöne Druschnewna aus dem Zelte, und als sie die toten Löwen und den toten Ritter Polkan sah, dachte sie, auch Vowa Korolewitsch sei von diesen wilden Tieren getötet worden. Deswegen nahm sie sogleich ihre beiden Söhne, setzte sich auf ihren Passgänger, der bei dem Zelte angebunden war, und ritt eiligst von dieser schrecklichen Stätte. Als sie an die Stadt des Zaren Sultan Sultanowitsch kam, stieg sie von ihrem Passgänger und ließ ihn in das freie Feld laufen mit den Worten: »Laufe hin, du mein gutes Ross, in das freie Feld und genieße deiner Freiheit, bis du einen guten Herrn für dich findest!« Dann trat sie an einen Bach, wusch sich mit dem schwarzen Pulver und wurde schwarz und alt, und ging alsdann in die Stadt.

Nachdem Vowa Korolewitsch das Heer Dardons vernichtet hatte, kehrte er an die Stätte zurück, wo er seine Gemahlin und Polkan gelassen hatte, um sie mitzunehmen und in die Stadt Sumin zu gehen. Aber als er an sein Zelt kam, sah er den toten Körper Polkans und die beiden ermordeten Löwen. Im Zelte fand er weder die schöne Druschnewna, noch seine Kinder, und er glaubte, dass die Löwen Polkan und seine Gemahlin getötet hätten. Da ergriff Kummer das Herz des Vowa Korolewitsch, und nachdem er sich auf dieser Stelle ausgeweint hatte, ritt er allein zu seinem treuen Wärter Simbalda.

Als Vowa Korolewitsch in der Stadt Sumin ankam, wurde er von dem Wärter Simbalda mit großen Ehren aufgenommen. Nach kurzem Aufenthalte befahl er ein Heer zu sammeln, nahm Terwis, den Sohn Simbaldas mit sich und rückte vor die Stadt Anton. Zu dieser Zeit lebte König Dadon in seiner Stadt ohne alle Sorge, und erwartete von Stunde zu Stunde die Auslieferung des Vowa Korolewitsch vom König Sensiboi Andronowitsch aus dem armenischen Reiche, ohne zu wissen, dass das nach ihm ausgeschickte Heer umgekommen war; da kamen plötzlich Leute zu ihm und meldeten, Vowa Korolewitsch belagere die Stadt Anton von allen Seiten. Als der König Dadon dies hörte, befahl er sogleich, sein ganzes Heer zu sammeln. Er sammelte gegen drei Mal Hundert tausend Mann und rückte in das Feld zur Schlacht; aber Vowa wünschte nicht, unnütz Menschenblut zu vergießen, und befahl allen seinen Kriegern, sich nicht von der Stelle zu rühren. Er erblickte Dadon, ritt auf ihn los, holte ihn ein und hieb ihn mit dem Schwert auf den Kopf, leicht nur, aber er durchhaute doch den Schädel bis auf das Gehirn, dass Dadon vom Pferde stürzte. Vowa Korolewitsch befahl die Leiche Dadons aufzuheben und sie in die Stadt Anton zu tragen, damit Militrisa Kirbitowna selbst sein Ende sehen könne. Er selbst aber ging auf das Grab seines Vaters, weinte über demselben, und kehrte dann in die Stadt Sumin zurück.

Als man Dadon vor Militrisa Kirbitowna gebracht hatte, fing sie mit Tränen an, das geronnene Blut um die Wunde abzuwaschen, und da sie bemerkte, dass er noch lebe, schickte sie ihre treuen Diener in alle Königreiche, einen Arzt aufzusuchen, welcher dem König Dadon helfen möchte, wofür sie eine große Belohnung zu geben versprach. Vowa Korolewitsch hörte, dass Dadon noch lebe und einen Arzt suche, und fasste den Vorsatz, als Arzt in die Stadt Anton zu gehen und den Dadon umzubringen. Darauf wusch er sich mit dem schwarzen Pulver, wurde ein alter Mann, kleidete sich in die Tracht eines Arztes, und nahm Terwis und ein scharfes Schwert mit sich. Sie kamen in die Stadt und ließen dem König Dadon sagen, dass Ärzte aus fremden Ländern gekommen seien, seine Wunde zu heilen. Kaum hatte Dadon dieses gehört, so befahl er sogleich, sie vor sich zu rufen und bat sie, sie möchten seine Wunde bald heilen, sie sollten dafür reichliche Belohnung erhalten. Vowa Korolewitsch verneigte sich und sagte darauf, er wollte seine Wunde bald und leicht ausheilen: nur sollten sich alle Anwesenden entfernen und ihn allein mit ihm lassen. Dadon erfüllte sein Verlangen auf der Stelle, und als er allein mit ihm war, fasste ihn Vowa Korolewitsch beim Barte, zog sein scharfes Schwert unter den Kleidern hervor und sagte: »Hier, Dadon, du Bösewicht, nimm den Lohn nun, dass du dich durch die Schönheit der Königin Militrisa Kirbitowna hast verführen lassen, meinen Vater meuchlings zu ermorden.« Als er diese Worte gesprochen hatte, schlug er ihm den Kopf ab, legte ihn auf eine silberne Schüssel, bedeckte ihn mit einem weißen Tuche und ging zu seiner Mutter Militrisa Kirbitowna. Als er in ihre Gemächer trat, sprach er zu ihr: »Meine gnädige Frau Mutter, ich bin gekommen, dir zu melden, dass dein geliebter Gemahl Dadon von seiner Wunde vollkommen hergestellt ist, und zur Meldung dieser angenehmen Kunde hat er uns mit diesem Geschenk zu dir geschickt.« – Darauf gab er ihr die Schüssel mit dem Kopfe Dadons in die Hände. Militrisa Kirbitowna deckte das Tuch ab, und als sie das abgehauene Haupt Dadons erblickte, entsetzte sie sich so, dass sie einige Zeit lang nichts sagen konnte; aber endlich fing sie an, die Haare und Kleider zu zerreißen, und schwur, den Vowa Korolewitsch zu ermorden, weil er den Dadon getötet und sich ihren Sohn genannt hatte.

Da verlangte Vowa Wasser, wusch sich mit dem weißen Pulver, und wurde jung und schön. Militrisa Kirbitowna erkannte ihn, fiel ihm zu Füßen und fing an, um Verzeihung zu bitten. Vowa Korolewitsch befahl dem Terwis, sie zu nehmen, in ein Fas einzuspunden und ins Meer treiben zu lassen. Dann berief er die Fürsten und Bojaren zu sich und erklärte ihnen, dass er Bowa Korolewitsch, der rechtmäßige Thronfolger seines Vaters Guidon, sei und sich bis jetzt in fremden Ländern herumgetrieben habe; aber da er jetzt seinen Feind Dadon getötet, und seine Mutter für ihren Verrat bestraft, wolle er in seinem Reiche herrschen, und deswegen verlange er von ihnen den Eid der Treue. Sogleich begannen alle Fürsten, Bojaren und andere Menschen, ihm zu schwören und zum Antritt der Herrschaft Glück zu wünschen. Deshalb befahl er alle Speisen und Getränke einen Monat lang unentgeltlich und auf seine Kosten zu verteilen.

Nach dem Feste schickte Bowa einen Gesandten zu Saltan, um seine Tochter Miliheria zur Gemahlin für ihn zu erbitten, denn er glaubte, dass Druschnewna von den Löwen zerrissen sei. Mit dem Gesandten schickte er viele kostbare Geschenke dem Saltan selbst und seiner Tochter. Und als der Gesandte in der Stadt des Saltan Saltanowitsch anlangte, übergab er diesem die Urkunde, und Saltan Saltanowitsch las sie vor und ging alsdann zu seiner Tochter und sprach zu ihr: »Meine liebe Tochter, ich habe so eben ein Schreiben von dem Ritter bekommen, welchen du im Gefängnis gehalten hast und zu deinem Glauben belehren wolltest. Er ist ein Königssohn und herrscht jetzt in seinem Reiche; er hat Geschenke an mich geschickt, und bewirbt sich um deine Hand. Ich bin zu dir gekommen, dir dieses zu melden und von dir zu erfahren, ob du deine Einwilligung dazu gibst.« Die schöne Miliheria freute sich sehr darüber und sagte, dass sie in Allem dem Willen ihres Vaters gehorchen wolle. Denselben Tag empfing er von dem Gesandten die Geschenke des Vova Korolewitsch und befahl darauf alles zur Reise Nötige zuzubereiten.

Die Königin Druschnewna war in der Zeit, wo der Gesandte des Vowa Korolewitsch bei Saltan Saltanowitsch anlangte, in derselben Stadt und wusch Kleider für Jedermann; damit ernährte sie sich und erzog ihre beiden Söhne, welche nicht nach Tagen wuchsen, sondern nach Stunden, und Alle durch ihre Schönheit übertrafen. Sie hatte nicht geglaubt, dass Vowa Korolewitsch noch lebe, aber da sie hörte, dass ein Gesandter von ihm gekommen sei, welcher bei Saltan Saltanowitsch um die Hand seiner Tochter anhalte, und dass dieser sie ihm auch geben wolle, nahm sie ihre beiden Söhne und begab sich in die Stadt Anton, wo er herrschte. Sie reiste mit großen Beschwerden und lange Zeit. Endlich langte sie an demselben Tage an, da Vowa mit Miliheria Saltanowna Hochzeit zu halten anfing. Sie wusch sich mit dem weißen Pulver und wurde schön, wie ehemals. Dann schickte sie ihre beiden Söhne in das Schloss, damit sie bis zu Vowa Korolewitsch vordrängen und von ihrem Stande und ihren Begebenheiten berichteten. Litscharda und Simbalda, so hießen ihre Söhne, stellten sich in den Gang, durch welchen Vowa Korolewitsch mit seinen Fürsten und Bojaren zur Tafel gegen musste. Als er bei ihnen vorüber in sein Gemach ging, fiel plötzlich sein Blick auf sie, und er fragte, was sie für Leute wären, und wen sie erwarteten. Da verneigte sich der älteste Sohn tief und sprach: »Wir sind, o Herrscher, die Kinder des berühmten Ritters und ersten Helden in der Welt, des Vowa Korolewitsch, und der schönen Prinzess Druschnewna; unser lieber Vater hat uns sehr jung im freien Felde unter einem weißen Zelte mit unserer Mutter und dem Ritter Polkan zurückgelassen, welchen die Löwen getötet haben. Wir aber sind mit unserer Mutter von diesem Orte entflohen und suchten bis jetzt unsern Vater in allen Reichen.«

Hierauf umarmte sie Vowa Korolewitsch und rief dann aus: »Ach meine lieben Kinder, ich bin euer Vater und hoffte nicht, euch lebend zu sehen. Aber wo ist meine liebe Gemahlin, eure Mutter?«– Da zeigte Litscharda den Ort, wo sie die schöne Druschnewna gelassen hatten, und Vowa schickte sogleich seine nächsten Bojaren nach ihr. Als sie Vowa Korolewitsch wieder sah, war er sehr erfreut und befahl wegen solcher unerwarteten Freude, die Festlichkeiten zu verdoppeln, und zwei Monate den Untertanen die Abgaben zu erlassen. Seinen treuen Wärter Simbalda belohnte er mit vielen Städten, und dessen Sohn Terwis heiratete die schöne Miliheria Saltanowna, und er schickte sie zu ihrem Vater und ließ ihm sagen, dass er seinen neuen Schwiegersohn lieben und ehren solle, und fügte hinzu, es sei ihm unmöglich gewesen, sie nach der Rückkehr seiner Gemahlin Druschnewna zu heiraten.

Den Bruder Simbaldas, Dhen Ohen, schickte er nach dem Feste mit einem Heer ins armenische Reich, um dasselbe dem Orlop wieder zu entreißen, und befahl, ihm nach dem Siege bösen Tod zu geben, weil er nach dem Tode des Sensiboi Andronowitsch dessen Reich beherrscht hatte, und bestätigte die Botmäßigkeit des armenischen Königreiches dem Dhen und seinen Nachfolgern. Er aber blieb in seiner Stadt Anton und herrschte glücklich.

8.   Der sanfte Mann und die zänkische Frau

Es lebte einmal ein Bauer mit seiner Frau in großer Armut; der war so sanft wie ein Kalb, und sie so boshaft, wie eine Schlange. Sie schimpfte und prügelte ihren Mann um jeder Kleinigkeit willen. Eines Tages hatte sich die Frau bei ihrem Nachbar Getreide zu einem Brote ausgebeten und schickte ihren Mann damit in die Mühle, um das Getreide mahlen zu lassen. Der Müller nahm wegen ihrer Armut nichts von ihnen, und ließ das Getreide mahlen. Als der Bauer das Getreide gemahlen wieder erhalten, ging er nach Hause. Da erhob sich auf ein Mal ein so heftiger Wind, dass alles Mehl aus der Schüssel, die er auf dem Kopfe trug, in einem Augenblicke heraus geblasen wurde. Er kam nach Hause und sagte es seiner Frau. Als sie dies hörte, fing sie an, ihn zu schimpfen und unbarmherzig zu prügeln, und sie prügelte ihn so lange, bis sie müde war, und schickte ihn zu dem Winde, der ihm das Mehl weggeblasen hatte, damit er Geld dafür nähme, oder eben so viel Mehl, als er in der Schüssel gehabt. Als der Bauer so schwere Misshandlung von seiner Frau erlitten hatte, ging er weinend aus seinem Hause, wohin? wusste er selbst nicht, und kam in einen großen finstern Wald und ging darin herum. Da kam ihm ein altes Weib entgegen und fragte ihn: »Guter Mann, wo gehst du hin, und wohin richtest du deinen Weg? Wie bist du in diese Gegend gekommen, wohin selten ein Vogel fliegt und selten ein Wild läuft?« – »Altes Mütterchen,« antwortete er, »mich hat der Zwang hierher getrieben. Ich ging in eine Mühle, um Getreide zu mahlen, und als ich es gemahlen hatte, schüttete ich das Mehl in eine Schüssel und ging nach Hause. Da erhob sich plötzlich ein so heftiger Wind, dass alles Mehl aus der Schüssel geweht wurde. Ich kam also ohne Mehl nach Hause und sagte es meiner Frau; dafür hat sie mich nun geprügelt und zu dem Winde geschickt, dass er mir das Mehl zurückgebe oder Geld dafür bezahle. Jetzt gehe ich herum und suche den Wind, und weiß nicht, wo er zu finden ist.« – »Folge mir,« sagte die Alte. »Ich bin die Mutter der Winde und habe vier Söhne: der erste Sohn ist der Ostwind, der zweite der Südwind, der dritte der Westwind, der vierte der Nordwind. So sage mir nun, welcher Wind dein Mehl fort geblasen hat.« – »Der Südwind, Mütterchen,« antwortete der Bauer.

Die alte Frau führte den alten Mann tiefer in den Wald und brachte ihn an eine kleine Hütte und sagte: »Hier wohne ich, Bauerchen, krieche auf den Ofen und wickele dich ordentlich ein. Meine Kinder werden bald kommen.« – »Warum soll ich mich denn einwickeln?« fragte der Bauer. »Weil mein Sohn, der Nordwind, sehr kalt ist und du erfrieren würdest,« sagte die alte Frau. Bald darauf fingen die Kinder der alten Frau an, sich zu versammeln. Als endlich der Südwind kam, rief die alte Frau den Bauer vom Ofen, und sprach mit ihrem Sohne: »Südwindchen, mein lieber Sohn, gegen dich ist eine Klage erhoben worden: warum beleidigst du arme Leute? Du hast diesem Manne sein Mehl aus der Schüssel geblasen: bezahle ihn nun mit Geld oder womit du willst.« – »Sehr gut, Mütterchen,« sagte der Wind, »ich will ihm sein Mehl bezahlen.« – Dann rief er den Bauer zu sich und sagte: »Höre, Bauerchen, nimm dir dieses Körbchen, es enthält Alles, was du nur wünschen magst: Geld, Brod, allerhand Speise und Getränke, Alles. Du brauchst nur zu sagen: Körbchen, gib mir dies und das, so wird es dir gleich Alles geben. Gehe jetzt nach Hause, das ist die Belohnung für dein Mehl.« Der Bauer neigte sich vor dem Winde, dankte ihm für sein Körbchen und ging nach Hause.

Als er das Körbchen nach Hause brachte, gab er es seiner Frau und sprach: »Frau, hier hast du ein Körbchen; es enthält Alles, was du nur haben willst: bitte nur bei ihm.« Die Frau nahm das Körbchen und sagte zu ihm: »Körbchen, gib mir gutes Mehl zu Brod.« Das Körbchen gab ihr sogleich, so viel sie brauchte. Sie forderte noch Mancherlei von ihm, und das Körbchen gab den Augenblick Alles. Nach einigen Tagen begab sich's, dass ein vornehmer Herr bei der Bauerhütte vorüber fuhr. Als ihn die Frau des Bauers erblickte, sprach sie zu ihrem Manne: »Gehe und bitte diesen Herrn bei uns zu Gaste; wenn du ihn nicht hereinbringst, werde ich dich halb tot prügeln.« Der Bauer fürchtete die Schläge seiner Frau, und ging und lud den Edelmann zu sich zu einem Schmaus ein; die Frau nahm unterdessen aus dem Körbchen allerlei Speise und Getränke, deckte den Tisch, setzte sich ans Fenster, die Hände in den Schoß legend, und erwartete in ihrem Hause die Ankunft des Edelmannes, welchen der Bauer auf dem Wege eingeholt und zu sich zu einem Gastmahl eingeladen hatte. Dieser wunderte sich über eine solche Einladung, lachte nur darüber und wollte nicht zu ihm gehen, sondern befahl den Leuten, welche er bei sich hatte, auf die Gasterei zu dem Bauer zu gehen und ihm hernach zu erzählen, wie sie der Bauer bewirtet habe. Die Leute begaben sich zu dem Bauer, und als sie zu ihm in die Stube kamen, wunderten sie sich sehr, weil er seiner Hütte nach ein sehr armer, aber den auf dem Tische stehenden Speisen nach zu urteilen, ein vornehmer Mann sein musste. Sie setzten sich an den Tisch und machten sich lustig. Sie bemerkten aber, dass die Frau des Bauers, wenn sie etwas nötig hatte, es gleich von dem Körbchen forderte und Alles von ihm erhielt. Deshalb gingen sie noch nicht aus der Stube und schickten einen von ihren Kameraden, sobald wie möglich, eben so ein Körbchen zu machen, und es wieder hierher zu ihnen zu bringen, aber so dass es weder der Bauer noch seine Frau bemerken sollte.

Der Abgesendete lief sogleich und ließ ein ähnliches Körbchen machen. Als er es gebracht hatte, nahmen die Gäste leise das Körbchen des Bauers und setzten anstatt desselben das ihrige an jenen Ort. Dann fuhren sie von dem Bauer fort zu ihrem Herrn und erzählten, wie sie der Bauer bewirtet habe.

Die Frau des Bauern warf die ganze übrig gebliebene Speise weg, weil sie den andern Tag frische kochen wollte. Den folgenden Morgen trat sie zu ihrem Körbchen und fing an bei ihm um das zu bitten, was ihr nötig war. Und als sie sah, dass ihr das Körbchen nichts gab, rief sie ihren Mann zu sich und sagte: »Alter Graukopf, was hast du mir für ein Körbchen gebracht? Wahrscheinlich hat es uns nur eine Zeit lang gedient, und was hilft es uns jetzt, da es uns nichts gibt? Gehe wieder zu dem Wind und bitte ihn, dass er uns unser Mehl wieder gibt oder ich prügle dich bis auf den Tod.«

Der arme Bauer ging wieder zu den Winden. Als er zu der alten Frau, ihrer Mutter, kam, beklagte er sich über sein Weib. Die Alte sagte zu ihm, er solle auf ihren Sohn warten, er werde bald kommen. Nicht lange darauf kam der Südwind, und der Bauer fing an, über seine Frau zu klagen. Da sprach zu ihm der Wind: »Du tust mir Leid, Alter, dass du so eine böse Frau hast, aber ich will dir helfen und deine Frau soll dich nicht mehr schlagen: nimm dieses Fas, und wenn du nach Hause kommst und dich deine Frau schlagen will, so stelle dich hinter das Fas und sage: Fünf aus dem Fasse, prügelt meine Frau! und wenn sie sie ordentlich durchgeprügelt haben, so sage: Fünf wieder in das Fas!« Und der Bauer verneigte sich abermals gegen den Wind und ging nach Hause. Als er daselbst ankam, sprach er: »Da, Frau, da hast du anstatt eines Körbchens ein Fass.« Die Frau wurde böse auf ihn und sprach: »Was soll ich mit deinem Fasse machen? Warum hast du kein Mehl gebracht?« Als sie diese Worte sprach, ergriff sie die Ofengabel und wollte ihren Mann prügeln. Da stellte sich der Bauer sogleich hinter das Fas und rief: »Fünf aus dem Fasse, prügelt meine Frau ordentlich!« Auf ein Mal sprangen aus dem Fasse fünf Bursche hervor und fingen an, die Bauerfrau zu prügeln. Und als der Bauer sah, dass sie genug geschlagen worden war, und sie ihn um Barmherzigkeit bat, da rief er: »Fünf wieder in das Fas!« Da hörten sie alsbald auf, sie zu prügeln und verkrochen sich augenblicklich wieder in dem Fasse.

Von dieser Zeit an wurde seine Frau sanft. Dann fing der Bauer an, über sein Körbchen nachzudenken und fasste Verdacht gegen seine Gäste und vermutete, dass sie es wohl verwechselt hätten. Er beratschlagte mit seiner Frau, wie sie ihr Körbchen wieder bekommen könnten, und die Frau sagte darauf zu ihm: »Da du jetzt so ein wunderbares Fas hast, so kannst du nicht allein mit einem Menschen, sondern mit vielen Tausenden fertig werden. So gehe zu dem Edelmann und lasse dir dein Körbchen wiedergeben.« Der Bauer nahm dies als einen guten Rath an, ging zu dem Edelmanne und forderte ihn zu einem Zweikampfe heraus. Dieser aber lachte über die Torheit dieses Bauern und mochte es ihm nicht abschlagen, denn er wollte sich über ihn lustig machen, und befahl deshalb dem Bauer ins Feld zu gehen. Dieser nahm sein Fässchen unter den Arm, begab sich ins Feld und wartete auf den Herrn, der in Begleitung seiner Leute zu dem Bauer fuhr. Als er näher zu ihm kam, befahl er seinen Dienern, den Bauer zum Spaß tüchtig durchzuprügeln. Der Bauer sah, dass man ihn zum Besten habe, als man ihn zu prügeln anfing, wurde böse auf den Edelmann und sprach: »Ei, Herr, befiehl, mir mein Körbchen wieder zu geben, sonst wird es euch allen schlecht gehen.« Allein er sah, dass man nicht aufhörte ihn zu prügeln und schrie: »Fünf auf Jeden aus dem Fass! prügelt sie tüchtig!« – Sogleich sprangen fünf Bursche auf Jeden und fingen an, sie unbarmherzig zu prügeln. Der Edelmann fürchtete, dass man ihn zu Tode prügeln möchte, und schrie aus vollem Halse: »Bauerchen, lass sie nur aufhören, uns zu prügeln.« Als der Bauer dies hörte, rief er: »He, Bursche, geht alle zurück ins Fass!« Da hörten die Bursche sogleich auf zu prügeln, und verkrochen sich im Fasse. Der Edelmann befahl sogleich seinen Bedienten, das Körbchen zu holen und zurück zu geben. Es geschah auf der Stelle. Der Bauer nahm sein Körbchen, ging nach Hause und lebte mit seiner Frau in großer Zufriedenheit und Ruhe.

9. Märchen von der Ente mit goldnen Eiern

Es lebte einmal ein Greis mit einer alten Frau. Der Greis hieß Abrosim, und die alte Frau Fetinia, und sie lebten in großer Armut und Dürftigkeit, und hatten einen Sohn namens Iwanuschka, der schon fünfzehn Jahr alt war. Eines Tages brachte der Greis Abrosim eine Brodschnitte, um sie seiner Frau und seinem Sohne zu essen zu geben. Kaum aber fing er an, dieselbe zu zerschneiden, so sprang Krutschina[5] aus dem Ofen hervor, riss ihm die Brodschnitte aus den Händen, und lief wieder hinter den Ofen. Da fing der Greis an, sich vor Krutschina zu verneigen und sie zu bitten, dass sie ihm dieselbe zurückgebe, weil er mit seiner Frau nichts zu essen habe. Die alte Krutschina antwortete darauf: »Ich werde dir die Brodschnitte nicht wieder geben; aber ich will dir eine Ente dafür schenken, welche jeden Tag ein goldenes Ei legt.« – »Gut,« sagte Abrosim, »ich werde heute auf jeden Fall nicht zu Abend essen; nur betrüge du mich nicht und sage mir, wo ich die Ente finde.« – »Morgen früh, sobald du aufgestanden bist,« antwortete ihm Krutschina, »gehe in die Stadt; dort wirst du in einem Teiche die Ente sehen; fange sie und trage sie nach Hause.« Als Abrosim diese Worte gehört hatte, legte er sich schlafen.

Den andern Morgen stand er frühzeitig auf, ging in die Stadt und war sehr erfreut, als er wirklich eine Ente auf dem Teiche erblickte. Er begann sie zu locken und fing sie bald, trug sie nach Hause und gab sie der Fetinia. Die alte Frau befühlte die Ente und sagte, dass sie ein Ei habe. Da freuten sich beide sehr, setzten die Ente in einen großen Napf und bedeckten sie mit einem Siebe. Nach einer Stunde sahen sie nach, und bemerkten, dass die Ente ein goldenes Ei gelegt hatte. Dann ließen sie sie auf der Diele ein Wenig herumlaufen, und der Greis nahm das Ei, und trug es in die Stadt, um es zu verkaufen. Er verkaufte das Ei für hundert Rubel, nahm das Geld, ging auf den Markt, kaufte allerhand Zugemüse und kehrte nach Hause zurück. Den andern Tag legte die Ente eben so

---

[5] Der Kummer.

ein Ei, und Abrosim verkaufte auch dieses, und auf diese Weise legte die Ente alle Tage ein goldenes Ei, und in kurzer Zeit wurde der Greis sehr reich. Er baute sich ein großes Haus und eine Menge Buden, und kaufte allerhand Waren und fing an zu handeln.

Seine Frau Fetinia unterhielt ein verbotenes Verhältnis mit einem jungen Kaufmannsdiener und liebte ihn; aber dieser Kaufmannsdiener liebte sie nicht, sondern zog nur Geld von ihr. Einstmals als Abrosim ausgegangen war, neue Waren zu kaufen, kam der Kaufmannsdiener zu Fetinia und unterhielt sich mit ihr. Da erblickte er die Ente, welche die goldenen Eier legte. Er fing sie, fand Vergnügen an ihr und bemerkte, dass unter den Flügeln mit goldenen Buchstaben geschrieben stand: »Wer diese Ente aufisst, der wird ein Zar werden.« Davon sagte aber der Kaufmannsdiener Fetinien nichts, sondern er bat sie, dass sie aus Liebe zu ihm die Ente braten sollte. Doch Fetinia antwortete ihm, sie könne und dürfe sie nicht abschlachten, weil ihr Glück von derselben abhange. Aber der Kaufmannsdiener bat sie noch dringender, dass sie aus Liebe zu ihm sie schlachten und braten möchte. Fetinia überlegte es lange und wagte aus Furcht vor ihrem Manne nicht, es zu tun. Endlich aber, verlockt von den Schmeicheleien des Kaufmannsdieners, schlachtete sie die Ente und setzte sie in den Ofen. Der Kaufmannsdiener ging fort und versprach bald wieder zu kommen, und Fetinia ging auch in die Stadt. Um diese Zeit kam Iwanuschka, ihr Sohn, nach Hause und hatte großen Hunger. Er suchte überall etwas, ihn zu stillen und fand im Ofen die gebratene Ente nahm sie heraus und aß sie bis auf die Knochen. Dann ging er wieder in seinen Laden. Da kam der Kaufmannsdiener zurück, rief Fetinien zu sich, und gebot ihr, als sie kam, die gebratene Ente herauszunehmen. Fetinia eilte zu dem Ofen, und als sie sah, dass die Ente nicht mehr da war, erschrak sie sehr, und sagte dem Kaufmannsdiener, die Ente sei aus dem Ofen verschwunden. Da wurde der Kaufmannsdiener zornig auf sie, und sagte zu ihr: »Du hast gewiss die Ente selbst aufgegessen!« schalt sie aus und ging aus dem Hause fort. Abends kamen Abrosim und sein Sohn Iwanuschka nach Hause. Da bemerkte Abrosim, dass die Ente nicht da war, und fragte Fetinia, wo sie hingekommen sei. Fetinia aber gab ihm zur Antwort, dass sie nichts davon wisse. Iwanuschka sagte zu seinem Vater:»Mein Vater und Wohltäter, vorhin kam ich nach Hause, um zu Mittage zu essen, und meine Mutter war nicht daheim; da sah ich in den Ofen und bemerkte eine gebratene Ente, nahm sie heraus und aß sie auf bis auf die Knochen; doch weiß ich nicht, ob es die unsrige oder eine fremde war.« Da geriet Abrosim in heftigen Zorn gegen seine Frau, und schlug sie halbtot, und seinen Sohn Iwanuschka jagte er aus dem Hause.

Der kleine Iwanuschka begab sich auf den Weg und ging, ohne zu wissen, wohin? gerade nach dem Orte, wo ihn seine Augen hinführten. Er ging zehn Tage und zehn Nächte, und kam in ein Reich, und als er in die Thorpforten trat, erblickte er eine große Menge Volk. Dieses Volk hielt einen Rath, denn ihr Zar war gestorben, und sie wussten nicht, wen sie zu ihrem Zaren wählen sollten. Da fassten sie unter einander den Entschluss, den, der zuerst zu ihnen durch die Stadtpforten käme, zu ihrem Zaren zu machen. Um diese Zeit begab sich's, dass Iwanuschka durch die Stadtpforten eintrat. Da schrie das ganze Volk:»Hier kommt unser Zar!« Und die Ältesten fassten Iwanuschka unter den Armen, führten ihn in die zarischen Gemächer, kleideten ihn in zarische Kleider, setzten ihn auf den zarischen Thron, beugten sich alle vor ihm als vor ihrem wirklichen Zaren, und verlangten von ihm verschiedene Aufträge. Da dachte Iwanuschka, er sehe sich im Traume als Zaren, und nicht im Wachen. Aber als et sich gesammelt hatte, sah er, dass er wirklich Zar sei. Da freute er sich von ganzem Herzen und fing an, das Volk zu beherrschen, und setzte viele Beamte ein. Nach kurzer Zeit wählte er Einen, Luga, mit Namen, berief ihn zu sich, und sprach folgende Worte:»Mein treuer Diener und guter Ritter Luga, leiste mir einen Dienst, reise in mein Vaterland und begib dich gerade zu dem König, grüße ihn von mir, und bitte ihn, dass er dir den Kaufmann Abrosim, der sich vergangen hat, mit seiner Frau ausliefert, und wenn er dir sie übergeben hat, so bringe sie hierher zu mir; wenn er dir sie aber nicht überliefern will, so drohe ihm, dass ich sein Reich mit Feuer verheeren und ihn selbst zum Gefangenen machen würde.«

Als der Diener Luga in das Vaterland des Iwanuschka gekommen war, ging er zu dem Zaren und bat ihn um Abrosim, der sich vergangen, und um Fetinia. Der Zar wusste, dass Abrosim ein reicher Kaufmann in seiner Stadt war, und wollte ihn nicht gern ausliefern; aber er überlegte dann, dass das Reich Iwanuschkas sehr mächtig und volkreich sei, und, deshalb sich fürchtend, entließ er den Abrosim und die Fetinia. Luga aber empfing sie von dem Zaren, und begab sich in sein Reich. Als er sie zu dem Zaren Iwanuschka brachte, da sagte dieser zu seinem Vater Abrosim: »Ja, mein Vater, du hast mich aus deinem Hause vertrieben, und ich nehme dich dafür zu mir; lebt beide, du mit der Mutter, bis ans Ende eurer Tage bei mir.« Abrosim und Fetinia freuten sich sehr, dass ihr Sohn Zar geworden sei, und sie lebten bei ihrem Sohne viele Jahre, und sie starben hernach.

Iwanuschka saß auf dem Throne dreißig Jahre in guter Gesundheit und Glückseligkeit. Alle seine Untertanen liebten ihn aufrichtig bis zur letzten Stunde seines Lebens.

10. Märchen von Bulat, dem braven Burschen

Es war einmal ein Zar mit Namen Chodor. Dieser Zar hatte nur einen Sohn, Iwan Zarewitsch. Chodor übergab den Iwan Zarewitsch, als er ins Jünglingsalter trat, verschiedenen Lehrern, um ihn in verschiedenen ritterlichen Künsten unterrichten zu lassen. Als Iwan Zarewitsch erwachsen war, bat er seinen Vater, den Zaren Chodor, um die Erlaubnis, in andere Reiche zu reisen, Menschen zu sehen und sich sehen zu lassen. Zar Chodor entließ ihn und sagte, er sollte in andern Reichen seine Geschicklichkeit zeigen und dadurch sich und den Zaren Chodor berühmt machen.

Darauf ging Iwan Zarewitsch in die zarischen Ställe, um sich ein gutes Ross zu wählen; das, worauf er seine Hand legen könnte, ohne dass es vor ihm auf die Knie stürzte, würde brauchbar für ihn sein. Und so durchging er alle Pferdestände und fand kein Ross nach seinem Sinne, und er verließ den Stall in großer Betrübnis. Er nahm den straffen Bogen und trockne Pfeile, und ging in das freie Feld, seinen Kummer zu zerstreuen. Sobald er in das freie Feld kam, erblickte er in der Luft einen Schwan, spannte seinen straffen Bogen und schoss nach diesem Schwan, aber er traf ihn nicht, und sein Pfeil verschwand ihm vor den Augen. Da wurde Iwan Zarewitsch sehr traurig, dass er seinen Lieblingspfeil verloren. Er suchte ihn auf dem ganzen Felde mit Tränen, kam an einen kleinen Berg und hörte eine Menschenstimme, welche ihm zurief: »Komme hierher, Iwan Zarewitsch!« Iwan Zarewitsch wunderte sich nicht wenig, dass er eine Stimme hörte und Niemanden sah. Diese Stimme rief abermals, und Iwan Zarewitsch ging der Stimme nach, und bemerkte in dem Berge ein kleines Fenster mit eisernen Gittern, und in dem Fenster sah er einen Menschen, der ihn mit der Hand zu sich winkte. Als Iwan Zarewitsch zu ihm kam, sagte jener Mensch: »Worüber grämst du dich, guter Jüngling, Iwan Zarewitsch?« »Wie sollte ich mich nicht grämen?« antwortete ihm Iwan Zarewitsch, »ich habe meinen Lieblingspfeil verloren, und kann ihn nirgends finden, und noch ist mein Kummer darüber groß, dass ich kein gutes Ritterross für mich nach meinem Sinne finde.« – »O dieser Kummer ist nicht groß,« sagte jener Mensch zu ihm, »ich schaffe dir ein gutes Ross und gebe dir deinen trocknen Pfeil zurück, denn er ist zu mir herein geflogen; aber was wirst du mir dafür geben?« – »Ich werde dir Alles geben, was du nur fordern wirst,« sagte Iwan Zarewitsch zu ihm, »wenn du mir nur ein gutes Ross verschaffst, und den trockenen Pfeil zurückgibst.« – »Ich will weiter nichts von dir,« sagte jener Mensch, »als dass du mich von hier befreiest.« – »Und wie und von wem bist du hier eingesperrt worden?« fragte ihn Iwan Zarewitsch. »Dein Vater hat mich hier festgesetzt. Ich war ein berühmter Räuber und heiße Bulat, der brave Bursche. Er wurde zornig auf mich, befahl, mich zu fangen, und setzte mich in dieses Gefängnis, und hier sitze ich nun schon drei und dreißig Jahre.« – »Höre, Bulat, braver Bursche,« sprach Iwan Zarewitsch, »ich kann dich ohne meines Vaters Befehl nicht heraus lassen, denn wenn er es erführe, würde er auf mich zürnen.« – »Fürchte das nicht,« antwortete ihm Bulat, der brave Bursche, »dein Vater wird davon nichts erfahren: sobald du mich herausgelassen hast, werde ich in andere Länder gehen und nicht hier leben.« – »Wolan!« sprach Iwan Zarewitsch, »ich werde dich frei lassen, gib mir nur meinen trockenen Pfeil zurück, und sage, wo ich ein Ritterross bekommen kann.« – »Gehe ins freie Feld,« sagte Bulat, der brave Bursche, »dort wirst du drei grüne Eichen sehen, und zwischen diesen drei Eichen auf der Erde eine eiserne Türe mit einem kupfernen Ringe entdecken: unter dieser Türe ist ein Stall, in ihm steht ein gutes Ritterross, welches mit zwölf eisernen Türen und zwölf Stahlschlössern eingeschlossen ist: hebe diese Türe auf, schlage die zwölf Schlösser herunter und öffne die zwölf Türen, so wirst du ein gutes Ross bekommen; auf diesem Rosse komme zu mir, ich werde dir deinen trockenen Pfeil zurückgeben, und dann lasse mich heraus von hier.«

Als Iwan Zarewitsch diese Worte gehört hatte, ging er in das freie Feld, gewahrte drei grüne Eichen, und fand die eiserne Türe mit dem kupfernen Ring. Er fasste diesen Ring, hob die Türe auf, schlug die zwölf Schlösser ab, öffnete die zwölf Türen, und trat in einen Stall, wo er ein gutes Ross und eine Ritterrüstung erblickte. Iwan Zarewitsch legte seine Hand auf dieses Ross, und das Ross fiel nicht von seiner Hand auf die Knie, sondern beugte sich ein wenig. Und als das Ross einen Reiter für sich hörte, fing es an mit lauter Stimme zu wiehern, fiel auf die Knie vor Iwan Zarewitsch und ließ sich von ihm den Zügel anlegen und satteln. Iwan Zarewitsch nahm das gute Ross, den Streitkolben und das Schlachtschwert, führte das Ross aus dem Stalle, setzte sich auf den tscherkassischen Sattel, und nahm den seidenen Zügel in seine weiße Hand. Da bekam er Lust, sein gutes Ross zu versuchen. Er schlug es auf die Hüfte, und das gute Ross ergrimmte, trennte sich von der Erde, erhob sich über den stehenden Wald und unter die gehenden Wolken, ließ Berg und Tal zwischen seinen Füßen, bedeckte kleine Flüsse mit seinem Schweife, übersprang tiefe Flüsse und große Sümpfe, und so gelangte Iwan Zarewitsch zu Bulat, dem braven Burschen, und sprach zu ihm mit lauter Stimme: »Gib mir nun meinen trockenen Pfeil zurück, Bulat, braver Bursche, dann werde ich dich guten Burschen aus der Haft entlassen.« – Bulat der brave Bursche, gab ihm sogleich seinen trockenen Pfeil wieder, und Iwan Zarewitsch entließ ihn alsbald aus der Gefangenschaft. »Ich danke dir, Iwan Zarewitsch,« sagte Bulat, der brave Bursche, »dass du mich aus dem Gefängnisse befreit hast. Ich werde dir noch treue Dienste leisten, sobald du dich in Not befindest, und wenn du mich brauchst, so sprich nur: »Ach, wo ist mein Bulat, der brave Bursche?« und ich werde sogleich vor dir erscheinen, und dir in der Not ein treuer Diener sein.« Und als er diese Worte gesprochen, rief er mit lauter Stimme:

»Siwka Burka! he!
Frühlings-Lichtfuchs! steh!
wie das Blatt vorm Grase, hier
unverweilt vor mir!«

Da erschien plötzlich vor Bulat, dem braven Burschen, ein Ross, und Bulat, der brave Bursche, kroch ihm in ein Ohr, aß und trank, und kroch durch das andere wieder heraus, und er ward ein so schöner Jüngling, dass man es sich nicht vorstellen, nicht mit der Feder beschreiben, noch im Märchen sagen kann. Alsdann setzte sich Bulat auf sein Ross und sprach: »So lebe denn wohl für jetzt, Iwan Zarewitsch!« Und er ritt von ihm fort.

Iwan Zarewitsch setzte sich auf sein gutes Ross und ritt zu seinem Vater. Als er zu ihm kam, sagte er ihm mit Tränen Lebewohl, nahm nach dem Abschied seinen Wärter mit sich, und ritt mit ihm in fremde Länder. Und so ritten sie einige Zeit mit einander und kamen in einen Wald, und es war ein schöner und heißer Tag, und Iwan Zarewitsch bekam Durst. Sie ritten in dem Walde herum und suchten Wasser, konnten aber keines finden. Endlich kamen sie an einen tiefen Brunnen, in welchem sich Quellwasser befand. Da sagte Iwan Zarewitsch zu seinem Wärter: »Steige in diesen Brunnen und hole mir Wasser: ich werde dich an einen Strick binden und dich halten, damit du nicht ertrinkest.« – »Nein, Iwan Zarewitsch,« sagte der Wärter, »ich bin etwas schwerer, als du, und du kannst mich nicht erhalten; besser wäre es, wenn du selber hinunter stiegest, denn ich kann dich erhalten.« Iwan Zarewitsch folgte seinem Wärter und ließ sich hinunter in den Brunnen. Und als Iwan Zarewitsch genug getrunken hatte, sagte er zu dem Wärter, er sollte ihn herausziehen aus dem Brunnen, aber der Wärter antwortete ihm: »Nein, ich werde dich nicht eher heraufziehen, bis du mir ein eigenhändiges Schreiben gibst, dass du mein Diener bist, und ich dein Herr, und dass ich Iwan Zarewitsch heiße. Hast du nicht Lust, darein zu willigen, so werde ich dich in dem Brunnen ersäufen.« – »Lieber Wärter,« rief ihm Iwan Zarewitsch zu, »ersäufe mich nicht, sondern ziehe mich heraus, ich werde dir ein eigenhändiges Schreiben geben, dass du mein Herr bist, und dass ich dein Diener bin.« – »Nein, ich traue dir nicht,« fuhr der Wärter fort, »wenn du mir nicht einen Schwur leistest.« – »Ich schwöre dir bei Gott, dass ich dir wirklich ein solches Schreiben geben werde.«

Darauf zog ihn der Wärter heraus, und Iwan Zarewitsch nahm ein Papier, fertigte einen Schein aus und gab ihn dem Wärter. Alsdann zog er seine Kleider aus, gab sie dem Wärter, zog die des Wärters an, und dann begaben sie sich auf den Weg. Nach einigen Tagen gelangten sie in das Reich Panthuis. Als Zar Panthui von der Ankunft des Iwan Zarewitsch Nachricht erhielt, kam er ihm entgegen, empfing den Wärter anstatt des Iwan Zarewitsch, nahm ihn bei den weißen Händen, führte ihn in seine weißsteinernen Gemächer, setzte ihn an eichene Tische, und sie aßen und tranken und trieben Kurzweil. Da fing Zar Panthui an, den falschen Zarewitsch zu fragen, »Iwan Zarewitsch, warum bist du in mein Reich gekommen?« Da antwortete ihm der falsche Iwan Zarewitsch: »Gnädiger Herr, ich bin zu dir gekommen, um mich um deine Tochter, die schöne Zarewna Zeria, zu bewerben.« – »Mit großem Vergnügen gebe ich dir meine Tochter zur Gemahlin,« sprach Zar Panthui. Darauf sagte unter anderen Gesprächen der falsche Iwan Zarewitsch zum Zaren Panthui: »Lass meinen Diener in der Küche zu niedrigen Arbeiten brauchen, denn er hat mir auf der Reise großen Verdruss gemacht.« – Der Zar befahl sogleich, den Iwan Zarewitsch in der Küche zu niedrigen Arbeiten anzustellen, und sein Wärter belustigte sich mit dem Zaren.

Nach einigen Tagen rückte ein Heer an das Reich Panthuis und wollte dasselbe verheeren, und den Zaren Pantui zum Gefangenen machen. Da rief der Zar Panthui den falschen Iwan Zarewitsch zu sich, und sprach: »Mein lieber verlobter Schwiegersohn, es ist ein feindliches Heer an meine Grenzen gekommen; wenn du das Heer von meinem Reiche zurücktreibst, so will ich dir meine Tochter geben, aber ohne dies kann ich nicht.« – Er antwortete ihm darauf: »Sehr gut, ich werde dies tun, aber nur in der Nacht und nicht bei Tage, denn bei Tage habe ich kein Kriegsglück.«

Sobald die Nacht erschien und sich im Schlosse alle schlafen gelegt hatten, ging der falsche Iwan Zarewitsch auf den breiten Hof, rief den wahren Iwan Zarewitsch und sprach zu ihm: »Iwan Zarewitsch, zürne nicht, dass ich deine Stelle vertrete; vergiss Alles und leiste mir einen Dienst und vertreibe den Feind von diesem Reiche.« Iwan Zarewitsch antwortete ihm darauf: »Gehe und lege dich schlafen; es wird Alles besorgt werden.« – Da ging der Wärter und legte sich schlafen, und Iwan Zarewitsch rief mit seiner lauten Stimme: »Wo ist mein Bulat, der brave Bursche?« – Den Augenblick erschien Bulat, der brave Bursche, vor ihm, und fragte: »Welchen Dienst verlangst du, in welcher Not bist du? Sage mir geschwind.« – Da sagte ihm Iwan Zarewitsch von seiner Not. Und Bulat, der brave Bursche, befahl ihm sein Ross zu satteln und die Rüstung anzulegen; er selbst aber rief mit lauter Stimme:

»Siwka Burka! he!
Frühlings-Lichtfuchs! steh!
wie das Blatt vorm Grase, hier
unverweilt vor mir!«

Das Ross lief, dass die Erde bebte, aus den Ohren ging Dampf, wie eine Säule, und aus den Nüstern sprühten Flammen hervor, und als es angelangt war, blieb es stehen. Bulat, der brave Bursche, setzte sich darauf, und Iwan Zarewitsch bestieg sein Ross, und so ritten sie fort vom breiten Hofe. Um diese Zeit schlief die Prinzess Zeria noch nicht, sondern sie saß am Fenster und hatte Alles angehört, was Iwan Zarewitsch mit dem Wärter und Bulat, dem braven Burschen, gesprochen.

Sobald sie zum feindlichen Heere kamen, sagte Bulat zu Iwan Zarewitsch: »Fange du von der rechten Seite an, einzuhauen in das Heer; ich werde von der linken anfangen.« Und sie begannen diese große feindliche Macht mit den Schwertern nieder zu hauen und mit den Rossen zu zertreten, und in einer Stunde erlegten sie hundert tausend Mann. Der feindliche König floh mit dem kleinen Reste seiner Krieger in sein Reich, und Iwan Zarewitsch kehrte mit Bulat, dem braven Burschen, zurück, in das Schloss des Zaren Panthui, sattelte sein Ross ab, führte es in den Stall, und gab ihm weißen Weizen. Dann nahm er Abschied von Bulat, dem braven Burschen, ging in die Küche und legte sich schlafen.

Früh morgens ging der Zar Panthui in sein Erkerzimmer, und sah' in die Gegend, wo das feindliche Heer stand, und als er sah, dass es ganz niedergehauen war, ließ er den falschen Iwan Zarewitsch zu sich rufen, und als er kam, dankte ihm Zar Panthui für die Rettung des Reiches, er belohnte ihn alsdann mit einem reichen Geschenk und sagte ihm dabei, dass er ihm seine Tochter bald zur Frau geben werde.

Nach Verlauf von zwei Wochen zog derselbe Zar mit einem frischen Heere heran und belagerte die ganze Stadt. Zar Panthui entsetzte sich, rief wieder den falschen Iwan Zarewitsch zu sich und sagte: »Mein lieber Freund, Iwan Zarewitsch, rette mich von diesem Feinde, verjage sein Heer aus meinem Reiche; wenn du dieses ausführst, werde ich dir ohne weitern Aufschub meine Tochter geben.« – Darauf erhielt er zur Antwort: »Ich werde dies Alles vollziehen, nur in der Nacht, und nicht bei Tage, denn ich habe bei Tage kein Kriegsglück.« Sobald die Nacht eingetreten war, und sich alles zur Ruhe begeben hatte, ging der Wärter auf den breiten Hof, rief Iwan Zarewitsch zu sich, und sprach zu ihm folgende Worte: »Gedenke nicht des Bösen, das ich dir zugefügt habe; zürne mir nicht, dass ich deine Stelle vertrete: leiste mir einen Dienst und vertreibe das feindliche Heer aus diesem Reiche.« – Iwan Zarewitsch antwortete darauf: »Gehe und lege dich schlafen: Morgenstunde hat Gold im Munde. Alles wird gemacht werden.« – Da ging der Wärter und legte sich schlafen. Aber Iwan Zarewitsch rief mit seiner Ritterstimme: »Ach, wo ist mein Bulat, der brave Bursche?« – Den Augenblick erschien vor ihm Bulat, der brave Bursche, und sagte: »Welchen Dienst verlangst du? In welcher Not bist du? Sage mir geschwinde.« – Da sagte ihm Iwan Zarewitsch von seiner Not, und Bulat, der brave Bursche, befahl dem Iwan Zarewitsch, sein gutes Ross zu satteln, und die Rüstung anzulegen. Er selbst aber rief mit der Heldenstimme:

»Siwka Burka! he!
Frühlings-Lichtfuchs! steh!
wie das Blatt vorm Grase, hier
unverweilt vor mir!«

Das Ross lief, dass die Erde bebte, aus den Ohren ging Dampf, wie eine Säule, und aus den Nüstern sprühten Flammen hervor, und als es angelangt war, blieb es stehen. Bulat, der brave Bursche, setzte sich darauf, und Iwan Zarewitsch setzte sich auf sein Ross, und so ritten sie fort vom breiten Hofe. Um diese Zeit schlief die Prinzess Zeria noch nicht, und hatte Alles angehört, was Iwan Zarewitsch mit dem Wärter und Bulat, dem braven Burschen, gesprochen.

Sobald sie zum feindlichen Heere kamen, sagte Bulat, der brave Bursche, zu Iwan Zarewitsch: »Fange du vom rechten Flügel an, einzuhauen, ich werde vom linken anfangen.« Und sie überfielen das feindliche Heer, und sie fingen an, es mit den Schwertern niederzuhauen und mit den Rossen zu zertreten, und in zwei Stunden erlegten sie zwei Mal hundert tausend Mann. Und kaum entrann der feindliche König mit wenigen von seinen Kriegern in sein Reich. Iwan Zarewitsch kehrte mit Bulat, dem braven Burschen, zurück, sattelte sein Ross ab und führte es in den Stall. Alsdann nahm er Abschied von Bulat, ging in die Küche und legte sich schlafen.

Frühmorgens ging Zar Panthui wieder in sein Erkerzimmer und sah in die Gegend, wo das feindliche Heer stand, und als er sah, dass es ganz niedergehauen war, wunderte er sich über solche Tapferkeit des Iwan Zarewitsch und befahl, ihn zu ihm zu rufen, und als er kam, dankte ihm Zar Panthui für die Rettung seines Reiches, und beschenkte ihn mit kostbaren Gaben.

Nach drei Wochen rückte der feindliche König wieder an das Reich des Zaren Panthui, und Zar Panthui erschrak sehr, und rief zu sich seinen verlobten Schwiegersohn, und sagte zu ihm: »Mein lieber Freund, Iwan Zarewitsch, rette mich noch ein Mal von dem Feind, und verjage sein Heer von meinem Reiche, dann werde ich dir augenblicklich meine Tochter zur Gemahlin geben.« Darauf antwortete ihm der falsche Iwan Zarewitsch: »Ich werde Alles machen, sobald es Nacht wird.« Als die Nacht eingetreten war, und sich alle schlafen gelegt hatten, ging der Wärter auf den Hof, rief Iwan Zarewitsch zu sich, und sagte zu ihm: »Gedenke nicht des Bösen, was ich dir zugefügt habe, sondern leiste mir noch einen Dienst und verjage das feindliche Heer.« Darauf antwortete Iwan Zarewitsch: »Gehe und lege dich schlafen.« Dann rief er mit seiner Ritterstimme: »Ach! wo ist mein Bulat, der brave Bursche?« Den Augenblick erschien vor ihm Bulat, der brave Bursche, und sprach: »In welcher Not bist du? Sage mir geschwinde.« Da sagte ihm Iwan Zarewitsch von seiner Not, und Bulat, der brave Bursche, befahl ihm wieder sein Ross zu satteln, und rief das seinige eben so wie vorher. Sobald sie zum feindlichen Heere kamen, fingen sie an, dasselbe mit den Schwertern niederzuhauen und mit den Rossen zu zertreten, und erschlugen so viel Menschen, dass man sie nicht zählen kann, und töteten den König selbst. Dann kehrten sie zurück, sattelten ihre Rosse ab und führten sie in den Stall. Darauf nahm von Iwan Zarewitsch Bulat, der brave Bursche, Abschied, und sagte: »Von nun an wirst du mich niemals wieder sehen.« Er setzte sich auf sein Ross und ritt fort, und Iwan Zarewitsch ging in die Küche und legte sich schlafen.

Frühmorgens ging der Zar wieder in sein Erkerzimmer und sah in die Gegend, wo das feindliche Heer stand, und als er sah, dass es ganz niedergehauen war, schickte er nach seinem verlobten Schwiegersohne und sprach zu ihm: »Nun gebe ich dir meine Tochter zur Gemahlin.« Dann fing man an, sich zur Hochzeit zu bereiten. Nach einigen Tagen heiratete der Wärter die schöne Prinzess Zeria, und als sie aus der Kirche gekommen waren und bei Tische saßen, bat Iwan Zarewitsch den ältesten Koch, er sollte ihn entlassen, damit er sähe, wie sein Herr mit der Braut am Tische sitze. Der Koch entließ ihn, und gab ihm seine Kleider. Als Iwan Zarewitsch in die zarischen Gemächer kam, stellte er sich hinter andere Leute und betrachtete seinen Wärter und die schöne Prinzess Zeria. Die Zarewna Zeria erblickte aber den Iwan Zarewitsch, erkannte ihn sogleich, sprang von dem Tische auf, nahm ihn bei der Hand, führte ihn vor und sprach: »Das ist mein wahrer Bräutigam und der Retter des Reiches, und nicht jener, der mit mir getraut wurde.« Da fragte der Zar Panthui seine Tochter, was das zu bedeuten habe, sie solle es ihm deutlicher erklären. Und als die Prinzess Zeria ihm Alles genau erzählt hatte, da setzte man den Iwan Zarewitsch an den Tisch mit der Prinzess Zeria, und sein Wärter wurde für so lügenhafte Tat am Thore erschossen. Iwan Zarewitsch heiratete die schöne Zarewna Zeria, und ging in sein Reich zu seinem Vater. Zar Chodor setzte ihm die Krone auf das Haupt, und Iwan Zarewitsch bestieg den Thron und herrschte über das Reich.

11. Märchen von dem berühmten und ausgezeichneten Prinzen Malandrach Ibrahimowitsch und der schönen Prinzess Salikalla

In einem Reiche in der Stadt Anderika lebte ein Zar, ein kluger Mann, namens Ibrahim Tuksala. Derselbige Zar lebte mit seiner Gemahlin auf gleiche Weise dreißig Jahr, und sie hatten kein einziges Kind. Und Zar Ibrahim Tuksalamowitsch und die Zarin fingen an, Gott zu bitten, dass er ihnen einen Knaben geben möchte, und Gott erhörte ihr Gebet und erbarmte sich ihrer Tränen, und gab ihnen einen starken Sohn, und sie nannten ihn Malandrach Ibrahimowitsch, mit dem Zunamen Tuksalamowitsch. Und dieser Zarewitsch wuchs nicht nach Tagen, sondern nach Stunden; wie wenn Buchweizenteig auf Hefenmehl sauer wird, so wuchs der kühne gute Jüngling, der Zarewitsch. Der Zar ließ seinen Sohn in verschiedenen Künsten unterrichten. Und als der Zarewitsch zu reifen Jahren kam, und alle Künste gelernt hatte, ging er zum Zaren Ibrahim Tuksalamowitsch, und sagte zu ihm folgende Worte: »Mein Herr Vater, gewaltiger Zar Ibrahim Tuksalamowitsch, du hast mich in verschiedenen Künsten unterrichtet, nur eine Kunst hast du mich nicht lehren lassen.« –

»Ach, du mein holdes Kind, geliebtester Sohn Malandrach Ibrahimowitsch, sage mir und lass mich wissen, welche Kunst du noch lernen willst,« sprach der Zar zu seinem Sohne. »Ich verschreibe mit Sorgfalt Lehrer.« Darauf gab ihm der Zarewitsch Malandrach zur Antwort: »Mein Herr Vater, Ibrahim Tuksalamowitsch, gestern las ich ein schwedisches Buch, und fand darin, dass es Leute gibt, welche verstehen, mit Flügeln in der Luft zu fliegen. So habe ich nun große Lust, diese Kunst zu erlernen, und deshalb bitte ich Euch, mein Herr Vater, Lehrer zu verschreiben, welche mich in dieser Kunst unterrichten können.«

Ihm antwortete der Zar: »Ach du mein holdes Kind Malandrach Ibrahimowitsch, es ist unmöglich, dass die Menschen in der Luft fliegen, und du hast gewiss etwas Unsinniges oder ein Märchen gelesen. Daran muss man nicht glauben; dennoch will ich in einige Länder schicken, um über solche Leute Erkundigungen einzuziehen, und wenn man sie findet, so lasse ich sie hierher bringen, und dich in dieser Wissenschaft unterrichten.«

Da bei den Zaren nicht Bier gebraut, nicht Branntwein gebrannt wird,[6] so schickte der Zar in verschiedene entfernte Reiche zugleich mit dem Befehle, Luftflieger zu holen, und wenn man sie fände, befahl er, sie zu ihm zu bringen. Und alle Boten fuhren aus in verschiedene Länder, und nach drei Jahren fanden sie einen solchen Meister in der Stadt Austripa, und brachten ihn zum Zaren Ibrahim Tuksalamowitsch, und sobald der Zarewitsch Malandrach ihn sah, wurde er außerordentlich froh. Zar Ibrahim fing an, diesen Meister zu fragen, ob er diese weise Kunst verstünde. Darauf gab ihm der Flieger zur Antwort: »Gnädiger Gebieter, zarische Majestät, obgleich ich selbst nicht wage, mich zu loben, so bin ich doch der erste Meister in diesem unserem Lande. Wenn Ihr beliebt, dass ich Euren Sohn, den Prinzen Malandrach, in der Luft fliegen lehre, so befehlet, ein großes hohes Zimmer zu erbauen und so einzurichten, dass es in der Länge zwei hundert Ellen, und eben so viel in der Breite, in der Höhe aber hundert Ellen misst; dieses Zimmer muss ganz leer sein, und in ihm ein Kämmerchen angebracht werden, und dieses Zimmer muss eine Menge Fenster haben.«

Als der Zar diese Rede gehört hatte, befahl er auf der Stelle einen solchen Palast zu erbauen. Sobald das Zimmer mit Allem fertig war machte der Luftflieger zwei Paar Flügel, die einen für sich, die andern für den Zarewitsch Malandrach, und er fing an, den Zarewitsch in diesem Gemache fliegen zu lehren, und band ihm die einen Flügel an, und sich die andern, und wenn er aufhörte zu lehren, legte er beide Flügelpaare in die Kammer und verschloss sie dort, den Schlüssel aber nahm er zu sich. Nach einiger Zeit aber begab es sich, als der Zarewitsch Unterricht gehabt, und der Meister die Flügel in die Kammer legte, und das Schloss fest zuschloss, dass der Zarewitsch dies bemerkte, und, ohne seinem Lehrer etwas zu sagen, mit ihm zusammen zu seinem Vater ging.

---

[6] Siehe die Anmerk. im Anhange.

Um diese Zeit wurde bei dem Zaren ein Gastmahl zubereitet, und die Menge der Gäste war groß. Da ging Malandrach, der Zarewitsch, fort, ohne Jemandem etwas zu sagen, in jenes große Gemach, nahm seine Flügel aus der Kammer, band sie sich fest an, ging aus dem Gemach heraus und fing an zu flattern. Dann flog er auf jenes hohe Gemach, setzte sich darauf und betrachtete, ein Wenig ausruhend, mit Lust von der Höhe das Reich seines Vaters. Darauf wünschte er, auf die Erde herabzusteigen; aber plötzlich befiel ihn ein heftiges Grauen, er fürchtete sich, von einer so großen Höhe sich herabzulassen, und statt herab zu fliegen, stieg er immer höher und höher, so dass ihm endlich die Erde wie ein Apfel erschien, denn er hatte sich sehr hoch erhoben, und zu derselben Zeit wehte ein sehr starker Wind, von welchem Malandrach Zarewitsch in eine unbekannte Gegend getragen wurde, und schon fing er an, die Kräfte zu verlieren, so dass er nicht mit den Flügeln lenken konnte, und schon fing er an, herab zu fallen, da sah er unter sich das Meer und erschrak außerordentlich, und seine letzten Kräfte sammelnd, hob er sich wieder in die Höhe, und er blickte nach allen vier Seiten, und forschte, ob nicht irgendwo ein Ufer sei. Da bemerkte er in der Ferne eine kleine Insel; er flog nach dieser Gegend und ließ sich herab auf diese Insel, auf welcher er seine Flügel abband und unter die Arme nahm. Er fing an, auf dieser Insel herumzugehen und für sich irgend eine Nahrung zu suchen, denn er wurde von heftigem Hunger gequält, und fand einen Baum, auf welchem süße Früchte wuchsen, an denen er sich satt aß. Dann legte er sich schlafen auf das Gras unter einem laubigem Baum und schlief dort bis zum weißen Licht; aber am Morgen stand er auf und wollte sich die Flügel anbinden, doch seine Arme schmerzten ihn so, dass er sie nicht rühren konnte. Deshalb war er gezwungen, volle zehn Tage dort zu verweilen. Am elften Tage aber band er sich die Flügel an, segnete sich, hob sich wieder in die Höhe, sah nach allen vier Seiten und suchte mit den Blicken das Reich seines Vaters, doch er konnte es nicht erblicken, und gegen Abend sah er ein Ufer, und auf diesem Ufer war ein dichter Wald, und er ließ sich herab in diesen Wald, band die Flügel ab, und auf einem Wege fortgehend, gelangte er an eine Stadtpforte. Doch er ging nicht in die

Stadt, sondern er versteckte vorher seine Flügel unter einem Bu-
sche, begab sich dann in die Stadt und fragte, wo der Markt sei.
Als man ihm den Markt gezeigt hatte, ging er dorthin und kaufte
sich einen langen Mantel. Dann kehrte er wieder in den Wald
zurück, nahm seine Flügel unter die Arme und begab sich abermals in die Stadt, wo ihm ein Mensch begegnete, welchen er fragte: »Weißt du nicht, wo eine Wohnung zu vermieten« ist?« Der
Unbekannte fragte ihn: »Du bist ohne Zweifel ein Fremder?« –
»Wie du sagst,« gab der Zarewitsch Malandrach zur Antwort,
»ich bin ein Kaufmann aus dem indischen Reiche und auf einem
Schiffe mit Waren gereist. Durch einen Sturm ist unser Fahrzeug
an einem Felsen zerschellt worden, und ich wurde in dieses Reich
auf einem Brett verschlagen, an welches ich mich fest angeklam-
mert hatte.«

»Mein Freund,« sagte der unbekannte Mann zu ihm, »wenn du
Lust hast, so komme und wohne bei mir, ich werde dich halten
wie meinen eigenen Sohn.« – Malandrach Zarewitsch stimmte
mit Vergnügen ein und zog zu dem unbekannten Mann in das
Haus. Und er lebte in seinem Hause länger als einen Monat, und
ging nirgends hin aus dem Gehöfte.

Und der Wirth fing an, ihn zu fragen: »Warum gehst du nicht
spazieren in unserer Stadt und besiehst unsere herrlichen Gebäude und die alten Trümmern?« – Da begann Malandrach, der Za-
rensohn, seinen Wirth, welcher Achron hieß, zu bitten, dass er
mit ihm spazieren ginge in der Stadt und ihm den fürstlichen Hof
zeige. Der Wirth willfahrte ihm und ging mit ihm zusammen;
und er ging in der Stadt bis zum Abend, und sie kamen wieder
nach Hause und legten sich schlafen.

Den andern Tag erwachte Malandrach Zarewitsch, stand auf vom
Bette, kleidete sich an, wusch sich, betete zu Gott, verneigte sich
nach allen vier Seiten und frühstückte. Als er gefrühstückt hatte,
ging er allein spazieren in der Stadt und kam endlich hinter die
Stadt, und sah ein sehr großes steinernes Gebäude, um welches
eine hohe steinerne Mauer gezogen war, und er ging um diese
Mauer und fand kein einziges Thor, sondern sah nur ein kleines
Pförtchen, welches aufs Festeste verschlossen war. Prinz Ma-

landrach wunderte sich sehr über dieses große Gebäude, ging nach Hause und fragte nach dem steinernen Gebäude seinen Wirth. Der Wirth antwortete ihm, es sei ein zarisches Gebäude, und in diesem Gebäude sitze die Tochter des Zaren, namens Salikalla; warum sie aber hineingesetzt worden, wisse er nicht.

Als Malandrach Zarewitsch seine Rede gehört hatte, ging er den andern Tag wieder an dieses steinerne Gebäude, und nahm seine Flügel mit sich. Er kam an die steinerne Wand, erwartete den Abend, band sich dann die Flügel an, überflog die steinerne Wand und setzte sich auf einen Baum, denn hinter der Mauer war ein Garten. Auf dem Baume sitzend, sah er nach dem Fenster, an welchem die Zarewna Salikalla saß; sie saß sehr fern. Dann legte sie sich schlafen auf das Bette, und alles das sah Prinz Malandrach, und nach einer Stunde flog er durch das Fenster, welches unverschlossen war. Er ging zur Bettstelle der Zarewna und bemerkte, dass sie schlief, und er fing an, sie zu küssen und wollte sie aufwecken, doch wagte er nicht, dies zu tun. Und so betrachtete er aus der Ferne die Schönheit der reizenden Prinzess Salikalla. Er verweilte dort fast bis Tagesanbruch, dann beeilte er sich, nach Hause zu gehen, denn er fürchtete, dass die Prinzess erwachen möcht. Und so nahm er Abschied von der Prinzess, und hinterließ ein Zeichen, damit die Prinzess merken sollte, es sei Jemand bei ihr gewesen. Das Zeichen war folgendes: er legte ihre Schuhe zu ihr auf das Bette. Dann flog er aus dem Fenster, ging nach Hause und legte sich schlafen.

Die Zarewna erwachte morgens und dachte, als sie ihre Schuhe auf dem Bette sah, der Knabe habe sie hingelegt, der bei ihr zur Bedienung war und im Nebenzimmer schlief. Sie fragte den Knaben, ob er nicht ihre Schuhe zu ihr aufs Bette gelegt habe. Der Knabe sagte, er habe es nicht getan, und sie wunderte sich sehr darüber.

Abends nahm Prinz Malandrach seine Flügel, ging wieder an den steinernen Palast, band sich die Flügel an, flog wieder durch das Fenster und betrachtete abermals mit Lust die Schönheit der Zarewna Salikalla. Vor Anbruch des Morgens, als er nach Hause gehen musste, nahm er wieder die Schuhe und legte sie zu ihr auf das Kopfbrett des Bettes, küsste die Prinzess, flog aus dem Fenster, ging nach Hause und legte sich schlafen.

Als die schöne Salikalla am Morgen erwachte und die Schuhe wieder auf dem Kopfbrette ihres Bettes erblickte, fragte sie abermals den Knaben, ob er sie dorthin gelegt habe. Doch der Knabe antwortete ihr, er habe es nicht getan. Darüber wunderte sie sich noch mehr, als das erste Mal, gelobte die künftige Nacht nicht zu schlafen und aufzupassen, wer die Schuhe zu ihr auf die Bettstelle legte.

Der Zarewitsch Malandrach erwartete wieder den Abend, nahm seine Flügel unter die Arme und ging zu dem steinernen Palast. Als er vermutete, dass die Zarewna schlafe, band er die Flügel fest und flog durch das Fenster. Kaum war er an das Bette gegangen, und wollte die Zarewna berühren und küssen, da ergriff ihn plötzlich die Zarewna, hielt ihn fest mit beiden Händen und fragte ihn: »Wer bist du? und warum bist du hierher gekommen?« Prinz Malandrach wusste vor Bestürzung nicht, was er darauf antworten sollte; doch fing er an, die Zarewna um Verzeihung zu bitten, wegen des Vergehens, das er an ihr begangen; doch sie ließ ihn nicht aus den Händen, und gebot ihm unter Drohungen, ihr zu sagen, wer er sei, und wie er zu ihr ins Zimmer gekommen. Da erzählte er ihr von sich Alles der Wahrheit getreu, von welchem Geschlechte er sei, welches Vaters Sohn, wie er heiße, wie er in dieses Reich geraten, und wie er zu ihr gekommen. Da küsste ihn die schöne Zarewna Salikalla auf den Zuckermund und sprach: »Mein geliebtester Freund und schöner Ritter Zarewitsch Malandrach, zürne nicht auf mich, dass ich mit dir so unhöflich verfahren bin.« –

»O meine allergeliebteste und schönste Zarewna Salikalla, ich bitte dich von ganzem Herzen, melde mir die reine Wahrheit: warum bist du in diesen Palast von deinen Eltern eingeschlossen, so ganz allein ohne irgendein anderes Geschöpf?« –

»Mein geliebtester und teuerster Prinz Malandrach, siehe, warum man mich hier eingesperrt hat: sobald meine Mutter mich geboren hatte, rief mein Vater weise Männer zu sich und fragte sie, wie lange ich leben würde, und als die Weisen ihm darauf sagten, ich würde bis ins fünfzehnte Jahr ehrsam und glücklich leben, aber nach meinem fünfzehnten Jahre meinem Vater und meiner Mutter Unglück zufügen, nämlich als ob ich dann schwanger würde; so befahlen Vater und Mutter, solche Worte von den Weisen hörend, dieses Haus zu erbauen, und in meinem zehnten Lebensjahre setzten sie mich hierher auf zehn Jahre, und jetzt sitze ich schon im sechsten Jahre hier. Und meine Mutter besucht mich monatlich ein Mal, und mein Vater in drei Monaten ein Mal. Zu meiner Bedienung ist ein Knabe bei mir, welcher im andern Zimmer schläft. Meine Mutter besuchte mich vor drei Tagen, und wird erst in acht und zwanzig Tagen wieder kommen. So könnt Ihr, geliebtester Prinz, diese Zeit über bei mir bleiben gegen die Langeweile, und Ihr erweist mir eine große Gnade, wenn Ihr es nicht verschmähet, bei mir zu verweilen.«

Prinz Malandrach willigte mit großer Freude in ihre Bitte und blieb bei ihr. Da sprachen sie über verschiedene Gegenstände, und dann fingen sie an, von der Liebe zu sprechen, die sie zu einander hatten, und sie liebkosten sich, und schwuren sich einen Eid, dass der Zarewitsch Malandrach nur die schöne Zarewna Salikalla heiraten, und dass sie ebenso nur ihn zum Manne nehmen wolle. Und als der Morgen gekommen, und der Knabe der Prinzess schon aufgestanden war, ging die Zarewna Salikalla zu dem Knaben und sagte zu ihm, er solle in den Garten gehen und dort den ganzen Tag spielen. Der Knabe freute sich in seinem kindischen Sinne darüber, und ging in den Garten spielen. Die schöne Zarewna Salikalla tat dies, damit der Knabe den Zarewitsch Malandrach nicht sehen und ihrem Vater und ihrer Mutter von ihm sagen möchte. Auf diese Weise lebte der Zarewitsch Malandrach bei der schönen Salikalla acht und zwanzig Tage, und vergnügte sich mit ihr durch verschiedene belustigende Ergötzlichkeiten. Aber am dreißigsten Tage morgens ganz früh weckte die schöne Zarewna Salikalla den Zarewitsch Malandrach und sagte zu ihm, er möchte sie für diesen Tag verlassen, denn ihre Mutter würde zu ihr zu Besuch kommen.

Der Zarewitsch Malandrach sprang sogleich aus dem Bette und fing an, sich anzukleiden, und als er angekleidet war, küsste er sie auf den Zuckermund und drückte sie an sein klopfendes Herz, flog auf den Flügeln zum Fenster hinaus und kam wieder zu seinem Wirte. Der Wirth fing an, ihn zu fragen, wo er in dieser ganzen Zeit gewesen sei. Darauf antwortete ihm der Zarewitsch: »Ich ging aus der Stadt, kam in einen grünen Wald und verirrte mich, und heute begegnete mir ein Mensch und führte mich aus diesem Wald und geleitete mich in diese Stadt. Der Wirth sagte darauf zu ihm, er möchte in Zukunft nicht wieder so weit gehen, weil die diesige Gegend ihm noch unbekannt sei.

Der Zarewitsch Malandrach, von heftiger Liebe zur schönen Zarewna Salikalla entzündet, ertrug die Trennung von ihr nicht mit Geduld und konnte kaum den Abend erwarten. Er nahm seine Flügel unter den Arm, ging an das steinerne Schloss, band seine Flügel fest, flog über die Mauer, setzte sich auf den hohen Baum, sah in das Fenster zu der Zarewna und gab Acht, ob nicht fremde Leute bei ihr seien; doch bemerkend, dass die Zarewna allein im Zimmer auf und nieder gehe, flog er sogleich zu ihr durch das Fenster. Die Zarewna nahm ihn bei den weißen Händen, küsste ihn auf den Zuckermund und sagte, ihre Mutter sei bei ihr gewesen und würde erst in einem Monat wieder kommen, und sie wünschte, dass er diese Zeit bei ihr bliebe. Der Zarewitsch Malandrach willigte mit Freuden ein, blieb bei ihr diesen ganzen Monat und ging dann wieder nach Hause.

Bei seiner Ankunft fing der Wirth wieder an zu fragen: »Wo bist du diese Zeit gewesen, guter Jüngling?« – Darauf antwortete ihm der Zarewitsch: »Ich machte Bekanntschaft mit einem Kaufmann, welcher aus unserem Reiche hierher gekommen war, und bei ihm bin ich diese ganze Zeit hindurch geblieben.« – Der Wirth glaubte solchen Worten.

Als der Abend nahte, nahm der Zarewitsch wieder seine Flügel, ging an das steinerne Schloss, band die Flügel an, flog durch das Fenster und blieb noch einen Monat. Er flog heraus, als die Mutter der Zarewna wieder kommen musste, und dann flog er wieder zu ihr. Auf diese Weise ging er fast ein Jahr zu ihr. Aber

einstmals bemerkte die Zarin, ihre Mutter, dass die schöne Zarewna Salikalla schwanger geworden sei, und sie fing an, ihre
Tochter zu befragen: »Meine geliebteste Tochter Salikalla, ich
bemerke, dass du schwanger bist; so gestehe mir die ganze Wahrheit und verhehle mir nichts: mit wem bist du zusammen gekommen, und von wem ist das Kind in deinem Leibe?« – Da antwortete ihr die Zarewna Salikalla: »Gnädige Frau Mutter, ich sage
dir die ganze Wahrheit: zu mir kommt ein junger Zarewitsch,
namens Malandrach Ibrahimowitsch, der Sohn des starken Zaren
Ibrahim Tuksalamowitsch, und wir leben in großer Freundschaft
und Liebe, und er fliegt zu mir auf Flügeln, welche er sich an die
Arme bindet.« –

Als die Zarin, ihre Mutter, solche Rede vernommen, ging sie
sogleich zum Zaren, ihrem Gemahl, und zeigte ihm Alles an, was
sie von ihrer Tochter gehört hatte. Der Zar zürnte sehr in seinem
Herzen auf seine schöne Tochter, die Zarewna Salikalla. Er ging
sogleich mit der Zarin zu ihr, und nach seiner Ankunft fing er an,
die Zarewna Salikalla zu fragen: »Wo und bei wem wohnt der
Zarewitsch Malandrach?« – Die Zarewna Salikalla zeigte ihrem
Vater Alles an. In derselben Zeit schickte der Zar, ihr Vater, ein
gutes Heer mit einem Fürsten ab, um den Zarewitsch Malandrach
zu ergreifen und vor sein Angesicht zu bringen. Die Krieger gingen in das Haus, wo der Zarewitsch Malandrach wohnte, nahmen ihn unter Wache und führten ihn vor ihren Zaren. Da fing
der Zar an, ihn zu fragen, von welchem Geschlecht, welches Vaters Sohn, und aus welchem Reiche er sei, wie er sich nenne, und
wie er in sein Reich gekommen? Darauf gestand ihm der Zarewitsch die reine Wahrheit. Alsbald rief der Zar seine Tochter, die
schöne Prinzess Salikalla, zu sich und fragte sie: »Ist dies derselbe, welcher zu dir durchs Fenster geflogen ist?« – Sie antwortete
ihm, es sei derselbe, welchen sie mit ganzer Seele liebe. Deshalb
nahm der Zar seine Tochter bei der Hand und gab sie dem Zarewitsch Malandrach, indem er zu ihm sagte: »Mein geliebtester
Schwiegersohn, nimm aus meinen Händen diese meine einzige
Tochter dir zur Gattin und lebe mit ihr in Glück, Einigkeit und
Liebe.« Und da bei den Zaren nicht Bier gebraut und nicht

Branntwein gebrannt wird, so wurde die Hochzeit sogleich vollzogen.

Und so heiratete Malandrach, der Prinz, die schöne Prinzess Salikalla. Als er verheiratet war, lebte er ein halbes Jahr bei seinem
Schwiegervater, und dann fing er an, ihn zu bitten, dass er ihn
mit seiner Gattin zu seinem Vater entließe. Der Zar entließ sie mit
Segen und befahl, ein Schiff für sie zu Recht zu machen. Sobald
das Schiff bereit war, nahm Prinz Malandrach Abschied von seinem Schwiegervater und von seiner Schwiegermutter, stieg mit
seiner Gemahlin in das Schiff, und sie reisten in sein Vaterland.

Bei ihrer Ankunft am Hofe seines Vaters war Zar Ibrahim Tuksalamowitsch höchst erfreut, dass er seinen innig geliebten Sohn
lebend und gesund wieder sah, und er fragte ihn: »Wo bist du
diese Zeit gewesen, und durch welchen Zufall hast du dich entfernt aus meinem Reiche?« Der Zarewitsch Malandrach gestand
seinem Vater die reine Wahrheit.

Zar Ibrahim Tuksalamowitsch war damals schon hoch bejahrt.
Deshalb setzte er die Krone auf das Haupt seines innig geliebten
Sohnes, des Zarewitsch Malandrach Ibrahimowitsch, und bald
darauf starb er. Malandrach Ibrahimowitsch fing an zu leben mit
seiner innig geliebten Gemahlin Salikalla, und er lebte mit ihr
viele Jahre in großer Eintracht, Liebe und Freundschaft, und hinterließ nach seinem Tode würdige Erben.

12. Märchen von einem Schuster und seinem Diener Prituitschkin

In einem Reiche lebte ein berühmter und ausgezeichneter Fürst, Mistafor Skurlatowitsch; der hatte einen Diener namens Gorja, Sohn von Krutschinin. Mistafor übergab ihn einem geschickten Meister zur Lehre in der Schuhmacherkunst unter der Bedingung, dass er der erste unter allen Meistern, der beste und geschickteste würde. Und so lernte Gorja einige Jahre, und er lernte so gut aus, dass er die Schuhe zur Probe besser nähte, als sein Meister. Da nahm ihn Mistafor Skurlatowitsch in sein Haus und stellte ihn an, bei ihm Schuhe zu machen, und er machte zwanzig Dutzend Schuhe, doch seinem Herrn Mistafor Skurlatowitsch gefiel nicht ein einziges Paar. Deshalb schlug er ihn unbarmherzig; von diesen Prügeln wäre der Schuster Gorja Krutschinin beinahe toll geworden, und vor Kummer wurde er sehr krank. Und er war krank zehn Wochen.

Und als er anfing zu genesen und nach und nach herumzugehen, da stellte Mistafor Skurlatowitsch den Gorja Krutschinin wieder an, bei ihm Schuhe zu machen. Aber als er einige Paar gemacht hatte, und sie ihm brachte, dass er sie anprobiere, da gefiel diesem nicht ein einziges Paar. Und Skurlatowitsch warf ihm diese Schuhe an den Kopf und schlug ihm das ganze Gesicht blutig. Aber Gorja Krutschinin, der eine Altine[7] Geld bei sich hatte, ging in eine Kneipe und sprach diese Worte: »Wenn mich doch der Teufel von diesem Herrn befreite!«

Da stand plötzlich vor ihm ein unbekannter Mensch und sprach: »Über wen ereiferst du dich, guter Jüngling?« – Darauf antwortete ihm der Schuster Gorja: »Wie sollte ich guter Jüngling nicht aufgebracht sein? Mein Herr ist boshaft, wie ein böser Hund. Du siehst, wie er mich heute zugerichtet hat, und vor zehn Wochen schlug er mich noch mehr, als dieses Mal.« – Der Unbekannte fragte ihn: »Warum schlug er dich so?« – Darauf entgegnete ihm

---

[7]   Eine alte russische Münze, drei Kopeken an Werth; jetzt ist sie nur eine eingebildete Münze.

Gorja: »Ich habe die Schuhmacherkunst gelernt, und besser aus-
gelernt, als mein Meister. Und ich fing an, Schuhe für meinen
Herrn zu machen. Doch wie viel ich ihm auch machte, ich konnte
nicht seine Art treffen, und statt mir Dank zu sagen, prügelt er
mich ganz unbarmherzig, wie du auch selbst siehst, dass mein
ganzes Gesicht zerschlagen ist.«

Darauf sagte der Unbekannte: »Ich kenne deinen Herrn hinläng-
lich; es ist nötig, dich von ihm zu befreien; und wenn du willst,
verheirate ich dich an die Tochter Mistafors anstatt des Fürsten,
dem sie schon versprochen ist.«

»Was? bist du toll?« sprach Gorja zu ihm. »Was schwatzest du da
für Zeug? Das ist ja eine unmögliche Sache!«

»Glaube mir,« fuhr der Unbekannte fort, »dass ich Alles das machen kann.« – Aber der Schuster zweifelte und sagte: »Was du
mir auch vorplaudern magst, ich glaube nicht daran.« – »Nun, so
will ich dich überzeugen, dass ich Alles machen kann.«

Darauf befahl er ihm, die Augen zuzumachen, sich der Sonne
gegenüber auf den Boden zu werfen und dann zwei Schritte zurückzutreten. – Als Gorja dies Alles getan hatte, befahl er ihm,
sich selbst zu betrachten. Gorja erstaunte, als er sich in einem
kostbaren Schmuck erblickte, und sagte: »Ohne Zweifel bist du
ein Teufel in Menschengestalt?"

»Allerdings bin ich ein Teufel; du hast mich ja gerufen, und auf
deinen Ruf bin ich zu dir gekommen. Ich will dir dienen, und
dich an die Tochter Mistafors verheiraten.« »Wie ist das möglich?« sprach Gorja zu ihm. »Dort kennen mich ja Alle; selbst der
Hund kann mich erkennen.« – Und dieser entgegnete ihm: »Nein,
das ist nicht so. Niemand wird dich erkennen: du wirst die Gestalt jenes Fürsten Dardawan haben, an welchen Dogada, Mistafors Tochter, versprochen und verlobt ist.«

»Gut, sehr gut, wenn es so geschieht, wie du mir sagst,« sprach
Gorja zu ihm. – »Es wird schon so geschehen, wie ich dir sage.« –
Und noch ein Mal befahl er ihm, drei Schritte zurückzutreten und
die Augen zu schließen, und dann sie wieder zu öffnen. Da sah

Gorja einen prachtvollen weißsteinernen Palast vor sich, und sich höchlich wundernd, woher derselbe so schnell erschienen sei, rief er voll Überraschung: »Du bist in Wahrheit ein Teufel und kein Mensch, dass du so große und schwierige Dinge schaffest.«

»Ich sage dir die Wahrheit und hintergehe dich nicht,« antwortete ihm der Unbekannte, »und jetzt schenke ich dir diesen steinernen Palast und werde bei dir bleiben als treuer Diener; nenne mich Prituitschkin.«

Darauf führte dieser Diener seinen neuen Herrn Gorja, den Schuster, auf den breiten Hof, und dort sah der Schuster Gorja eine große Menge Diener, Pferde, Wagen und Alles im größten Schmucke, und diese Diener verneigten sich vor ihm, wie vor dem Fürsten, und die Musikanten spielten auf verschiedenen Instrumenten, und als die Musik aufhörte, ging der Schuster Gorja in den weißsteinernen Palast und sah einen Tisch mit verschiedenen Speisen gedeckt; er setzte sich an diesen Tisch, aß und trank sich ordentlich satt, und lebte in diesem Hause einige Zeit, wie ein vornehmer Herr.

Um diese Zeit reiste der Fürst Dardawan, nachdem er sich mit seiner Braut Dogada verlobt hatte, in seinen Angelegenheiten in eine andere Stadt, und der treue Diener Prituitschkin hielt diese Zeit für günstig, den Schuster Gorja an Dogada zu verheiraten. Deshalb ging er zu seinem Herrn, dem Schuster, und sagte zu ihm: »Jetzt ist es nötig, es so zu machen, dass Mistafor dich für den Fürsten Dardawan erkennt.« Als er dies gesagt hatte, ging er vor den weißsteinernen Palast, schlug dem Palast gegenüber ein großes Lager auf, und befahl allen Musikanten, plötzlich aufzuspielen. Als die Musik erschallte, hörte Mistafor verschiedene angenehme Melodien und dachte bei sich, es sei gewiss Fürst Dardawan gekommen, und schickte sogleich, Erkundigungen darüber einzuziehen. Vergewissert in dieser Sache von den dort Anwesenden, dass der vermeinte Fürst Dardawan selbst gekommen sei, schickte er zu ihm viele ausgezeichnete Leute, um seinen herzlich geliebten Schwiegersohn, den Fürsten Dardawan, zu einem Gastmahl zu ihm zu rufen. Die Boten Mistafors kamen zu dem Schuster Gorja, verneigten sich demütig vor ihm, und baten ihn im Namen ihres Fürsten Mistafor Skurlatowitsch, er möchte ihn besuchen und sein Gast sein. Der Schuster Gorja antwortete ihnen: »Geht und berichtet dem Mistafor Skurlatowitsch, dass ich bald zu ihm kommen würde.«

Die Abgeordneten alle verneigten sich tief vor dem Schuster Gorja und schilderten und erzählten ihrem Fürsten Mistafor, was sie von dem vermeinten Zarewitsch Dardawan gehört und was sie bei ihm gesehen hatten. Nach dem Abgang der Gesandten Mistafors kam der Diener Prituitschkin zu dem Schuster Gorja und sagte zu ihm: »Nun, jetzt musst du zu Mistafor gehen. Höre, was ich dir raten werde: wenn du auf den Hof zu Mistafor kommst, und von deinem guten Rosse absteigst, so binde dein gutes Ross nicht an, und lass es von Niemandem halten, sondern huste nur stark und setze mit aller Kraft den Fuß auf den Boden. Wenn du in das Zimmer kommst, so setze dich auf den Stuhl, der die erste Nummer hat. Wenn sie dich Abends nötigen, zu übernachten, so bleibe, und wenn sie dir ein Bette zurecht machen, so lege dich nicht darauf, denn Fürst Dardawan legt sich immer auf sein eigenes Bette, welches hundert Pud schwer ist; ich werde dir ein solches Bette besorgen, und wenn ich damit zögere, so schlage mich dafür im Angesichte Mistafors und seiner Tochter. Wenn du zu Bette gehst und man dir eine Menge Lichter gibt, so sage ihnen, dass sie diese Lichter wegnehmen, und befiel mir einen Stein zu bringen, welchen Fürst Dardawan immer bei Nacht auf den Tisch legt. Ich bringe dir diesen Stein, und wenn dieser Stein bei Nacht auf dem Tische liegt, so leuchtet er besser, als tausend Lichter.« –

Der Schuster Gorja, solche Rede von seinem Diener Prituitschkin hörend, gelobte Alles dies zu beobachten. Und Gorja kam auf den breiten Hof, und sein Diener Prituitschkin führte ihm das gesattelte Pferd vor. Der Schuster Gorja setzte sich auf dieses Pferd, und Prituitschkin auf ein anderes. Und sie ritten zu Mistafor Skurlatowitsch, und als sie auf den breiten Hof gekommen waren, ging Mistafor Skurlatowitsch seinem geliebten Schwiegersohne, dem vermeinten Fürsten Dardawan, entgegen. Und der Schuster Gorja stieg dort ab von seinem guten Rosse und band es nicht an und ließ es von Niemandem halten; er hustete nur stark und setzte den Fuß auf den Boden, so derb er konnte. Das Ross stand an derselben Stelle, wie eingewurzelt. Dann ging Gorja in das Zimmer, betete zu Gott verneigte sich nach allen vier Seiten, küsste den Wirth und setzte sich in die vordere Ecke auf den Stuhl mit der ersten Nummer. Mistafor ging zu seiner Tochter Dogada und sagte ihr, sie möchte kommen und mit ihrem verlobten Bräutigam, dem Fürsten Dardawan, kosen. Dogada war schlau und klug, und antwortete ihrem Vater: »Mein gnädiger Herr Vater, Mistafor Skurlatowitsch, das ist ja nicht Fürst Dardawan, das ist unser Schuster Gorja Krutschinin.« – »Fasele nicht,« sagte Mistafor zu ihr, »ich habe den Fürsten Dardawan ja vorher von Angesicht gesehen und kenne ihn. Das ist derselbe, und nicht der Schuster Gorja.«

»Wolan, Herr!« sagte Dogada, »ich gehe zu ihm und begrüße ihn, doch gebt Acht und denkt an mich: es ist nicht Fürst Dardawan, sondern der Schuster Gorja in seiner Gestalt, und habt Acht darauf: wenn wir uns an den Tisch setzen, um zu essen, so lasset Weißbrot und Schwarzbrot geben, und wenn ihr bemerket, dass dieser Gast zuerst Schwarzbrot abschneidet, so ist er nicht Fürst Dardawan, sondern der Schuster Gorja Krutschinin, denn Fürst Dardawan schneidet immer zuerst Weißbrot ab.«

»Gut, ich werde darauf sehen,« sagte Mistafor zu ihr.

Da bittet Mistafor Skurlatowitsch den Schuster Gorja, sich zu Tische zu setzen, und als sie sich gesetzt hatten und Weiß- und Schwarzbrot gereicht wurde, nahm der Schuster Gorja das Brod und fing an, zuerst Schwarzbrot abzuschneiden und nicht Weißbrot, so dass Mistafor und Dogada es bemerkten. Und Mistafor fing an, ihn zu fragen: »Mein geliebter, geehrter und teurer Schwiegersohn, Fürst Dardawan, warum beliebt eurer Gnaden zuerst so viel Schwarzbrot abzuschneiden und nicht Weißbrot?«

Als dies der Diener Prituitschkin hörte, erschien er unsichtbar und flüsterte dem Schuster Gorja folgende Worte ins Ohr: »Sage dem Mistafor auf diese Frage, dass dein Vater, wenn er sich zu Tische setzte, immer erst den Armen, einem Jeden ein Stück Brod zu essen gab, und statt des Salzes ihnen einen Beutel mit Gold hinschüttete. Und wenn du diese Worte sprichst, so befiehl mir, den Sack mit dem Golde zu bringen.«

Der vermeinte Zarewitsch Dardawan sprach dieselben Worte zu Mistafor, schnitt schwarzes Brod ab, und rief seinem Diener Prituitschkin zu, er solle den Beutel mit dem Golde herbeibringen. Der rasche Prituitschkin brachte sogleich den Beutel mit dem Golde, den er aus Mistafors Vorratskammer genommen, oder, eigentlich zu sagen, gestohlen hatte, und Gorja befahl ihm, eine Gesellschaft von Bettlern zusammenzubringen. Der Diener eilte fort und brachte sogleich eine große Menge Arme, und der Schuster fing an, Brod auszuteilen, und jedem aus der Kasse ein Goldstück hinzuschütten. Nachdem er alles Brod und die goldnen Münzen ausgeteilt hatte, begann er selbst zu essen.

Nach dem Essen sagte Mistafor zu seiner Tochter: »Sieh, du hast gesagt, dies sei nicht Fürst Dardawan; jetzt wirst du selbst sagen, dass er es ist.« – »Nein, Väterchen«, antwortete Dogada. »Das ist nicht der Fürst, sondern unser Schuster Krutschinin.« – »Du hast den Verstand verloren,« sagte drauf Mistafor, »ich hoffe, dass der Teufel schon längst den Schuster Gorja Krutschinin geholt hat.« »Und gebt Acht, ich beweise, dass er dies gewiss nicht ist,« sagte Dogada. »Wenn ihr ihn einladet, bei euch zu übernachten, so lasset ihm ein Bette zu Recht machen; legt er sich auf dieses Bette, so ist er nicht Fürst Dardawan, sondern der Schuster Gorja.«

Als der Abend kam, und es schon spät war, befahl Mistafor, dem Schuster sein gutes Bette zu schicken, und als sie das Bette brachten, sagte Mistafor zu dem vermeinten Zarewitsch, er würde sich nun bei Annäherung der Nacht entfernen und zur Ruhe begeben. Gorja ging ins Schlafgemach, sah, dass das nicht das Bette sei, von welchem ihm sein Diener Prituitschkin gesagt hatte, rief sogleich den, Prituitschkin, als wäre er in großem Zorne und schlug ihn sehr heftig ins Gesicht, indem er sagte: »Wenn du Schurke weißt, dass ich hier übernachte, warum hast du mir mein Bette nicht zurechtgemacht? Du weißt ja, dass ich immer auf meinem hundertpudigen Bette schlafe. Gehe schnell und bringe dieses Bette hierher.« – Prituitschkin lief eilig und brachte das hundertpudige Bette, welches er bei dem Fürsten Dardawan gestohlen hatte.

Der Schuster Gorja entkleidete sich und legte sich auf das Bette, und Dogada befahl vorsätzlich eine Menge Lichter anzuzünden und in sein Schlafzimmer zu bringen; doch Gorja zauderte nicht, sie alle fortzujagen mit den Lichtern, und befahl dem Prituitschkin, ihm den Stein zu geben, welchen ihm dieser auch sogleich brachte, denn er hatte auch diesen leuchtenden Stein zugleich mit dem Bette dem Fürsten Dardawan gestohlen. Gorja stellte diesen Stein auf den Tisch und legte sich schlafen, und von diesem Stein verbreitete sich ein so helles Licht, dass es – wovor Gott behüte! – heller, als ein Feuerschein am Himmel glänzte. Mitten in der dunklen Nacht schickte Dogada zu dem Schuster Gorja ins Schlafgemach eine ihrer Mägde und befahl ihr, diesen leuchtenden Stein vom Tische zu stehlen. Kaum aber kam die Magd ins Schlafzimmer und wollte den Stein wegnehmen, so sprang plötzlich der Diener Prituitschkin, welcher neben der Türe lag, hervor und sagte: »Ist es nicht schändlich von dir, hübsches Mädchen, deinen zukünftigen Herrn zu bestehlen? Dafür musst du mir jetzt ein Pfand lassen.« Er zog der Magd die Jupe und das Wams aus, nahm ihr das Kopftuch und entließ sie so. Die Magd ging zu ihrer Herrin Dogada, und erzählte ihr den ganzen Vorfall; doch Dogada verzagte nicht, und nach einer Stunde schickte sie in der Meinung, dass der Schuster Gorja und sein Diener Prituitschkin schliefen, ein andres Mädchen, den Stein zu stehlen. Als diese in das Schlafgemach kam, verfuhr Prituitschkin auf gleiche Weise, nahm ihr die Jupe, das Wams und das Tuch vom Kopfe, und ließ sie wieder fort. Darauf abermals nach einer Stunde kam Dogada in der Meinung, dass sie endlich eingeschlafen wären, auf den Gedanken, selbst zu gehen und den Stein zu stehlen; aber kaum trat sie in das Schlafgemach zu dem Schuster Gorja und legte die Hand an den Stein, so sprang Prituitschkin auf, ergriff sie sogleich und sagte: »Wie? ist es nicht eine Schande für eure Gnaden, solches Unheil anzustiften? Es schickt sich nicht für die Tochter eines so angesehenen Vaters, zu solchem Geschäft auszugehen, und dafür, schönste Fürstin, bitte ich, mir ein Pfand zu lassen.« – Nach dem Gesagten, wie nach dem Geschriebenen, nahm Prituitschkin ihr die Jupe, das Wamses und das Kopftuch, und entließ Dogada mit Scham und Reue.

Als den folgenden Tag früh der Schuster Gorja Krutschinin aufstand, erzählte ihm sein Diener Prituitschkin, was in der Nacht vorgegangen war, und gab dem Schuster Gorja den Rath, wenn er zu Mistafor käme, und Mistafor finge an, ihm Rätsel aufzugeben, so möchte er ihm antworten, »er rate keine Rätsel, sondern er gebe selbst Rätsel auf:« »und dann,« fuhr er fort, »gib dem Mistafor folgendes Rätsel auf: »Ich ging spazieren auf euren grünen Wiesen, fing drei Ziegen, und zog von jeder drei Felle ab.« Wenn Mistafor zweifelt und sagt, es sei nicht möglich, dass sich drei Felle auf einer Ziege befänden, so rufe mich und befiehl mir, diese Felle zu bringen.

Als der Schuster Gorja den neuen Unterricht seines Dieners Prituitschkin vernommen hatte, ging er zu Mistafor, und Mistafor fing an, ihm Rätsel aufzugeben. Gorja antwortete darauf: »Ich löse nicht Rätsel, sondern gebe sie selbst auf.« Und er sprach zu ihm: »Ich ging spazieren auf euren grünen Wiesen, fing drei Ziegen, und zog von jeder drei Felle ab.« – Mistafor zweifelte sehr und sagte: Es ist unmöglich, dass auf jeder Ziege drei Felle seien.« – »Allerdings ist es so und gewiss richtig,« sagte der Schuster Gorja, rief den Prituitschkin und befahl ihm, die drei Felle zu bringen, welche er den drei Ziegen abgezogen. Der Diener brachte dieselben sogleich zu ihm. Als Mistafor die Kleider seiner Tochter sah, betrübte er sich sehr, zürnte auf sie in seinem Herzen, und fragte den vermeintlichen Zarewitsch, wie ihm Dogadas Kleider in die Hände gekommen seien? Der Schuster erzählte ihm, wie sich Alles begeben. Mistafor, auf seine Tochter aufgebracht, sprach zu ihr: »Sieh, du hast mir gesagt, dies sei nicht der Fürst Dardawan, sondern der Schuster Gorja Krutschinin, und so will ich nun nicht länger Geduld haben und mit deiner Verehelichung zaudern: mache dich heute zur Hochzeit bereit.« Und auf diese Weise heiratete der Schuster Gorja denselben Tag Dogada.

Einige Zeit nach seiner Verheiratung kam der Diener Prituitschkin zu dem Schuster Gorja, und sprach: »Nun, ich habe dich jetzt glücklich genug gemacht, so tue nun auch für mich das, worum ich dich bitte: in eurem Garten ist ein Teich, in diesem Teiche hielt ich mich früher auf. Einmal wusch ein Mädchen Wäsche in diesem Teiche und ließ einen Ring hineinfallen, und dadurch vertrieb sie mich aus dem Teiche. Befiehl du nun, aus diesem Teiche das Wasser abzulassen und ihn zu reinigen, befiehl, dass der, der den Ring dort findet, ihn zu mir bringe, und wenn er gefunden ist, so befiehl, wieder reines Wasser in den Teich zu lassen, und eine Schaluppe zu bauen; auf dieser Schaluppe fahre mit deiner Gemahlin und mir zusammen. Ich werde mich dann in das Wasser stürzen, und wenn deine Gemahlin ausruft: »Ach, der Diener Prituitschkin ist ertrunken!« so sage bloß zu ihr: »Der Teufel hole ihn!«

Als der Schuster Gorja diese Worte von seinem Diener Prituitschkin gehört hatte, befahl er, den Teich im Garten abzulassen und zu reinigen, und, was man in diesem Teiche fände, zu ihm zu bringen. Als der Teich gereinigt wurde, fand dort ein Knabe den Ring und brachte ihn zu dem Schuster Gorja, und der Schuster Gorja befahl, Wasser in den Teich zu lassen, und eine Schaluppe zu bauen. Als Alles fertig war, setzte er sich mit seiner Gemahlin und seinem Diener Prituitschkin in die Schaluppe und fuhr auf diesem Teiche, der Diener Prituitschkin warf sich plötzlich in das Wasser, und Dogada rief: »Ach, der Diener Prituitschkin ist ertrunken.« – Da sagte der Schuster Gorja: »Der Teufel hole ihn! Mir ist er nicht mehr nötig.«

Fürst Dardawan, der wahre verlobte Bräutigam Dogadas, wurde in eine Schlacht geschickt, und verlor darin sein Leben. Der Schuster Gorja Krutschinin wurde mit seinem Namen genannt, und lebte mit Dogada viele Jahre in großer Freude und Seligkeit, sein früheres unglückliches Schicksal vergessend.

13. Märchen von Emeljan, dem Narren

In einem Dorfe lebte einmal ein Bauer, welcher drei Söhne hatte; zwei waren klug, der dritte aber war ein Narr und hieß Emeljan. Und als der Vater lange gelebt hatte und sehr alt geworden war, rief er seine drei Söhne zu sich und sagte zu ihnen: »Liebe Kinder, ich fühle, dass ich nicht mehr lange leben werde, daher überlasse ich euch das Haus und das Vieh, welches ihr unter euch in gleiche Teile teilen werdet. Desgleichen hinterlasse ich euch auch Geld, für jeden hundert Rubel.« Bald nachher starb ihr Vater, und als die Söhne ihn begraben hatten, lebten sie glücklich.

Darauf waren Emeljans Brüder Willens, in die Stadt zu fahren und Handel zu treiben mit den drei hundert Rubeln, welche ihnen ihr Vater vermacht hatte. Daher sagten sie zu Emeljan: »Hör' einmal, Narr, wir werden in die Stadt fahren und auch deine hundert Rubel mit uns nehmen, und wenn wir vorteilhaft handeln, so werden wir dir einen roten Rock, rote Stiefeln und eine rote Mütze kaufen, aber du bleibe zu Hause. Wenn unsere Frauen, deine Schwägerinnen (denn sie waren verheiratet), dir etwas zu machen auftragen, so mache es.« – Der Narr, welcher wünschte, einen roten Rock, eine rote Mütze und rote Stiefeln zu erhalten, antwortete seinen Brüdern, er würde Alles tun, was ihm seine Schwägerinnen nur auftragen möchten. Darauf fuhren seine Brüder in die Stadt, und der Narr blieb zu Hause und lebte mit seinen Schwägerinnen.

Nach Verlauf einiger Zeit, als es Winter und strenge Kälte war, sagten eines Tages die Schwägerinnen zu ihm, er solle nach Wasser gehen; aber der Narr blieb auf dem Ofen liegen und sagte: »Ja, und wer seid ihr denn?« – Die Schwägerinnen schrieen ihn an: »Wie, Narr? Wir sind, was du siehst. Du siehst, wie kalt es ist, und dass es einer Mannsperson zukommt, zu gehen.« – Aber er sagte: »Ich bin faul.« – Die Schwägerinnen schrieen ihn wieder an: »Wie? du bist faul? du willst essen, aber wenn kein Wasser da ist, ist es unmöglich zu kochen.« – Dann setzten sie hinzu: Schon gut, so werden wir es unsern Männern sagen, dass sie ihm nichts geben, wenn sie auch den roten Rock und Alles für ihn gekauft haben.«

Dies hörte der Narr und da er wünschte, den roten Rock und die Mütze zu bekommen, war er gezwungen, zu gehen; er stieg von dem Ofen und fing an, Schuhe und Strümpfe anzuziehen und sich anzukleiden. Als er sich angezogen und die Eimer und das Beil genommen hatte, ging er an den Fluss, denn ihr Dorf lag an einem Flusse. Und als er an den Fluss gekommen war, fing er an, ein Loch in das Eis zu hauen, und er haute ein außerordentlich großes. Dann schöpfte er Wasser in die Eimer und stellte sie auf das Eis; er selbst stand neben dem Loche, und sah in das Wasser. In derselben Zeit sah der Narr, dass in der Öffnung ein sehr großer Hecht schwamm. So dumm auch Emeljan war, so wünschte er doch diesen Hecht zu fangen. Deshalb fing er an, ein Wenig hinzugehen, näherte sich immer mehr, ergriff ihn plötzlich mit der Hand, zog ihn aus dem Wasser, legte ihn an die Brust und wollte nach Hause gehen; aber der Hecht sprach zu ihm: »Wozu, du Narr, hast du mich gefangen?« – Darauf sagte er: Ich bringe dich nach Hause und lasse dich von den Schwägerinnen kochen.« – »Nein, Narr, bringe mich nicht nach Hause, sondern lass mich wieder ins Wasser, ich mache dich dafür zu einem reichen Mann.« – Aber der Narr warf ihn nicht hinein und wollte nach Hause gehen. Als der Hecht sah, dass der Narr ihn nicht los ließ, sagte er: »Höre, Narr, lasse mich ins Wasser, ich mache für dich, was du nicht selbst machen willst, Alles dies soll nach deinem Wunsche vollzogen werden.« Als der Narr dies hörte, freute er sich ungemein, denn da er außerordentlich faul war, so dachte er bei sich selbst: »Wenn der Hecht Alles macht, wozu ich nicht Lust habe, so wird Alles fertig werden, ohne dass ich zu arbeiten brauche.« Darauf sprach er zum Hechte: Ich lasse dich nur in das Wasser, wenn du tust, was du versprichst.« – Da versprach es der Hecht: »Vorher lass mich ins Wasser und ich halte mein Versprechen.« – Allein der Narr sagte zu ihm, er sollte vorher sein Versprechen erfüllen, dann würde er ihn frei lassen. Als der Hecht sah, dass er ihn nicht ins Wasser lassen wollte, sagte er: »Wenn du wünschest, wie ich dir gesagt habe, dass ich Alles mache, was du willst, so ist es nötig, dass du mir jetzt sagest, was du willst.« –

Der Narr sagte zu ihm: »Ich wünsche, dass meine Eimer selbst aus dem Wasser auf den Berg gehen (denn jenes Dorf lag auf einem Berge), aber dass das Wasser nicht verschüttet wird.« – Der Hecht antwortete sogleich: »Gedenke der Worte, welche ich jetzt zu dir sagen werde, und höre, worin diese Worte bestehen: Auf des Hechtes Befehl und auf meine Bitte, geht ihr Eimer selbst auf den Berg!« Der Narr sagte ihm diese Worte nach: »Auf des Hechtes Befehl und auf meine Bitte, geht ihr Eimer selbst auf den Berg!« Und sogleich mit Gedankenschnelle gingen sie selbst auf den Berg. Als Emeljan dieses sah, wunderte er sich überaus; dann sprach er zum Hechte: »Wird Alles so geschehen?« – Darauf entgegnete der Hecht: »Es wird Alles geschehen, was du nur wünschest, aber vergiss nicht, vergiss ja nicht die Worte, die ich dir gesagt habe.« Darauf ließ er den Hecht ins Wasser und er selbst ging den Eimern nach.

Seine Nachbarn erstaunten und sagten unter einander: »dieser Narr macht, dass die Eimer selbst aus dem Wasser gehen, und er geht ihnen nach.« Emeljan sagte nichts zu ihnen und ging nach Hause. Die Eimer waren in die Stube hinauf gestiegen und standen auf der Fußbank; aber der Narr ging auf den Ofen.

Nach Verlauf einiger Zeit sagten die Schwägerinnen wieder zu ihm: »Emeljan, was faulenzest du? Gehe, du musst Holz hauen.« – Aber der Narr antwortete: »Ja und ihr, wer seid denn ihr?« – Die Schwägerinnen schrieen ihn an: »Du siehst, jetzt ist ja Winter, und wenn du nicht gehst, Holz zu spalten, so wirst du frieren.« – »Ich bin faul,« sagte der Narr. – »Wie? du bist faul?« sagten die Schwägerinnen, »wenn du nicht gehest, Holz zu spalten, so werden wir es unsern Männern sagen, dass sie dir weder den roten Rock noch die rote Mütze, noch die roten Stiefel geben.« – Der Narr, welcher wünschte, den roten Rock, die Mütze und Schuhe zu erhalten, war genötigt, Holz zu hauen, und da es außerordentlich kalt war, und er nicht vom Ofen steigen wollte, so sprach er leise, auf dem Ofen liegend, die Worte: »Auf Befehl des Hechtes und auf meine Bitte, frisch auf, Beil, haue Holz, und ihr Scheite, geht selbst in die Stube und legt euch in den Ofen.« – Das Beil sprang, ohne abgenommen zu werden, hinaus in den Hof, und fing an, Holz zu hauen, und das Holz ging selbst in die Stube und legte sich in den Ofen. Als die Schwägerinnen dies sahen, wunderten sie sich außerordentlich über Emeljans neue Schlauheit, und da jeden Tag, so oft nur der Narr Holz spalten sollte, das Beil es tat, so lebte er mit den Schwägerinnen einige Zeit in Ruhe. Darauf sagten die Schwägerinnen: »Emeljan, wir haben jetzt kein Holz mehr, gehe in den Wald und schlage frisches.« – Der Narr sprach: »Ja und ihr, wer seid denn ihr?« – Die Schwägerinnen antworteten: »Der Wald ist weit und jetzt ist Winter, und für uns ist es zu kalt, in den Wald nach Holze zu gehen.« – Allein der Narr sagte: »Ich bin faul.« – »Wie? du bist faul?« sagten die Schwägerinnen, »du wirst frieren, und wenn du nicht gehest, so lassen wir, wenn unsere Männer, deine Brüder, kommen, dir nicht den roten Rock, die Mütze und die Stiefel geben.« Der Narr, welcher den roten Rock, die Mütze und die Stiefel zu haben wünschte, war genötigt, in den Wald nach Holz zu gehen, stand auf vom Ofen, fing an Schuhe und Strümpfe anzuziehen und sich anzukleiden, und als er sich angekleidet hatte, ging er in den Hof, zog den Schlitten aus dem Schuppen, nahm einen Strick und das Beil mit sich, setzte sich in den Schlitten, und sprach zu seinen Schwägerinnen: »Macht den Thorweg auf!«

Als die Schwägerinnen sahen, dass er im Schlitten ohne Pferde fahren wollte, denn der Narr hatte die Pferde nicht vorgespannt, sagten sie zu ihm: »Emeljan, du hast dich in den Schlitten gesetzt, aber die Pferde nicht vorgespannt.« Allein er antwortete, die Pferde seien ihm nicht nötig, sondern nur, dass ihm der Thorweg geöffnet würde. Die Schwägerinnen machten ihn auf, und der Narr im Schlitten sitzend, sagte: »Auf Befehl des Hechtes und auf meine Bitte, frisch auf, Schlitten! gehe in den Wald.« Nach diesen Worten ging der Schlitten sogleich aus dem Hofe, so dass die Einwohner dieses Dorfes, welche es sahen, erstaunten, dass Emeljan im Schlitten ohne Pferde fuhr, und so schnell, dass, wenn auch ein Paar Pferde wären vorgespannt gewesen, sie unmöglich schneller hätten fahren können. Und da der Narr durch die Stadt in den Wald fahren musste, so kam er in diese Stadt; aber er wusste nicht, dass man »Platz gemacht!« schreien müsse, damit Niemand überfahren würde, und so fuhr er durch die Stadt und rief

rief nicht, und überfuhr eine Menge Menschen, und ob man gleich hinter ihm herlief, konnte man ihn doch nicht einholen, und Emeljan fuhr aus der Stadt und kam in den Wald, und hielt seinen Schlitten an. Der Narr stieg aus dem Schlitten und sagte: »Auf Befehl des Hechtes und auf meine Bitte, frisch auf, Beil, haue Holz und ihr, Scheite, legt euch selbst in den Schlitten, und bindet euch zusammen.« Kaum hatte der Narr diese Worte gesprochen, so fing das Beil an, Holz zu hauen, die Scheite legten sich selbst in den Schlitten, und die Stricke banden sich darum. Als das Beil Holz gehauen hatte, befahl er ihm, noch einen Knüttel abzuhauen, und sobald das Beil dies getan, setzte er sich auf die Fuhre und sagte: »Frisch auf! auf Befehl des Hechtes, und auf meine Bitte, fahre, Schlitten, nach Hause!« Der Schlitten ging auch sogleich fort, außerordentlich geschwind, und bei jener Stadt, in welcher er schon viele Menschen umgefahren hatte, erwarteten ihn bereits die Leute, um ihn zu ergreifen, und als er in die Stadt kam, so fassten sie ihn und fingen an, ihn von der Fuhre zu ziehen, und dann, ihn zu schlagen. Der Narr, sehend, dass sie ihn herunterrissen und schlugen, sagte leise diese Worte: »Auf Befehl des Hechtes und auf meine Bitte, frisch auf Knüttel, zerschlage ihnen die Arme und Beine!« – Sogleich sprang der Knüttel hervor, und fing an, alle zu schlagen, und als die Leute hingefallen waren, entfloh er. Der Narr kam aus der Stadt in sein Dorf. Als der Knüttel alle durchgeprügelt hatte, rollte er herab auf die Fährte hinter ihm. Und als Emeljan nach Hause kam, stieg er auf den Ofen.

Nachdem er die Stadt verlassen hatte, fing man an, überall zu sprechen, nicht sowohl darüber, dass er eine Menge Menschen umgefahren hatte, als vielmehr vor Verwunderung, dass er ohne Pferde im Schlitten gefahren war, und nach und nach kamen diese Reden an den Hof, und selbst vor den König. Und als der König davon hörte, wünschte er außerordentlich ihn zu sehen. Deshalb schickte er einen Offizier ab und gab ihm einige Soldaten mit, damit sie ihn aufsuchten. Der Gesandte des Königs, der Offizier, ging unverzüglich aus der Stadt und geriet auf den Weg, welchen der Narr in den Wald gefahren war. Als der Offizier in das Dorf kam, in welchem Emeljan wohnte, ließ er den Starosta zu sich kommen und sagte zu ihm: »Ich bin vom König nach eurem Narren ausgeschickt, um ihn zu ergreifen und zum Könige zu bringen.« Der Starosta zeigte ihm sogleich den Hof, wo Emeljan lebte, und der Offizier begab sich alsbald in die Stube und fragte, wo der Narr sei? Er lag auf dem Ofen und antwortete: »Was willst du von mir?« – »Wie? was ich will? Kleide dich schnell an, ich werde dich zum König bringen.« – Aber Emeljan sagte: »Was soll ich dort machen?« – Der Offizier ward aufgebracht über ihn, dass er unhöflich antwortete, und schlug ihn auf die Backe. Als der Narr sah, dass man ihn schlage, sprach er leise: »Auf Befehl des Hechtes und auf meine Bitte, frisch auf, Knüttel, zerprügele ihnen die Arme und Füße!« Der Knüttel sprang sogleich auf, und fing an zu schlagen, und prügelte alle durch, den Offizier sowohl, als die Soldaten. Der Offizier war genötigt, sogleich zurückzugehen, und als er in die Stadt kam, und man dem König anzeigte, dass der Narr alle durchgeprügelt habe, wunderte sich der König außerordentlich und glaubte nicht, dass er alle habe durchprügeln können.

Nun wählte der König einen klugen Mann, dass er wo möglich den Narren brächte, wenn auch durch List. Der Gesandte ging von dem König und kam in das Dorf, wo Emeljan wohnte. Da berief er den Starosta zu sich, und sprach zu ihm: »Ich bin vom König abgeschickt nach euerm Narren, um ihn zu ergreifen, und du rufe die herbei, mit denen er zusammen wohnt.« – Der Starosta lief sogleich fort und brachte seine Schwägerinnen. Und der Gesandte des Königs fragte sie, was der Narr gern hätte. Die Schwägerinnen antworteten ihm: »Gnädiger Herr, wenn man unsern Narren inständig um etwas bittet, so schlägt er es gern das erste und zweite Mal ab, aber das dritte Mal schlägt er es nicht ab, sondern tut es; denn er hat es nicht gern, wenn man ihn grob behandelt.« Der Gesandte des Königs entließ sie und verbot ihnen, dem Emeljan zu sagen, dass er sie zu sich habe rufen lassen. Dann kaufte er Rosinen, gebackene Pflaumen und Weintrauben, und ging zu dem Narren. Als er in das Zimmer kam, näherte er sich dem Narren, ging zu dem Ofen und sagte: »Warum, Emeljan, liegst du auf dem Ofen? und gab ihm die Rosinen, die gebackenen Pflaumen und die Weintrauben, und sprach: »Emeljan, wir wollen mit einander zum Könige gehen, ich bringe dich hin.« – Aber der Narr entgegnete: »Ich liege hier warm.« Denn er liebte nichts so sehr, als die Wärme. Und der Gesandte fing an, ihn zu bitten: »Sei so gut, Emeljan, wir wollen gehen; es wird dir dort gefallen.« – »Ja,« sagte der Narr, »ich bin faul.« Aber der Gesandte fing wieder an, ihn zu bitten: »Sei so gut, gehe mit mir, der König wird dir dort einen roten Rock, eine rote Mütze und rote Stiefel machen lassen.« – Als der Narr hörte, dass er einen roten Rock bekommen sollte, wenn er mitginge, sagte er: »Gehe voraus, ich werde dir folgen.« Der Gesandte fiel ihm nun nicht weiter beschwerlich, ging fort von ihm, und fragte leise die Schwägerinnen: »Wird mich der Narr nicht zum Besten haben?« Aber die Schwägerinnen versicherten, dass er ihn nicht zum Besten haben würde. Der Gesandte kehrte zurück, und der Narr blieb noch auf dem Ofen liegen und sagte: »Wie mir es zuwider ist, zum König zu gehen!« Dann aber sprach er: »Auf Befehl des Hechtes und auf meine Bitte, frisch auf, Ofen, eile grade in die Stadt.« – Sogleich krachte die Stube, und der Ofen ging fort aus der Stube. Und als der Ofen vom Hofe hinunter war, ging er so geschwind, dass es unmöglich war, ihn einzuholen, und er kam noch auf dem Wege dem Gesandten des Königs nach, fuhr hinter ihm und kam mit ihm an das Schloss. Als der König sah, dass der Narr kam, ging er mit allen seinen Ministern, ihn zu sehen, und als er sah, dass E-melja auf dem Ofen kam, wunderte sich der König sehr; aber der Narr blieb liegen und sagte nichts. Darauf fragte ihn der König, warum er so viel Menschen umgefahren habe, als er nach Holz in den Wald fuhr? Emeljan antwortete: »Sie waren daran Schuld, weil sie nicht auswichen.«

Zu derselben Zeit kam die Tochter des Königs an das Fenster und sah nach dem Narren; und Emeljan sah plötzlich nach dem Fenster, in dem sie ihn betrachtete, und bemerkend, dass sie sehr schön sei, sagte er leise: »Auf Befehl des Hechtes und auf meine Bitte, frisch auf! es verliebe sich diese schöne Jungfrau in mich.« – Und kaum hatte er diese Worte gesprochen, so verliebte sich die Tochter des Königs in ihn. Und der Narr sagte: »Auf des Hechts Befehl und auf meine Bitte, frisch auf! gehe, Ofen, nach Hause!« – Sogleich ging der Ofen mit ihm vom Hofe durch die Stadt, kam nach Hause, und stellte sich an seinen vorigen Ort. Emeljan lebte darauf eine Zeit lang glücklich.

Aber in der Stadt geschah etwas Anderes, denn auf die Worte des Narren hatte sich die Tochter des Königs verliebt, und fing an, ihren Vater zu bitten, er möchte ihr den Narren zum Manne geben. Der König zürnte heftig gegen sie und den Narren, und wusste nicht, wie er ihn bekommen sollte. In dieser Zeit stellten die Minister dem Könige vor, er sollte den Offizier, welcher schon früher nach Emeljan ausgefahren war, und nicht verstanden hatte, ihn zu bekommen, zur Strafe, dass er ihn nicht bekommen hatte, wieder nach ihm schicken. Der König befahl auf ihren Rath, den Offizier zu rufen, und als der Offizier vor ihm stand, sprach der König zu ihm: »Höre, mein Freund, ich habe dich früher nach dem Narren geschickt, du hast ihn aber nicht gebracht. Zur Strafe schicke ich dich zum zweiten Mal, damit du mir ihn unfehlbar bringst. Wenn du ihn bringst, so wirst du belohnt werden; wenn du ihn nicht bringst, so wirst du bestraft werden.«

Als der Offizier dies gehört hatte, ging er unverzüglich vom Könige fort, nach dem Narren, und sobald er in jenes Dorf kam, ließ er den Starosten wieder kommen, und sagte zu ihm: »Sieh, ich gebe dir hier Geld, kaufe Alles, was morgen zu einem Mittagessen nötig ist; rufe den Emeljan, und wenn er zu dir zum Essen kommt, so gib ihm so lange zu trinken, bis er sich hinlegt zu schlafen.« Der Starosta, wissend, dass er vom König komme, war gezwungen, ihm zu gehorchen, kaufte Alles, und ließ den Narren einladen. Als Emeljan sagte, er würde kommen, erwartete ihn der Offizier mit großer Freude. Den andern Tag kam der Narr. Da trug der Starosta Getränke auf, und trank ihm so zu, dass Emeljan sich schlafen legte. Sobald der Offizier sah, dass er schlief, ergriff er ihn gleich, und befahl die Kibitke vorzufahren, und als sie vorgefahren war, legten sie den Narren darauf, und der Offizier setzte sich in die Kibitke und brachte ihn gerade in die Stadt, und von da sogleich in das Schloss. Die Minister meldeten dem König die Ankunft dieses Offiziers. Und sobald der König es hörte, befahl er, unverzüglich ein großes Fass zu bringen, und ließ es mit eisernen Reifen umlegen, was sogleich gemacht war. Und dieses

Fass wurde zum König gebracht, und der König, sehend, dass Alles bereit war, befahl, seine Tochter und den Narren in dieses Fass zu setzen und es zu verpichen. Als sie sie ins Fass gesetzt und dasselbe verpicht hatten, befahl der König, dieses Fass ins Meer zu lassen, und auf seinen Befehl ließen sie es unverzüglich forttreiben. Der König kehrte zurück in sein Schloss, und das fortgelassene Fass schwamm einige Zeit auf dem Meere, und der Narr schlief diese ganze Zeit; und als er erwachte und sah, dass es finster war, fragte er bei sich: »Wo bin ich?« denn er dachte, er sei allein. Aber die Prinzess sprach: »Du bist in einem Fasse, E-meljan, und ich bin mit dir eingesperrt.« – »Aber wer bist du?« fragte der Narr. »Ich bin die Tochter des Königs.« Und nun erzählte sie ihm, warum sie mit ihm zusammen eingesperrt worden. Dann bat sie ihn, dass er sich und sie aus dem Fasse befreien sollte. Aber der Narr sagte: »Ich liege auch hier warm.« – »Erzeige mir die Gnade,« sagte die Prinzess: »erbarme dich meiner Tränen und befreie mich aus diesem Fasse.« – »Warum nicht gar?« sagte Emeljan, »ich bin faul.« – Die Prinzess fing wieder an zu bitten: »Erzeige mir die Gnade, Emeljan, befreie mich aus diesem Fasse, und lass mich nicht sterben.« – Der Narr, durch ihre Bitten und Tränen gerührt, sagte: »Wolan! ich will dies für dich tun.« – Darauf sprach er leise: »Auf Befehl des Hechtes und auf meine Bitte, wirf, o Meer, uns ans Ufer, wo wir an einer trocknen Stelle sitzen wollen, nur dass wir nahe an unserm Reiche sind, und du, o Fass, zerfalle von selbst an der trockenen Stelle.«

Kaum hatte der Narr diese Worte ausgesprochen, so fing es an zu wogen, und das Fass wurde ausgeworfen an eine trockne Stelle und zerfiel von selbst. Emeljan stand auf, und ging mit der Prinzess auf dem Orte herum, wohin sie geworfen worden waren. Und der Narr sah, dass sie sich auf einer sehr schönen Insel befanden, auf welcher eine große Menge verschiedener Bäume mit allerlei Früchten war. Als die Prinzess Alles dies sah, freute sie sich sehr, dass sie auf einer solchen Insel waren. Darauf sagte sie: »Emeljan, wo werden wir wohnen? Hier ist nicht einmal eine Nische.« – Aber der Narr sagte: »Du verlangst auch gar zu viel.« – »Erzeige mir doch die Gnade, lass irgend ein Häuschen herstellen,« sagte die Prinzess, »damit man zur Zeit des Regens sich verbergen kann.« Denn die Prinzess wusste, dass er Alles machen konnte, wenn er wollte. Allein der Narr sagte: »Ich bin faul.« – Sie fing an, ihn wieder zu bitten, und Emeljan, gerührt durch ihre Bitten, war genötigt, es für sie zu tun.

Er ging weg von ihr und sagte: »Auf Befehl des Hechtes und auf meine Bitte, sei mitten auf dieser Insel ein Schloss, besser, als das königliche, und von meinem Schloss führe in das königliche eine kristallene Brücke, und im Hofe sollen Leute verschiedenes Standes sein.« – Kaum hatte er diese Worte ausgesprochen, so erschien in demselben Augenblicke ein sehr schönes Schloss mit einer kristallenen Brücke. Der Narr ging mit der Prinzess in das Schloss und sah, dass in den Zimmern sehr reiche Verzierung war, und es befanden sich sehr viele Menschen dort, als Lakaien und allerlei Bürgerliche, welche vom Narren Befehle erwarteten. Als der Narr sah, dass alle Menschen wie Menschen waren, und dass er allein nicht schön und noch dumm sei, wünschte er, dass er besser würde. Deshalb sprach er: »Auf Befehl des Hechtes und auf meine Bitte, frisch auf! ich möge ein solcher Jüngling werden, dass es nichts mir Gleiches gibt, und außerordentlich klug sein!« Kaum hatte er ausgeredet, in derselben Minute wurde er so schön und klug zugleich, dass sich alle verwunderten.

Dann schickte Emeljan einen von seinen Dienern zum König, um ihn mit allen Ministern einzuladen. Der Gesandte Emeljans kam zum König auf der kristallenen Brücke, welche vom Narren gemacht war, und als er an den Hof kam, stellten ihn die Minister dem Könige vor, und der Gesandte Emeljans sprach: »Gnädiger Herr, ich bin von meinem Herrn abgeschickt, um euch zu ihm zu Tische zu laden.« – Der König fragte, wer denn dieser sein Herr sei. Aber der Gesandte antwortete: »Gnädiger Herr, ich kann euch über meinen Herrn nichts sagen (denn der Narr hatte ihm verboten, zu sagen, wer er sei), und wenn ihr bei ihm speisen werdet, so wird er zugleich von sich euch melden. Der König, neugierig zu wissen, wer geschickt habe, ihn zum Essen einzuladen, antwortete dem Gesandten, er würde unfehlbar kommen. Der Gesandte kehrte zurück, und als er angelangt war, ging der König sogleich mit seinen Ministern auf die Brücke zum Narren.

Und als der König an das Schloss kam, ging Emeljan dem Könige entgegen, nahm ihn bei den weißen Händen, küsste ihn auf den Zuckermund, führte ihn in sein Schloss und ließ ihn sitzen hinter Eichentischen an seinen gewürfelten Tischtüchern zu Zuckerspeisen und Honigtränken. Der König und die Minister aßen und tranken und machten sich lustig. Als sie aufstanden von der Tafel und sich an andere Plätze setzten, sagte der Narr zum König: »Gnädiger Herr, wisst ihr, wer ich bin?« – Da Emeljan zu dieser Zeit mit reicher Kleidung geziert, und zugleich im Gesichte sehr schön war, so war es nicht möglich, ihn zu erkennen. Deshalb sagte auch der König, dass er ihn nicht kenne. Aber der Narr sprach: »Erinnert ihr euch nicht, gnädiger Herr, wie ein Narr auf einem Ofen zu euch an den Hof kam, und ihr ihn in ein Fass einpichen, und mit eurer Tochter ins Meer treiben ließet? Und so kennt ihr mich jetzt, denn ich bin derselbe Emeljan.« – Als der König ihn so vor sich sah, erschrak er sehr und wusste nicht, was er tun sollte. Aber der Narr ging zu der Tochter des Königs und führte sie vor ihn. Als der König seine Tochter sah, freute er sich überaus und sprach: »Ich bin höchst schuldig vor dir, und dafür gebe ich dir meine Tochter zur Gemahlin.« Der Narr, dies hörend, dankte dem König mit Ehrfurcht, und da bei Emeljan Alles zur Hochzeit bereit war, so feierten sie dieselbe mit großer Pracht, und den folgenden Tag gab der Narr den Ministern und dem gemeinen Volke ein Fest. Es wurden Kufen mit Wein ausgesetzt, und als diese Lustbarkeit zu Ende war, wollte ihm der König sein Reich geben; aber er hatte nicht Lust, es zu nehmen. Darauf ging der König in sein Königreich, und der Narr blieb in seinem Schlosse und lebte glücklich.

14. Das Urteil des Schemjaka

Auf einigen Grundstücken lebten zwei Brüder; der eine war reich, der andere arm. Da kam der arme Bruder zu dem reichen, um ihn um ein Pferd zu bitten, damit er Holz aus dem Walde holen könnte. Der reiche gab ihm das Pferd, und der arme fing nun auch an, um ein Kummet zu bitten; der reiche aber zürnte auf den Bruder und gab ihm kein Kummet. Der arme Bruder aber kam auf den Gedanken, den Schlitten dem Pferde an den Schweif zu binden, und so fuhr er in den Wald nach Holz und lud ein so großes Fuder, als das Pferd nur zu ziehen Kraft hatte. Als er an sein Haus kam, machte er den Thorweg auf, und vergaß, das vorgelegte Brett[8] wegzunehmen, und das Pferd stürzte über das Brett und riss sich den Schwanz aus. Der arme Bauer brachte zu dem Reichen das Pferd ohne Schweif, und als der reiche Bruder das Pferd ohne Schweif sah, nahm er es nicht an und ging zu dem Richter Schemjaka, um den armen zu verklagen. Der arme sah, dass er unglücklich werden sollte, und dass man nach ihm schicken würde, und der arme merkte schon lange, dass er nichts zu geben habe, und folgte seinem Bruder auf dem Fuße nach.

Da kamen die beiden Brüder zu einem reichen Bauer zum Nachtlager, und der Bauer fing an, mit dem reichen Bruder zu essen, zu trinken und sich zu belustigen, und sie luden den armen nicht zu sich ein. Der arme lag auf der Ofenbank, blickte dann und wann auf sie, und fiel plötzlich von der Ofenbank und zerdrückte ein Kind in der Wiege. Und der Bauer ging zu dem Richter Schemjaka, den armen zu verklagen.

Es traf sich, dass auf dem Wege zur Stadt der reiche Bruder mit dem Bauer und dem armen, der ihnen folgte, über eine Brücke

---

[8] Die Türflügel bei den Einfahrten in Russland reichen nicht bis auf den Boden, sondern lassen unterhalb einen leeren Raum von einer viertel- bis halben Elle, damit sie sich im Winter, wenn viel Schnee gefallen ist, bequemer öffnen und schließen lassen. Diesen leeren Raum selbst versperrt man durch ein quer vorgelegtes Brett, welches an den Seitenpfosten des Thorweges befestigt wird und nach dem Bedürfnis höher oder tiefer gestellt werden kann

gehen musste, und der arme, der mit ihnen ging, dachte, dass er von dem Richter Schemjaka nicht lebendig wegkommen würde, und stürzte sich von der Brücke, um sich zu töten; aber unter der Brücke fuhr ein Sohn seinen kranken Vater in die Badstube, und er fiel gerade auf ihn in den Schlitten und zerdrückte den alten Mann. Der Sohn ging klagen, dass er seinen Vater getötet habe.

Der reicht Bruder kam zu dem Richter Schemjaka, um gegen seinen Bruder zu klagen, dass er seinem Pferde den Schweif ausgerissen habe. Und der Arme nahm einen Stein und band ihn in ein Tuch, und ließ ihn sehen, hinter dem Bruder stehend, in der Absicht, den Richter zu erschlagen, wenn er nicht für ihn entscheiden würde. Der Richter bedachte, dass er hundert Rubel erhalten könne, und befahl dem Reichen, er solle dem Armen das Pferd zurückgeben, bis ihm der Schweif wieder gewachsen sei.

Dann kam der Bauer und klagte wegen Ermordung seines Kindes, und fing an, zu bitten. Der Arme aber nahm denselben Stein heraus und zeigte ihn dem Richter hinter dem Bauer stehend. Der Richter dachte, dass er ihm noch hundert Rubel für den zweiten Prozess geben würde, und befahl dem Bauer, dem Armen seine Frau zu geben, bis er ihm wieder ein Kind erzeugt hätte. »Und du wirst dann die Frau mit dem Kinde zurücknehmen.«

Da kam der Sohn und klagte, dass der Arme seinen Vater tot gedrückt habe, und überreichte eine Klageschrift gegen den Armen. Und der Arme nahm denselben Stein heraus und zeigte ihn dem Richter. Der Richter glaubte, dass er ihm für diesen Prozess noch hundert Rubel geben würde. Da befahl er dem Sohn, sich auf die Brücke zu stellen, und dem Armen unter dieselbe, und der Sohn sollte eben so auf den Armen herunter springen und ihn zerdrücken.

Da kam der arme Bruder zu dem reichen, um von ihm nach dem Befehle des Richters das Pferd ohne Schweif zu holen, und so lange zu behalten, bis der Schweif wieder gewachsen sei. Der Reiche wollte nicht gern das Pferd abgeben, und deswegen schenkte er ihm fünf Rubel Geld, drei Tschetwert Getreide und eine milchende Ziege, und versöhnte sich mit ihm auf ewig.

Da kam der arme Bruder zu dem Bauer, und fing an, nach richterlichem Befehl seine Frau zu verlangen, um mit ihr ein solches Kind zu zeugen. Der Bauer aber fing an, sich mit ihm zu versöhnen und gab dem Armen fünfzig Rubel, eine Kuh mit einem Kalbe, eine Stute mit einem Füllen, vier Tschetwert Getreide, und versöhnte sich mit ihm auf ewig.

Da kam der Arme zu dem Sohn. »Du musst dich nach dem richterlichen Ausspruch auf die Brücke stellen, und ich mich unter die Brücke, und du musst dich auf mich stürzen und mich zerdrücken. Da dachte der Sohn bei sich: »Wie soll ich mich von der Brücke stürzen, ihn werde ich vielleicht nicht zerdrücken, aber mich zerschlagen.« Und er suchte sich mit dem Armen zu versöhnen, und gab ihm zwei hundert Rubel, ein Pferd und fünf Tschetwert Getreide.

Aber der Richter Schemjaka schickte seinen Diener zu dem Armen, um drei hundert Rubel zu verlangen. Der Arme aber zeigte ihm den Stein und sprach: »Wenn der Richter nicht für mich entschieden hätte, so würde ich ihn getötet haben.« – Der Diener kam zu dem Richter und sagte von dem Armen, wenn er nicht für ihn entschieden hätte, so würde er ihn mit dem Steine getötet haben. Der Richter fing an, sich zu bekreuzen und sprach:

»Gott sei Dank, dass ich zu seinem Besten entschieden habe.«

15. Geschichte des hochgeborenen Fürsten Peter mit den goldenen Schlüsseln, und der hochgeborenen Prinzess Magilene

Im französischen Königreiche war ein hochgeborener Fürst, namens Wolchwan; der hatte eine Gemahlin fürstlichen Geblütes, namens Petronida, mit welcher er einen einzigen Sohn zeugte, den hochgeborenen Fürsten Peter. Dieser Fürst Peter hatte in seinen Jugendjahren große Neigung zu Ritter- und Kriegstaten, und als er zu reifen Jahren gekommen, sehnte er sich nach nichts mehr, als nach ritterlichen Waffentaten. Aber es begab sich, dass sich zu derselbigen Zeit ein Ritter namens Ruiganduis aus dem neapelschen Königreiche dort befand, welcher die Tapferkeit Peters bemerkte und sprach: »Großer Fürst Peter, es ist ein König in Neapel, der hat eine schöne Tochter namens Magilene. Dieser König verteilt Reichtümer für Rittertaten zum Besten seiner Tochter.«

Da ging Peter zu seinem Vater und seiner Mutter, und erbat sich ihren Segen, um in das neapelsche Reich zu reisen und dort Rittertaten zu lernen, besonders aber, um die Schönheit der Königstochter Magilene zu sehen. Sie entließen den Fürsten Peter mit großem Wehklagen und ermahnten ihn, nur mit guten Menschen Freundschaft zu schließen, gaben ihm drei goldene Ringe mit Edelsteinen und eine goldene Kette, und entließen ihn in Frieden.

Als Fürst Peter in das neapelsche Reich kam, befahl er einem geschickten Meister, ihm ein Panzerhemde und einen Helm zu machen, und an diesem zwei goldene Schlüssel zu befestigen, und ritt auf den Turnerplatz, wo sich der König befand. Da wurde er Peter mit den goldenen Schlüsseln genannt, und er stellte sich hinter die Ritter. Zuerst ritt Ritter Andrei Skrintor hervor, und gegen ihn des englischen Reiches Königssohn, und Andrei schlug Heinrichen so gewaltig, dass er beinahe vom Rosse gefallen wäre. Alsdann ritt Landiot, der Königssohn, hervor, und warf den Andrei Skrintor vom Rosse auf den Sand. Als Fürst Peter sah, dass Landiot den Andrei aus dem Sattel schleuderte, ritt er gegen Landiot heraus und rief mit lauter Stimme: »Auf vieljähriges

Wohlergehen seiner königlichen Majestät, meines Herrn und meiner Herrin, der schönen Königstochter Magilene!« und drang auf ihn so gewaltig und tapfer ein, dass er den Landiot samt dem Rosse zu Boden stieß. Und er durchstieß ihm mit der Lanze das Herz, und Peter erhielt dafür vom Könige Lob, und besonders von der Königstochter Magilene und allen anwesenden Rittern, und er wurde der erste Ritter bei dem König.

Als die schöne Königstochter Magilene die Tapferkeit und das schöne Angesicht des Fürsten Peter sah, entbrannte sie im Herzen gegen ihn in Liebe, und nahm sich vor, seine Gemahlin zu werden. Sie entdeckte ihre Absicht ihrer Zofe, und von dieser Zeit an besuchte Fürst Peter die schöne Königstochter alle Tage, und schenkte ihr die drei goldenen Ringe zum Zeichen seiner wahren und unvergänglichen Liebe, und ritt mit ihr aus der Stadt fort.

Und sie ritten aus der Stadt auf ihren guten Rossen, und nahmen mit sich viel Gold und Silber, und sie ritten die ganze Nacht hindurch. Da kam Fürst Peter in undurchdringliche Wälder zwischen Gebirgen bis zum Meere. Er blieb in diesem Walde, um auszuruhen, und die Königstochter legte sich vor Müdigkeit auf das Gras hin, und schlief fest ein. Fürst Peter aber saß neben ihr und betrachtete ihre Schönheit und ihren weißen Busen. Da bemerkte er einen Knoten an einer goldenen Schnur, und als er ihn löste, fand er die drei Ringe, die er ihr gegeben hatte. Er legte sie auf das Gras, und durch Gottes Willen begab es sich, dass ein schwarzer Rabe herbei flog, die Ringe fasste, und sich auf einen Baum damit flüchtete. Peter kletterte auf den Baum, um ihn zu fangen, aber als er ihn ergreifen wollte, flog der Rabe auf einen andern Baum, und so auf viele Bäume, und dann über den Meerbusen, und die Ringe ließ er ins Meer fallen, und er selbst setzte sich auf eine Insel. Fürst Peter lief dem Raben nach bis ans Meer und suchte einen Kahn und schwamm zu der Insel auf einem kleinen Fischernachen. Aber er hatte keine Ruder und musste mit den Händen rudern. Plötzlich erhob sich ein heftiger Wind und trieb ihn in die offene See, und so wurde Eins von dem Andern getrennt. Als Fürst Peter sah, dass er weit vom Ufer abgetrieben war, verzweifelte er schon an seiner Rettung und fing an, zu Gott zu flehen, und sprach mit Herzensseufzern und bittern Tränen: »Ach, ich ärmster und unglücklichster aller Menschen! Warum habe ich die Ringe aus ihrem sichern Gewahrsam genommen! Nun gibt es auf der Welt keinen so Unglücklichen, als ich bin. Ich habe alle meine Freude getötet: die schöne Prinzess habe ich entführt, und in einem undurchdringlichen Walde verlassen. Wilde Tiere werden sie zerreißen, oder sie wird sich noch mehr verirren und vor Hunger sterben. Ich großer Mörder, habe unschuldiges Blut vergossen!« Da fing er an unterzusinken.

Und es geschah durch Gottes Willen, dass nahe bei ihm ein Schiff aus dem türkischen Lande segelte, und da die Schiffer einen Menschen im Meere sinken sahen, nahmen sie ihn halbtot in ihr Schiff. Sie kamen in die Stadt Alexandria und verkauften ihn an den türkischen Pascha. Der Pascha aber machte dem türkischen Sultan mit dem Fürsten Peter ein Geschenk. Als der Sultan die Sittsamkeit und die schöne Gesichtsbildung des Fürsten Peter sah, machte er ihn zu einem großen Senator, und wegen seiner Gerechtigkeit und großen Gnade gewannen ihn alle im Reiche lieb.

Als in dem erwähnten undurchdringlichen Walde die schöne Prinzess Magilene vom Schlaf erwachte, sah sie sich nach allen Seiten um, und erblickte den Fürsten Peter nicht. Sie weinte vor großem Kummer und fiel zu Boden. Dann stand sie auf, ging in dem Walde herum und rief mit aller Kraft nach ihrem Ritter: »Mein schöner Herr Fürst Peter, wo bist du hingegangen?« — Dann ging sie auf dem Wege lange Zeit fort und traf auf eine Nonne. Diese bat sie um ihre schwarzen Kleider, und gab ihr ihre hellfarbigen dafür. So kam sie an einen Hafen, wo sie ein Schiff aus dem Lande mietete, in welchem Peters Vater wohnte. Dort blieb sie bei einer adligen Frau namens Susanna, und wählte einen Ort zwischen Bergen zum Schiffshafen, und baute ein Kloster auf die Namen der heiligen Apostel Peter und Paul, und errichtete ein Krankenhaus zur Aufnahme der Fremden. So wurde Magilene berühmt durch ihren gottesfürchtigen Wandel. Da kam der Vater und die Mutter Peters, brachten ihr drei Ringe, und sagten, ihr Koch habe einen Fisch gekauft, in dessen Leib diese drei Ringe gefunden worden; aber da sie dieselben ihrem Sohne

gefunden worden; aber da sie dieselben ihrem Sohne Peter gegeben hatten, so vermuteten sie, dass er in der Tiefe des Meeres
ertrunken sei, und weinten bitterlich.

Nachdem Fürst Peter lange Zeit bei dem türkischen Sultan gelebt
hatte, äußerte er den Wunsch, in sein Vaterland zu reisen. Der
Sultan entließ ihn mit großen Geschenken, und gab ihm viel
Gold, Silber und kostbare Perlen. Als Fürst Peter so gnädigen
Urlaub vom Sultan erhalten, mietete er ein französisches Schiff,
kaufte vierzehn Fässer, schüttete auf den Boden derselben Salz,
legte Gold und Silber hinein, tat wieder oben Salz darüber, und
sagte zu dem Schiffer, es sei nur Salz darin. Mit günstigem Winde
segelten sie in ihr Vaterland und hielten an einer Insel, nicht weit
vom französischen Lande an, denn Fürst Peter war von der See-
reise krank geworden. Er ging ans Ufer spazieren und verlief sich
tief in die Insel und schlief fest ein. Die Schiffer suchten und riefen ihn lange Zeit. Da sie ihn aber nicht fanden, setzten sie die
Reise fort. Sie gelangten an jenes Kloster und gaben dort die Salz-
fässer ab, und als einmal im Kloster Mangel an Salz war, befahl
Magilene, die Fässer aufzumachen, und fand zahllose Schätze,
und dankte Gott dafür und pries ihn.

Fürst Peter wurde von andern Schiffern auf der Insel gefunden
und in dieses Kloster gebracht, wo man ihn im Krankenhause
Magilenens abgab, und Fürst Peter war über einen Monat im
Krankenhause, aber er konnte Magilenen nicht erkennen, weil ihr
Gesicht von einem schwarzen Schleier verhüllt wurde. Und Peter
weinte jeden Tag.

Eines Tages kam Magilene in das Krankenhaus, sah Peter weinen,
und fragte ihn nach der Ursache seiner Tränen. Er erzählte ihr
genau alle seine Begebenheiten. Da erkannte ihn Magilene und
ließ seinem Vater Wolchwan und seiner Mutter Petronida sagen,
dass ihr Sohn, Fürst Peter, sich wohl befände. Bald darauf kamen
Vater und Mutter in das Kloster, und die Königstochter empfing
sie geschmückt mit fürstlichen Kleidern. Als Fürst Peter seinen
Vater und seine Mutter sah, fiel er ihnen zu Füßen, umfasste sie
und weinte, und sie weinten alle mit ihm. Fürst Peter aber stand
auf, nahm sie bei den Händen, umarmte, küsste sie und sprach:

»Mein Herr Vater und meine Mutter, diese Jungfrau ist die Tochter des großen Königs von Neapel, wegen welcher ich weit wanderte, und sie hat ihre Jungfrauenschaft behalten.« — Dann wurden sie getraut und lebten glücklich.

16. Sila Zarewitsch und Iwaschka mit dem weißen Hemde

Es war einmal ein Zar, der hieß Chotei. Dieser Zar Chotei hatte drei Söhne, der erste hieß Aspr Zarewitsch, der zweite Adam Zarewitsch, der dritte Sila Zarewitsch, welcher der jüngste Bruder war. Die großen Brüder fingen an, den Zaren Chotei um die Erlaubnis zu bitten, in andere Königreiche zu wandern, um Menschen zu sehen und sich zu zeigen. Da entließ sie der Zar, und gab jedem von ihnen ein Schiff, worin sie in fremde Reiche reisen konnten. Darauf begann auch der jüngste Bruder Sila Zarewitsch den Zaren Chotei zu bitten, dass er ihm die Erlaubnis gäbe, mit seinen Brüdern zu fahren. Zar Chotei aber sprach zu ihm: »Mein lieber Sohn, Sila Zarewitsch, du bist noch jung und an die Beschwerlichkeiten des Reisens nicht gewöhnt; deswegen rate ich dir, lieber zu Hause zu bleiben und nicht an das zu denken, was du dir vorgenommen hast.« Aber Sila Zarewitsch hatte große Lust, fremde Königreiche zu sehen, und fing an, seinen Vater aufs Inständigste zu bitten, und sein Vater entließ ihn, und gab ihm auch ein Schiff. Sobald diese drei Zarewitsche ein jeder auf sein Schiff sich begeben hatten, befahlen sie abzustoßen. Als sie auf das offene Meer kamen, segelte das Schiff des ältesten Bruders voran, hinter ihm das des mittelsten, und Sila Zarewitsch segelte hinter beiden. –

Den dritten Tag ihrer Seefahrt schwamm bei ihnen ein Sarg mit eisernen Reifen vorüber. Die zwei ältesten Brüder sahen ihn, doch befahlen sie nicht, ihn aufzufangen; aber sobald ihn Sila Zarewitsch erblickte, gebot er sogleich seinen Matrosen, denselben aufzufangen, auf das Schiff zu bringen und an einen schicklichen Ort zu stellen. Den andern Tag erhob sich ein heftiger Sturm, von welchem das Schiff des Sila Zarewitsch vom rechten Wege verschlagen, und in eine unbekannte Gegend an ein steiles Ufer getrieben wurde. Da befahl Sila Zarewitsch seinen Matrosen, den Sarg vom Schiff zu nehmen und ans Ufer zu bringen, wohin er auch selbst ihnen folgte. Hier ließ er ihn in die Erde eingraben.

Darauf sagte Silo Zarewitsch zu seinem Schiffshauptmann, er solle auf derselbigen Stelle, wo das Schiff stehe, drei Jahre lang auf ihn warten, und wenn er nach Verlauf dieser Zeit noch nicht zurückgekommen wäre, so möchte er seiner nicht mehr harren, sondern in sein Reich zurückfahren. Darauf nahm er Abschied von ihm und seinen Leuten und ging, wohin gerade seine Augen sahen, und so wanderte er eine lange Zeit allein und sah keinen Menschen, weder vor sich noch hinter sich. Den dritten Tag endlich hörte er einen Menschen hinter sich laufen in weißem Kleide. Sila Zarewitsch sah sich um und sah, dass er ihm schon nachgekommen sei, und er zog sogleich sein Schwert heraus, denn er befürchtete, dass es ein Bösewicht sein möchte. Sobald aber der Mensch ihn eingeholt hatte, warf er sich ihm zu Füßen und dankte ihm für seine Rettung. Sila Zarewitsch fragte ihn, wofür er ihm danke, und für welche Gnade. Da sprang der Unbekannte auf die Füße und begann zu sprechen: »Ach, du junger Fant Sila Zarewitsch, wie sollte ich dir nicht danken? Ich lag ja in dem Sarge, welchen du im Meere auffangen und am Ufer begraben ließest, und wenn du nicht wärest, so wäre ich vielleicht ewig auf dem Meere herum geschwommen.« — »Aber wie kamst du in diesen Sarg?« fragte Sila Zarewitsch. »Ich will dir Alles erzählen,« antwortete Iwaschka. »Ich war ein großer Zauberer; meine Mutter erfuhr, dass ich durch meine Zaubereien den Menschen großen Schaden tue, und befahl deshalb, mich in jenen Sarg zu legen und aufs Meer zu treiben; und über hundert Jahre bin ich geschwommen, und Niemand hat mich aufgehoben; aber euch danke ich meine Rettung, und ich will dir dafür dienen und in allen Fällen behilflich sein. Noch frage ich dich, ob du nicht Lust hast zu heiraten: ich kenne die schöne Königin Truda, welche verdient, deine Gemahlin zu sein.« — Sila Zarewitsch antwortete ihm, wenn diese Königin schön sei, so wolle er sie wohl heiraten. Iwaschka mit dem weißen Hemde sagte zu ihm, dass sie die erste Schönheit in der Welt sei. Als Sila Zarewitsch dies vernahm, bat er Iwaschka, mit ihm in das Reich zu gehen. Und so machten sie sich auf den Weg und kamen an das Reich. Dieses Reich war umgeben von einem Zaune, wie von Palisaden, und auf jeder Zaunstange stak ein Menschenkopf, nur auf einer war kein Kopf aufgesteckt. Als dies Sila Zarewitsch sah, entsetzte er sich und fragte Iwaschka, was dies zu bedeuten habe, und Iwaschka sagte zu ihm, dies seien lauter Köpfe von Helden, welche um die Königin Truda geworben. Sila Zarewitsch erschrak, als er dies Wunder vernahm, und wollte schon in seine Heimat zurückkehren, ohne sich dem Vater der Truda zu zeigen; aber Iwaschka sagte zu ihm, er solle nichts fürchten und dreist mit ihm zusammen gehen. Sila Zarewitsch folgte ihm, und sie gingen mit einander.

Als sie in das Reich eintraten, sagte Iwaschka zu ihm: »Höre, Sila Zarewitsch, ich werde bei dir als Diener bleiben, und wenn du in die königlichen Gemächer kommen wirst, so grüße den König Salom demütig, dann wird er dich fragen, woher du kommst, aus welchem Reiche, und welches Vaters Sohn du bist, wie du dich nennest, und wonach du gekommen. Da sage ihm Alles und verhehle ihm nichts, selbst nicht, dass du gekommen, um seine Tochter zu werben, welche du zur Gemahlin haben wollest: er wird sie dir mit großer Freude geben.« – Sila Zarewitsch ging in das Schloss, und sobald ihn der König Salom erblickte, kam er ihm selbst entgegen, nahm ihn bei den weißen Händen, führte ihn in seine weißsteinernen Zimmer und begann ihn zu fragen: »Ach! du guter Jüngling, woher bist du, aus welchem Reiche, welches Vaters Sohn, wie nennest du dich, und wonach bist du gekommen?« – »Ich bin aus dem Reiche des Zaren Chotei, ich werde Sila Zarewitsch genannt, und bin zu dir gekommen, um deine Tochter, die schöne Königin Truda, zu werben.«

Der König Salom war sehr froh, dass so eines berühmten Zaren Sohn sein Eidam werden wolle, und befahl sogleich seiner Tochter, sich zur Hochzeit zu bereiten. Und als der Tag kam, wo Sila Zarewitsch getraut werden sollte, da gebot der König allen seinen Fürsten und Bojaren, sich im Schlosse zu versammeln, und als sich alle versammelt hatten, fuhren sie in die Kirche, und Sila Zarewitsch wurde mit der schönen Königin Truda getraut. Dann kehrten sie zurück, setzten sich an die Tische und aßen und belustigten sich mit allerlei Kurzweil. Als aber die Zeit kam, wo Sila Zarewitsch in die Brautkammer gehen sollte, da führte ihn Iwaschka auf die Seite, und sagte leise zu ihm: »Höre, Sila Zarewitsch, wenn du dich mit deiner Gemahlin zu Bette legst, so berühre sie nicht, denn wenn du sie berührest, so wirst du nicht am Leben bleiben, und dein Kopf wird auf den leer gebliebenen Pfahl gesteckt werden. Sie wird dich küssen und liebkosen, aber du darfst nichts mit ihr sprechen.« Sila Zarewitsch fragte ihn, weshalb er ihm alles dies beföhle? »Deshalb,« antwortete Iwaschka, »weil sie mit einem Geiste Bekanntschaft hat, welcher jede Nacht in Gestalt eines Menschen zu ihr kommt; aber in der Luft fliegt er in Gestalt eines sechsköpfigen Drachen; und wenn sie ihre Hand auf deine Brust legt und dir beklommen wird, so springe auf und schlage sie so lange mit einem Stocke, bis sie alle Kräfte verliert. Ich werde um diese Zeit bei der Türe deiner Schlafkammer auf der Wache stehen.«

Als Sila Zarewitsch diese Worte gehört hatte, ging er in die Brautkammer mit der Königin Truda und legte sich mit ihr aufs Bett. Die Königin Truda fing an, ihn zu küssen, aber Sila Zarewitsch sprach nicht mit ihr und lag still. Da legte Truda ihre Hand auf seine Brust und drückte ihn so gewaltig, dass er kaum Atem holen konnte. Sila Zarewitsch sprang von seinem Bette auf und ergriff den Stock, den ihm Iwaschka dazu bereit gelegt hatte, und fing an, sie tüchtig zu schlagen. Bald darauf erhob sich ein Sturm, und in ihre Schlafkammer flog ein sechsköpfiger Drache und wollte Sila Zarewitsch auffressen; aber Iwaschka ließ ihn nicht bis zu ihm, ergriff ein scharfes Schwert und fing an, mit dem Drachen zu kämpfen, und sie kämpften gerade drei Stunden, und Iwaschka hieb dem Drachen zwei Köpfe ab; da flog der Drache fort von ihnen. Darauf befahl Iwaschka Sila Zarewitschen zu schlafen, und sich vor nichts zu fürchten. Sila Zarewitsch gehorchte ihm, legte sich nieder und schlief bis zum Morgen.

Früh morgens schickte der König Salom und ließ sich erkundigen, ob sein geliebter Sohn noch lebe, und als man ihm meldete, dass er noch am Leben und gesund sei, da freute sich der König sehr, dass er der erste war, der sich vor seiner Tochter gerettet habe, und befahl, ihn sogleich zu sich zu rufen, und der ganze Tag wurde in Lustbarkeiten zugebracht.

Die folgende Nacht sagte Iwaschka zu Sila Zarewitsch, dass er auch diese Nacht mit seiner Gemahlin eben so verfahren solle, und stellte sich wie vorher als Wache an die Türe. Als sich Sila

Zarewitsch mit der Königin aufs Bett gelegt hatte, legte die Königin wieder ihre Hand auf ihn, da stand Sila Zarewitsch abermals auf, und fing an, sie zu schlagen. Bald darauf kam der Drache wieder, und wollte Sila Zarewitsch auffressen. Iwaschka aber sprang hinter der Türe hervor, mit dem Schwerte und fing wieder an, mit ihm zu kämpfen, und haute ihm noch zwei Köpfe ab. Da flog der Drache von dannen, und Sila Zarewitsch legte sich schlafen. Früh morgens befahl der König, Sila Zarewitschen zu sich zu bitten, und sie brachten auch diesen Tag in Ergötzlichkeiten zu. Auch die dritte Nacht gebot Iwaschka dasselbe zu tun, und Sila Zarewitsch tat, wie ihm geboten war. Iwaschka hieb dem Drachen die beiden letzten Köpfe ab, und er verbrannte die Köpfe samt dem Rumpfe, und zerstreute die Asche auf dem Felde.

Die vierte Nacht fragte Sila Zarewitsch den Iwaschka, ob er jetzt seiner ehelichen Liebe genügen könne; aber Iwaschka sagte zu ihm, er solle es nicht tun, bis er es ihm befohlen. Und so lebte Sila Zarewitsch bei seinem Schwiegervater ein ganzes Jahr, ohne seiner ehelichen Liebe zu genügen. Darauf sagte Iwaschka zu ihm, er solle sich bei seinem Schwiegervater Erlaubnis erbitten, in sein Vaterland zurückzukehren. Sila Zarewitsch gehorchte ihm, und ging zu dem Zaren Salom, sich dies auszubitten. Der König Salom entließ ihn, und gab ihm zur Begleitung zwei Abteilungen aus seinem Heere mit. Da nahm Sila Zarewitsch Abschied von seinem Schwiegervater und reiste mit seiner Gemahlin ab nach seinem Vaterlande.

Auf der Hälfte des Weges sprach Iwaschka zu Sila Zarewitsch, er solle Halt machen und ein Lager aufschlagen. Sila Zarewitsch gehorchte ihm, und befahl, die Zelte zu errichten. Den andern Tag legte Iwaschka Stöcke Holz vor das Zelt des Sila Zarewitsch und brannte sie an. Dann führte er die Königin Truda aus dem Zelte, zog sie nackend aus, entblößte sein Schwert und hieb sie von einander. Sila Zarewitsch erschrak sehr, und fing an zu weinen. »Weine nicht,« sagte er zu ihm, »sie wird wieder lebendig werden.« Sobald die Königin Truda getrennt war, kroch aus ihrem Leibe allerlei Ungeziefer hervor, und Iwaschka warf alles in das Feuer. Darauf sprach er zu Sila Zarewitsch: »Siehst du, was für Ungeziefer sich im Leibe deiner Gemahlin befunden hat? Das sind alles böse Geister, die in ihr aufgewachsen sind.« Nachdem nun alles dieses Ungeziefer aus ihrem Bauche gekrochen war, und Iwaschka alles verbrannt hatte, da legte er den Leib Trudas zusammen, bespritzte ihn mit lebendigem Wasser, und die Königin wurde sogleich gesund, und war so mild, wie sie vorher böse gewesen war. Da sagte Iwaschka zu Sila Zarewitsch: »Jetzt gebe ich dir die Freiheit, mit deiner Gemahlin zu leben, wie es Eheleuten geziemt, denn du hast jetzt nichts zu fürchten.« Dann sprach er noch: »Lebe wohl, Sila Zarewitsch! Du wirst mich nun nie wieder sehen.« Indem er diese Worte sprach, verschwand er.

Und Sila Zarewitsch befahl, die Zelte abzubrechen, und fuhr seinem Vaterlande zu. Und als er an die Stelle kam, wo ihn sein Schiff erwartete, bestieg er es mit der schönen Königin Truda, entließ die Heer-Abteilungen und segelte ab. Sobald er in sein Reich zurückkam, wurde er mit Kanonenschüssen begrüßt, und Zar Chotei kam aus seinem Gemach und nahm ihn und die schöne Königin Truda bei den weißen Händen, führte sie in die weißsteinernen Zimmer, setzte sie an die Tische, und sie aßen und tranken und belustigten sich an verschiedener Kurzweil. Und Sila Zarewitsch lebte bei seinem Vater zwei Jahre. Alsdann fuhr er in das Reich seines Schwiegervaters, des Königs Salom, erhielt von ihm die Krone, und fing an, in diesem Königreiche zu herrschen mit der schönen Königin Truda in großer Liebe und Freundschaft.

17. Märchen von dem berühmten und starken Ritter Jeruslan Lasarewitsch, von seiner Tapferkeit, und der unvergleichlichen Schönheit der Prinzess Anastasia Worcholomejewna

In einem Reiche lebte ein Zar, namens Kartaus. Dieser Zar Kartaus hatte zwölf Ritter, und über diese Ritter hatte der Zar einen Aufseher, den Fürsten Lasar Lasarewitsch, mit seiner Fürstin Epistimia. Dieser Fürst Lasar lebte siebenzig Jahre und hatte kein einziges Kind, und sie fingen an, mit Tränen zu Gott zu flehen, ihnen ein Kind zu geben, in ihren späteren Jahren zur Wonne, und nach dem Tode zum Seelengedächtnis. Und Gott erhörte ihr Flehen, und die Fürstin Epistimia fühlte sich schwanger. Als die Zeit der Entbindung kam, genas sie eines Söhnleins, und Fürst Lasar Lasarewitsch gab ihm den Namen Jeruslan. Von Angesicht war er rot, hatte blondes Haar und helle Augen. Fürst Lasar Lasarewitsch und die Fürstin Epistimia waren sehr darüber erfreut, und veranstalteten ein großes Fest. Als Jeruslan Lasarewitsch ein Alter von fünfzehn Jahren erreicht hatte, fing er an, auf den zarischen Hof zu gehen, und mit den Kindern der Fürsten und Bojaren zu spielen. Da begannen die Fürsten und Bojaren über ihn Rath zu halten, gingen zu dem Zaren Kartaus, und sprachen folgende Worte: »Unser Herr Zar Kartaus, beweise uns deine zarische Gnade: du hast einen Aufseher, den Fürsten Lasar Lasarewitsch. Derselbe hat einen Sohn, Jeruslan Lasarewitsch, welcher auf deinen zarischen Hof kommt, und mit unsern und den Bojaren-Kindern spielt; aber seine Spiele sind nicht gut, denn wen er beim Kopfe nimmt, dem fällt der Kopf ab, und wen er bei der Hand fasst, dem fällt die Hand ab, und wir haben davon großen Kummer. Herr, beweise uns deine zarische Gnade und schicke Jeruslan aus deinem Reiche oder gib uns den Abschied, denn leben können wir mit Jeruslan nicht.«

Zar Kartaus schickte sogleich nach seinem Aufseher, dem Fürsten Lasar Lasarewitsch, und ließ ihm befehlen, er solle schnell vor ihm erscheinen. Da kam Fürst Lasar zum Zaren Kartaus, und der Zar kam ihm entgegen in die Mitte des Hofes. Aber Fürst Lasar

Lasarewitsch stieg vom Pferde und sprach: »Viele Jahre Wohlergehen, Herr Zar! Wie hat Gott deiner wahrgenommen, mein Gebieter? Warum hast du, o Herr, mich zu dir kommen lassen?« Sogleich antwortete ihm der Zar Kartaus: »Mein Herr Vater, Fürst Lasar Lasarewitsch, ich habe nach dir deshalb geschickt und dir befohlen, schnell zu kommen, weil Fürsten, Bojaren und mächtige Ritter zu mir kamen, und deinen Sohn Jeruslan Lasarewitsch anklagten, dass er zu mir auf den zarischen Hof gehe, und mit den Kindern der Fürsten und Bojaren spiele, aber wen er beim Kopf nehme, dem falle der Kopf ab, und wen er bei der Hand fasse, dem falle die Hand ab, und solche Späße gefallen mir nicht. Dein Sohn ist mir im Reiche nicht nötig, und ich werde meine Leute seinetwegen nicht fortschicken.«

Als Fürst Lasar Lasarewitsch diese Worte vom Zaren gehört hatte, ritt er traurig von ihm fort, und ließ seinen Kopf niedriger hängen, als die Schultern. Jeruslan kam seinem Vater entgegen, und neigte sich vor ihm mit dem Angesicht bis zur Erde: »Viele Jahre Wohlergehen, mein Herr Vater! Wie hat Gott deiner wahrgenommen, Herr? Warum reitest du so betrübt, o Herr? Hast du vom Zaren ein kränkendes Wort vernommen?« Sein Vater, Fürst Lasar Lasarewitsch, antwortete ihm: »Mein liebes Kind Jeruslan Lasarewitsch, ich habe ein kränkendes Wort vom Zaren vernommen. Andere Kinder dienen ihrem Vater von Jugend an zur Freude, im Alter zur Unterstützung, und nach dem Tode zum Seelengedächtnisse. Du aber, mein Söhnlein, dienst nicht von Jugend an zur Unterstützung, nicht nach dem Tode zum Seelengedächtnisse: du gehst auf den Hof des Zaren, und treibst schlechte Späße mit den Kindern der Fürsten und Bojaren; und darüber haben sich bei dem Zaren Kartaus die Fürsten und Bojaren gegen dich in Ehrfurcht beklagt, und der Zar hat befohlen, dich aus dem Reiche fortzuschicken.«

Da lächelte Jeruslan und sprach: »Mein Herr Vater, grämet Euch nicht um mich, dass man mich aus dem Reiche verbannt hat. Ich habe nur einen Kummer: ich bin fünfzehn Jahr alt geworden, und war in deinem Stalle, konnte aber kein gutes Ross für mich finden, das für alle Zeit mir dienen könnte.« Dann gingen sie in die weißsteinernen Gemächer, und Jeruslan Lasarewitsch bat seinen Vater und seine Mutter um die Erlaubnis, ins freie Feld zu spazieren, Menschen zu sehen und sich zu zeigen. Der Vater und die Mutter entließen ihn, und gaben ihm zwölf Jünglinge, und fünfzig kunstgeübte Meister mit, um am Meere einen weißsteinernen Palast zu bauen. Diese Meister bauten in drei Tagen diesen Palast, und schickten an den Fürsten Lasar Lasarewitsch einen Boten. Der Bote kam zu dem Fürsten Lasar Lasarewitsch und der Fürstin Epistimia, und meldete, dass der prächtige Palast fertig sei, und Jeruslan Lasarewitsch fing abermals an, seine Eltern um Erlaubnis zu bitten, ins freie Feld spazieren zu gehen. Fürst Lasar Lasarewitsch und die Fürstin Epistimia weinten bitterlich, dass sie sich von ihrem Sohne trennen sollten, und gaben ihm ihren elterlichen Segen.

Jeruslan Lasarewitsch ritt zu dem Meere in seinen weißsteinernen Palast. Vater und Mutter gaben ihm eine Menge Gold, Silber, Edelsteine, gute Rosse und ausgewählte Jünglinge mit, aber Jeruslan Lasarewitsch wollte nichts mit sich nehmen, keine Jünglinge, keine Rosse und keine Schätze. Er wählte sich nur ein krätziges Pferd, einen tscherkassischen Sattel, eine Trensenschnur, einen Filz und eine kleine Lederpeitsche. Alles Übrige schickte er seinem Vater zurück. Und so kam Jeruslan Lasarewitsch an das blaue Meer zu seinem weißsteinernen Palast, legte den Filz unter sich, den tscherkassischen Sattel unter den Kopf und streckte sich nieder, um zu schlafen. Morgens sehr früh stand er auf, ging am Gestade des Meeres spazieren und schoss viele wilde Gänse, Schwäne und graue Enten. Damit nährte er sich, und so ging Jeruslan Lasarewitsch ein, zwei, drei Monate herum. Da traf er einen Weg, dessen Breite so groß war, dass ihn ein Schütze eben überschießen konnte, und dessen Tiefe so groß, dass er einem guten Rosse bis an die Ohren ging. Jeruslan Lasarewitsch betrachtete diesen Weg und sprach zu sich selbst: »Wer zieht diese Straße, ein großes Heer oder ein mächtiger Ritter?« – Aber bald begab sich's, dass ein alter Mann auf ihn zuritt; unter ihm war das graue Ross Alotjagilei. Dieser Alte stieg von seinem Rosse, ehe er dem Jeruslan Lasarewitsch nahe kam, und warf sich mit dem Gesicht auf die Erde. »Auf viele Jahre Wohlergehen, Jeruslan Lasare-

witsch! Wie bewahrt dich Gott, mein Herr? Warum bist du an
diesem Ort, mein Herr, in solcher Einöde? Welche stürmische
Winde haben dich hierher verschlagen?« – Jeruslan Lasarewitsch
fragte ihn: »Alter Bruder, wie nennest du dich mit Namen?« –
Der Alte gab zur Antwort: »Herr Jeruslan Lasarewitsch, ich nenne mich Iwaschka, und mein graues Ross heißt Alotjagilei. Ich bin
ein großer Schütze und mächtiger Ringer im Heere der Ritter.« –
»Aber,« fuhr Jeruslan Lasarewitsch fort, »woher kennest du mich,
dass du mich bei Namen nennest?« – Darauf entgegnete ihm I-
waschka: »Herr Jeruslan Lasarewitsch, wie sollte ich dich nicht
kennen, ich bin ein alter Diener deines Vaters, hüte die Pferde
schon drei und dreißig Jahre im Felde, und komme zu deinem
Vater jedes Jahr ein Mal, um meinen Lohn zu holen. Daher kenne
ich dich.«– Jeruslan aber antwortete: »Ich gehe hier auf die Jagd,
und spaziere im freien Felde umher. Wer das Bittere nicht genos-
sen, der bekommt das Süße nicht zu sehen. Noch als junger Knabe bin ich in meiner Unwissenheit am Hofe spazieren gegangen,
und habe mit den Kindern der Fürsten und Bojaren gespielt. Aber
wen ich beim Kopfe fasse, dem fällt der Kopf ab, und wen ich bei
der Hand nehme, dem fällt die Hand ab. Dem Zaren war dies
nicht angenehm, und er verbannte mich aus dem Reiche; aber
dieser Kummer ist mir nichts, sondern ein anderer größerer
Kummer peinigt mich. Ich bin schon fünfzehn Jahre alt und ging
in den Stall meines Vaters, konnte aber kein gutes Ross finden,
welches mir Zeit Lebens dienen könnte.« – Da sprach Iwaschka:
»Mein Herr Jeruslan Lasarewitsch, ich habe in meiner Herde ein
Ross, welches Podlas heißt. Dieses Ross muss man einfangen,
und es wird dir ewig dienen. Wenn du aber es jetzt nicht fängst,
so wirst du es in Ewigkeit nicht fangen.« – »Aber wie kann ich
das Ross sehen, Bruder Iwaschka?« Darauf entgegnete Iwaschka:
»Herr Jeruslan Lasarewitsch, du kannst dieses Ross früh morgens
sehen, wenn ich die Pferde ans Meer zur Tränke treibe, und wenn
du es siehst und nicht auf der Stelle es fängst, so wirst du es in
Ewigkeit nicht fangen und nicht sehen.«

Darauf ging Jeruslan Lasarewitsch in seinen weißsteinernen Palast, legte den Filz unter sich,[9] und den tscherkassischen Sattel und die Trensenschnur unter den Kopf, und streckte sich aus, zu schlafen. Den andern Morgen stand er früh auf, ging in das Feld und nahm die Trensenschnur, den tscherkassischen Sattel und die Lederpeitsche mit sich. Er stellte sich an einen verborgenen Ort unter eine Eiche. Bald darauf sah er, dass Iwaschka die Pferde ans Meer in die Tränke trieb, und bemerkte, als er ans Meer sah, dass ein Hengst Wasser trank und an dieser Stelle die Wogen furchtbar aufbrausten. Über der Eiche pfiffen die Adler, und auf den Bergen knirschten die Löwen, und Niemand konnte sich dieser Stelle nähern. Jeruslan Lasarewitsch wunderte sich sehr darüber, und als das Ross ihm gegenüber zu stehen kam, sprang Jeruslan von der Eiche hervor, und schlug das Ross mit dem Rücken der Hand. Das Ross stürzte auf die Knie. Er fasste es bei der grauen Mähne und sprach folgende Worte: »Ach! du gutes Ross, wer soll auf dir reiten, wenn nicht ich, der Ritter?« Er warf ihm die Trense über, legte ihm den tscherkassischen Sattel auf, und ritt zu dem weißsteinernen Palast, und Iwaschka folgte ihm nach. Jeruslan Lasarewitsch fing an, auf seinem Rosse herumzureiten, und war grenzenlos froh, dass ihm Gott ein so gutes Ross beschieden, das ihm ewig dienen konnte. Dann sagte er zu Iwaschka: »Bruder Iwaschka, welchen Namen soll ich diesem Rosse geben?« – Er antwortete: »Herr Jeruslan Lasarewitsch, wie kann ein Diener besser, als du, o Herr, solchem Rosse einen Namen geben? Du hast es selbst gefangen, so gib du ihm auch selbst einen Namen.« Und Jeruslan Lasarewitsch nannte es Uroschtsch Weschei,[10] und dann sprach er zu Iwaschka: »Reite, Bruder Iwaschka, zu meinem Vater, dem Fürsten Lasar Lasarewitsch, und zu meiner Mutter, der Fürstin Epistimia, und sage ihnen, dass ich gesund bin, und ein gutes Ross bekommen habe, welches mir ewig dienen kann.«

Alsdann ritt Jeruslan Lasarewitsch in das freie Feld nach Iwan, dem russischen Ritter; er ritt auf seinem guten Rosse Trab, und

---

9 Siehe im Anhange.
10 Hat im Russischen keine Bedeutung.

hinter ihm Iwaschka in vollem Galopp, und so verschwand Jeruslan Lasarewitsch aus seinen Augen.

Iwaschka kehrte zurück zu dem Reiche des Zaren Kartaus, zu dem Vater des Jeruslan Lasarewitsch, dem Fürsten Lasar Lasarewitsch, und seiner Mutter Epistimia. Als er angelangt war, brachte er Nachricht von der Gesundheit Jeruslans, und sagte, wo er hin geritten war, und wie er sich das gute Ross verschafft habe, das ihm ewig dienen könne. Vater und Mutter freuten sich sehr über ihren Sohn Jeruslan, beschenkten Iwaschka reichlich, und entließen ihn wieder zu seinem Geschäft.

Jeruslan Lasarewitsch aber ritt ein, zwei und drei Monate und kam auf ein Feld, wo ein zahlreiches Heer erschlagen lag. Da rief er mit lauter Stimme: »Ist nicht ein Mensch hier, der bei Leben geblieben ist?« – Da stand ein Mensch auf und fragte ihn: »Herr Jeruslan Lasarewitsch, wen verlangst du, und wer ist dir nötig?« – Jeruslan Lasarewitsch sprach: »Ich will einen lebendigen Menschen.« – Und dann fragte er ihn, wem dieses Heer angehöre, und wer es erschlagen hätte. Jener Mensch antwortete: »Das erschlagene Heer gehörte dem Feodul, dem Drachenzaren, und erschlagen hat es der mächtige russische Ritter Iwan, welcher bei ihm um seine Tochter, die schöne Prinzess Kandaula Feodulowna, angehalten hat, und, da er sie ihm nicht freiwillig gab, sie mit Gewalt nehmen wollte.« – Darauf fragte Jeruslan Lasarewitsch, wie weit dieser Fürst, der russische Ritter, entfernt sei, und es antwortete ihm der Mensch: »Jeruslan Lasarewitsch, es wird zu weit sein, ihn einzuholen: wenn du um das Heer herum reitest, so wirst du die Fußtapfen des Fürsten Iwan, des russischen Ritters, sehen.« Jeruslan ritt um das Heer herum, und sah die Spuren von den Sprüngen des Rosses; wo es ausgegriffen hatte, waren Haufen Erde aufgeworfen. Er folgte der Spur und traf auf ein anderes erschlagenes Heer. Hier schrie er mit lauter Stimme: »Befindet sich hier nicht ein lebendiger Mensch, der von der Schlacht übrig geblieben ist?« Da stand ein Mensch auf und sprach folgende Worte: »Herr Jeruslan Lasarewitsch, das eine Ross ist besser, als das andere, und der eine Jüngling noch weit besser, als der andere.« – Dann ritt Jeruslan Lasarewitsch noch weiter fort, und er ritt einen, zwei und drei Monate. Da kam er auf das freie Feld und sah ein weißes Zelt. Bei dem Zelt stand ein gutes Ross. Auf einer weißen Leinewand war weißer Weizen vor ihm ausgeschüttet. Jeruslan Lasarewitsch stieg von seinem guten Ross ab, und ließ es zu dem Futter, das ausgestreut da lag, und das Ross des Jeruslan Lasarewitsch vertrieb das andere von dem Futter. Jeruslan Lasarewitsch ging in das Zelt, wo ein guter Jüngling in festem Schlafe lag. Jeruslan zog sein scharfes Schwert und wollte ihm bösen Tod geben; aber er besann sich und sprach zu sich: »Es wird mir keine Ehre sein, wenn ich einen Schlafenden töte: ein Schlafender ist gleich einem Toten.« Er legte sich in dem Zelte auf die andere Seite nahe bei dem Fürsten Iwan, dem russischen Ritter. Als dieser erwachte, ging er aus seinem Zelte und sah, dass sein gutes Ross weit vom Futter weggetrieben war, und auf dem Felde graste, und dass bei dem weißen Weizen ein fremdes Ross stand und ihn fraß. Er ging zurück in das Zelt und bemerkte, dass hier ein guter Jüngling im Totenschlafe liege. Fürst Iwan, der russische Ritter, ergrimmte gegen ihn, zog sein scharfes Schwert heraus, und wollte ihm bösen Tod geben; aber er besann sich und sprach zu sich: »Es wird mir gutem Jünglinge kein Lob und Ruhm sein, wenn ich einen schlafenden Menschen töte, denn ein Schlafender ist gleich einem Toten. Und er fing an, ihn zu wecken: »Stehe auf, Mensch, nicht, weil ich dich wecke, sondern damit du dich rettest. Kamerad, du hast nicht Einen deines Gleichen beleidigt, denn deswegen vergießt man Blut. Warum hast du dein Ross zu fremdem Futter gestellt, und in einem fremden Zelte dich schlafen gelegt? Dafür wirst du mit dem Tode büßen.« – Da erwachte Jeruslan Lasarewitsch. Der Fürst Iwan, der russische Ritter, fragte ihn nach seinem Namen, woher er komme, und welches Vaters und welcher Mutter Sohn er sei. – »Ich bin aus Kartaus Reiche,« antwortete Jeruslan Lasarewitsch, »und bin der Sohn des Fürsten Lasar Lasarewitsch und der Fürstin Epistimia, und nenne mich Jeruslan. Dein Ross ist nicht von mir weggejagt worden, sondern von meinem Rosse, und gute Leute begegnen den Fremden nicht mit schlechten Worten, sondern nehmen sie gastfreundschaftlich auf. Wenn du ein Glas Wasser hast, so gib mir es, denn ich bin bei dir als Gast.« – »Du bist noch jung,« sagte Iwan, der russische

Ritter, »und es schickt sich nicht für mich, dir Wasser zu bringen, sondern du musst mir es bringen.« – »Du pflückst den Vogel, den du noch nicht gefangen hast, und tadelst auch den guten Jüngling, ohne mich zu versuchen.« – Da sprach Fürst Iwan, der russische Ritter: »Ich bin der Fürst der Fürsten und der Ritter der Ritter, und du bist ein Kosak.« – »Ja,« antwortete Jeruslan Lasarewitsch, »du bist Fürst in deinem Zelte, aber wenn du dich im freien Felde befindest, so stehen wir einander gleich.« – Da sah Fürst Iwan, der russische Ritter, dass er keinen Feigen vor sich habe, nahm einen goldenen Becher, ging nach kaltem Wasser und gab dem Jeruslan Lasarewitsch zu trinken. Dann setzten sie sich auf ihre Rosse und ritten in das freie Feld. Da ritt Fürst Iwan, der russische Ritter, in vollem Galopp auf seinem Pferde, aber Jeruslan Lasarewitsch ritt im Schritt; dann schlug er sein gutes Ross auf die steilen Hüften, und das Ross Uroschtsch Weschei holte den Fürsten Iwan, den russischen Ritter, ein, und überlief ihn. Da betete er zu Gott, er sollte es fügen, dass er diesen Menschen nicht töte, sondern ihn bloß mit dem stumpfen Ende aus dem Sattel stoße. Dann schlug Jeruslan Lasarewitsch sein gutes Ross noch ein Mal auf die steilen Hüften, und sie fingen an, den Anlauf zu nehmen. Da schlug Jeruslan Lasarewitsch den Fürsten Iwan, den russischen Ritter, mit dem stumpfen Ende gegen das Herz und hob ihn aus dem Sattel auf die Erde, und das Ross fasste ihn an der Kehle und drückte ihn zu Boden. Jeruslan Lasarewitsch wendete das spitzige Ende um, setzte es ihm auf die Brust und sprach folgende Worte: »Fürst Iwan, russischer Ritter, willst du Tot oder Leben haben?« – Da bat Fürst Iwan, der russische Ritter: Herr Jeruslan Lasarewitsch, sei mir der ältere Bruder; gib mir nicht den Tod, sondern schenke mir das Leben.«

Jeruslan stieg von seinem Rosse ab, nahm den Fürsten Iwan, den russischen Ritter, bei der rechten Hand, hob ihn auf, umarmte und küsste ihn, und nannte ihn den jüngsten Bruder; dann setzten sie sich auf ihre guten Rosse und ritten zu dem weißen Zelte. Sie ließen ihre beiden Rosse zu einem Futter, und gingen selbst in das weiße Zelt und fingen an zu essen, zu trinken und Kurzweil zu treiben. Und als Jeruslan Lasarewitsch lustig wurde, sagte er zu seinem Bruder: »Mein Herr Bruder, Fürst Iwan, russischer Ritter, ich spazierte im freien Felde, und traf auf zwei erschlagene Heere.« – Da antwortete Fürst Iwan, der russische Ritter: »Mein Herr Bruder, Jeruslan Lasarewitsch, das erste Heer des Zaren Feodul, des Drachen, habe ich getötet, weil ich mich um seine Tochter, die schöne Prinzess Kandaula Feodulowna, bewarb; und ich will sie mit Gewalt nehmen, denn man sagt, dass es solche Schönheit auf der Welt nicht gebe. Morgen werde ich mit ihm die letzte Schlacht haben, und du, Jeruslan Lasarewitsch, kannst Zeuge meiner Tapferkeit sein.« Dann legte er sich schlafen. Den folgenden Morgen stand Fürst Iwan, der russische Ritter, früh auf, sattelte sein gutes Ross und ritt zu dem Reiche des Feodul, des Drachenzaren, und Jeruslan Lasarewitsch ging zu Fuße, und stellte sich an einen verborgenen Ort unter eine Eiche, um der Schlacht zuzusehen.

Darauf rief Fürst Iwan, der russische Ritter, mit lauter Stimme, und Zar Feodul, der Drache, befahl in die Trompete zu stoßen, und ein Heer von hunderttausend tapfern Männern zu sammeln, und sein ganzes Heer bestand aus drei Mal hundert tausend Mann. Zar Feodul, der Drache, ritt dem Fürsten Iwan, dem russischen Ritter, in zarischer Kleidung entgegen, und vor ihm und hinter ihm gingen so viele Leute, dass sie sich nicht zählen ließen. Fürst Iwan, der russische Ritter, nahm den Schild in die eine Hand, und die Lanze in die andere. Wie der Falk auf Gänse, Schwäne und graue Enten stürzt, so stürzte Fürst Iwan, der russische Ritter, auf die große Macht, von welcher sein Ross doppelt so viel zu Boden trat, als er mit dem Schwerte niederhaute. Und er erschlug das ganze Heer, und nur den Alten und den Jungen ließ er das Leben, die ihm nicht widerstehen konnten, und den Zaren Feodul, den Drachen, machte er zum Gefangenen und gab ihm bösen Tod. Dann eilte er in sein Reich und nahm die schöne Prinzess Kandaula Feodulowna. Er fasste sie bei den weißen Händen, küsste sie auf die süßen Lippen, und führte sie in sein weißes Zelt. Jeruslan Lasarewitsch kam auch bald dahin, und sie fingen an zu essen, zu trinken und Kurzweil zu treiben. Dann befahl Fürst Iwan, der russische Ritter, der schönen Prinzess Kandaula Feodulowna das Bett zu machen; darauf legte er sich mit ihr schlafen, fing an, sie zu liebkosen und bei dem weißen Busen zu nehmen.

Jeruslan Lasarewitsch ging aus dem Zelte fort. Da sprach Fürst Iwan, der russische Ritter, zu ihr: »Meine geliebte und schöne Prinzess, sage mir, gibt es in der Welt eine schönere, als du, und einen tapfereren Ritter, als meinen Bruder Jeruslan Lasarewitsch? Ich bin viel herum gezogen und habe keine bessern gefunden, als du bist.« – »Nein,« antwortete die schöne Prinzess Kandaula Feodulowna, »es gibt schönere, als ich bin. Im freien Felde ist ein weißes Zelt, und in dem Zelte sind drei Schwestern, die Töchter des Zaren Bugrigor. Mit Namen nennen sie sich die älteste Prodora, die mittelste Tiwobriga, die jüngste Legia. Diese sind zehn Mal besser, als ich; ich bin gegen sie nur, wie die Nacht gegen den Tag. Als ich bei meinen Eltern war, war ich noch schön, aber jetzt ist mein Leib von Gram abgezehrt. Und es steht an dem indischen Reiche am Wege ein Ritter bei dem Zaren Dalmat. Dieser Ritter nennt sich Iwaschka Weißmantel Sarazenenmütze. Ich habe von meinem Vater gehört, dass er schon drei und dreißig Jahre das indische Reich bewacht, und dass kein Fußgänger bei ihm vorüber ging, kein Ritter vorüber ritt, kein Tier vorbeilief und kein Vogel vorbei flog, und ich weiß nicht, wer von ihnen tapferer ist, denn ich habe von der Tapferkeit des Jeruslan Lasarewitsch noch nichts gehört.« –

Jeruslan Lasarewitsch hatte diese ganze Rede gehört, und sein Ritterherz ertrug es nicht. Er trat in das weiße Zelt, betete zum Heiligenbilde, verneigte sich vor seinem Bruder, dem Fürsten Iwan, dem russischen Ritter, und der Prinzess Kandaula Feodulowna. Dann begleiteten sie ihn aus dem weißen Zelte; er sattelte sein gutes Ross, küsste seinen Bruder, den Fürsten Iwan, den russischen Ritter, und die Prinzess Kandaula Feodulowna zum letzten Male und ritt ab auf das freie Feld nach dem indischen Reiche des Zaren Dalmat, um mit Iwaschka Weißmantel, Sarazenenmütze, zusammenzutreffen. Jeruslan Lasarewitsch reiste schon lange auf seiner Straße, da besann er sich und sagte: »Ich bin nach einem entfernten Reiche, und zu einem Kampf auf Leben und Tod ausgeritten, und habe von Vater und Mutter keinen

Abschied genommen. Er kehrte also zurück zu seinem Vater und kam in das Reich des Zaren Kartaus, in dessen Gebiete er den Fürsten Daniil den Weißen, mit drei Mal hundert tausend Mann traf, welcher prahlte, er werde nun das Reich des Zaren Kartaus unterjochen, den Zaren selbst, den Fürsten Lasar Lasarewitsch, und die zwölf Ritter gefangen nehmen, und sie in sein Land, als Gefangene, abführen. Aber hier wusste Jeruslan Lasarewitsch nicht, was er machen sollte, denn er hatte keinen festen Schild, kein scharfes Schwert und keine lange Lanze. Er ritt gerade auf die Stadt zu, und als die Einwohner sahen, dass Jeruslan Lasarewitsch nahte, machten sie ihm die Stadttore auf, und als er hineinkam in die Stadt, sah er, dass sein Vater, Fürst Lasar Lasarewitsch, ein Heer zur Schlacht ordnete. Jeruslan Lasarewitsch stieg von seinem guten Rosse ab, ehe er ihm nahe kam, warf sich mit dem Angesicht auf die Erde und sprach: »Viele Jahre Wohlergehen, mein Herr Vater! Wie behütet dich der liebe Gott? Warum bist du so traurig, o Herr?« – Da sprach zu ihm der Fürst Lasar Lasarewitsch: »Mein liebes Kind Jeruslan Lasarewitsch, von wo bist du wie eine Sonne erschienen und hast mich so erwärmt? O mein lieber Sohn, wie soll ich mich nicht grämen? In unsere Grenzen ist Fürst Daniil der Weiße mit drei Mal hundert tausend Mann eingerückt und prahlt, dass er es unterjochen, den Zaren Kartaus, mich und die zwölf Ritter als Gefangene in sein Reich abführen werde.« Da sprach zu ihm Jeruslan Lasarewitsch: »Mein Herr Vater, Fürst Lasar Lasarewitsch, gib mir deinen festen Schild, dein scharfes Schwert und die Lanze, ich werde mit dem Feinde kämpfen.« – Da antwortete ihm sein Vater, Fürst Lasar Lasarewitsch: »Mein liebes Kind, du willst gegen so viele Feinde kämpfen, und warst noch nie bei einem Kampfe. Wenn du das Schreien und Winseln der Tataren hören wirst, so wirst du erschrecken, und sie werden dich töten.« – Da antwortete ihm Jeruslan Lasarewitsch: »Lehre nicht, Herr Vater, die Gans im Wasser schwimmen, und einen Rittersohn mit Tataren kämpfen. Gib mir nur, was ich verlange, und ich werde kühn mit den Tataren mich schlagen.« –

Da gab ihm Fürst Lasar Lasarewitsch einen festen Schild, ein scharfes Schwert, eine lange Lanze und sprach folgende Worte:

»Gehe, mein lieber Sohn Jeruslan Lasarewitsch, gehe und kämpfe mit dem großen Heer, da hast du meinen Segen.« – Jeruslan Lasarewitsch nahm den Schild in die linke, das Schwert in die rechte Hand, setzte sich auf sein gutes Ross, und ritt aus der Stadt dem feindlichen Heere entgegen. Wie ein Falke auf Gänse und Schwäne stürzt, so stürzte Jeruslan Lasarewitsch auf das große Heer des Fürsten Daniil des Weißen. Und so viel haute er nicht mit dem Schwerte nieder, als sein Ross mit den Füßen zertrat, und Daniil den Weißen selbst machte er zum Gefangenen, und nahm von ihm einen schweren Eid, nie wieder das Reich des Zaren Kartaus zu betreten, und seinen Kindern, Enkeln und Urenkeln dasselbe zu verbieten, denn wenn er noch ein Mal in seine Hände fiele, so würde er es mit bösem Tode büßen. Dann entließ er ihn in sein Land zurück, und ritt selbst in die Stadt, und Zar Kartaus kam ihm unter den Stadtpforten entgegen, und Jeruslan Lasarewitsch stieg ab von seinem Rosse, ehe er sich ihm näherte, warf sich mit dem Angesicht auf die Erde und sprach: »Viele Jahre Wohlergehen dir, mein Herr Zar Kartaus, und deinem ganzen Reiche! Wie behütet dich Gott, mein Gebieter?« – Da antwortete ihm Kartaus: »Herr Jeruslan Lasarewitsch, ich bin schuldig vor dir, dass ich dich aus meinem Reiche verbannt habe. Wohne jetzt in meinem Reiche, und wähle die beste Stadt und schöne Kirchdörfer. Meine Schätze sollen nicht verschlossen sein vor dir; nimm, soviel dir beliebt. Deine Stelle ist neben mir, die andere mir gegenüber, die dritte, wo du selbst willst.« Da gab ihm Jeruslan Lasarewitsch zur Antwort: »Herr Zar Kartaus, ich bin nicht gewohnt, in deinem Reiche zu leben, sondern ich pflege im freien Felde zu spazieren und zu kämpfen.« Und als er Salz und Brod bei dem Zaren Kartaus, und bei seinem Vater, dem Fürsten Lasar Lasarewitsch, und seiner Mutter Epistimia, gegessen hatte, nahm er Abschied von allen Einwohnern, und ritt ins freie Feld spazieren.

Und er ritt einen, zwei, und drei Monate; da traf er in einem Felde auf ein weißes Zelt, in welchem die drei schönen Jungfrauen, die Töchter des Zaren Bogrigor, saßen; dergleichen Schönheit gibt es nicht weiter in der Welt. Sie hatten Handarbeiten vor. Jeruslan Lasarewitsch trat in das weiße Zelt und vergaß, zu dem Heiligenbilde zu beten. Sein jugendliches Herz entbrannte von Liebe. Er nahm die älteste Schwester, die schöne Prinzess Prodora, bei der Hand, und den übrigen Schwestern befahl er, aus dem Zelte herauszugehen, und sprach folgende Worte: »Meine holde und schöne Prodora Bogrigorowna, gibt es auf der Weit eine schönere als du, und einen tapfereren als ich?« Da antwortet ihm Prodora: »Herr Jeruslan Lasarewitsch, wie magst du mich schön nennen? Es gibt in der Stadt Debri eine Jungfrau, die Tochter des Zaren Worcholomei, die schöne Prinzess Anastasia, die ist die schönste auf der Welt, und wir sind gegen sie, wie die Nacht gegen den Tag. Am Wege in das indische Reich des Zaren Dalmat gibt es einen Ritter, er heißt Iwaschka, mit dem Zunamen Weißmantel, Sarazenenmütze, und ich habe von meinem Vater gehört, dass er sehr stark sei, und das indische Reich drei und dreißig Jahr hüte, und ihm vorüber geht kein Fußgänger, reitet kein Ritter, läuft kein Tier, fliegt kein Vogel. Aber was bist du für ein tapferer Ritter, dass du uns Mädchen hier aus dem Zelte vertreibst?« – Da stand Jeruslan Lasarewitsch auf und war verdrießlich. Er bückte den Kopf der Prinzess, schlug ihn mit dem Schwerte ab und warf ihn unter das Bett. Dann nahm er die andere Prinzess Tiwobriga herein, fing an, sie zu liebkosen und bei dem weißen Busen zu fassen, und sprach zu ihr: »Meine holde und schöne Prinzess Tiwobriga, gibt's auf der Welt eine schönere, als du, und einen tapfereren, als ich?« – Und sie antwortete ihm eben so, wie die älteste. Da schlug er auch ihr den Kopf ab und warf ihn unter das Bette.

Da nahm er die dritte Schwester Legia, liebkoste sie mehr, als die vorigen, und sprach zu ihr: »Meine holde und schönste Prinzess auf der Welt, Legia Bugrigorowna, gibt es auf der Welt eine schönere, als du, und einen tapfereren, als ich?« – Da antwortete Legia: »Herr Jeruslan Lasarewitsch, ich bin nicht schön und auch nicht gut. Als ich bei meinem Vater und meiner Mutter war, da war ich schön und gut; aber jetzt ist mein Leib abgezehrt und ich bin gar nicht schön. Der Zar Worcholomei hat in seinem Reiche in der Stadt Debri eine Tochter, die schöne Prinzess Anastasia; eine solche Schönheit gibt es auf der Welt nicht weiter, und sie ist zehn Mal besser, als ich. Und noch gibt es auf dem Wege in das indische Reich des Zaren Dalmat einen Ritter Iwaschka, mit dem

Beinamen Weißmantel, Sarazenenmütze, und ich habe von meinem Vater gehört, dass er stark ist und das indische Reich drei und dreißig Jahre hütet: ihm vorüber geht kein Fußgänger, reitet kein Ritter, läuft kein Tier, fliegt kein Vogel, und ich weiß nicht, wer von euch tapferer und stärker ist.« – Jeruslan Lasarewitsch sprach zu ihr: »Meine liebe und schöne Prinzess Legia Bugrigorowna, du hast mich getröstet mit deinen lieblichen Worten, und mein Ritterherz beruhigt.« – Dann ging er aus dem Zelte, und Prinzess Legia sprach zu ihm: Warum bist du aus dem Zelte gegangen, ohne zu Gott zu beten, oder habe ich dir etwas Grobes gesagt?« Dem Jeruslan Lasarewitsch gefiel dieses Wort, er kehrte zurück in das Zelt, betete zu dem Heiligenbilde, nahm Abschied von der Prinzess und sagte zu ihr folgende Worte: »Lebe wohl, meine liebe Prinzess Legia Bugrigorowna, bleibe auf diesem freien Felde, und fürchte dich vor keinem Zaren, vor keinem Fürsten, Niemand wagt, dich zu beleidigen, wenn sie von meiner Tapferkeit hören werden. Begrabe deine Schwestern und erwarte mich bald wieder bei dir.«

Dann setzte er sich auf sein gutes Ross und ritt nach dem indischen Reiche ab, um sich dem Zaren Dalmat zu empfehlen und mit Iwaschka Weißmantel, Sarazenenmütze, zusammen zu treffen. Und er ritt einen, zwei und drei Monate; und ungefähr fünf Rennbahnen[11] weit von der Stadt im freien Felde auf der Straße, stand ein Mensch, namens Iwaschka. Er stützte sich auf eine Lanze und hatte eine Sarazenenmütze auf, und einen weißen Mantel um. Jeruslan Lasarewitsch ritt auf ihn zu, schlug ihn mit seiner Peitsche auf die Mütze und sprach: »Du kannst dich legen und ausschlafen, und brauchst nicht zu stehen.« – Da fragte ihn Iwaschka: »Wer bist du, und wie ist dein Name? wo kommst du her? und welches Vaters, welcher Mutter Sohn bist du?« – Da antwortete ihm Jeruslan Lasarewitsch: »Ich komme aus dem Reiche des Zaren Kartaus, bin der Sohn des berühmten Fürsten Lasar Lasarewitsch und der schönen Fürstin Epistimia, und nenne mich Jeruslan Lasarewitsch; ich reite in das indische Reich, um

---

[11] Rennbahn, Laufbahn (russisch Poprischtsche), ein Längenmaß, welches 115 geometrische Fuß enthält)

mich dem Zaren Dalmat zu empfehlen.« – Iwaschka aber, der Weißmantel, sprach zu ihm: »Jeruslan Lasarewitsch, vor dir ist kein Fußgänger bei mir vorübergegangen, kein Ritter geritten, kein Tier gelaufen, kein Vogel geflogen, und du willst bei mir vorüber reiten? Lass uns erst in das freie Feld gehen, und die starken Ritterarme versuchen.« Sogleich setzte er sich auf sein gutes Ross, und sie ritten in das freie Feld. Sie nahmen mit den Rossen den Anlauf, und Jeruslan Lasarewitsch stieß den Iwaschka mit der Lanze gegen das Herz und warf ihn aus dem Sattel, und Iwaschka fiel auf den Boden wie eine Habergarbe, und das Ross Uroschtsch Weschei trat ihm auf die Kehle und drückte ihn nieder. Jeruslan Lasarewitsch wendete die Lanze um mit dem spitzigen Ende und sagte: »Bruder Iwaschka, willst du Tod oder Leben haben?« – Da flehte Iwaschka: »Herr Jeruslan Lasarewitsch, gib mir nicht den Tod, sondern schenke mir das Leben; wir haben uns nie mit einander entzweit, und werden uns niemals entzweien.« Da antwortete ihm Jeruslan Lasarewitsch: »Ich würde dich nicht umbringen, aber ich will dich deswegen töten, weil dich im freien Felde viele schöne Jungfrauen loben.« Er drückte seine Lanze ihm in die Brust und gab ihm bösen Tod. Darauf ritt er in das indische Reich zu dem Zaren Dalmat.

Als er in der Stadt ankam, kehrte er bei einem Posadnik[12] ein, und ging in das Zarenschloss zu dem Zaren Dalmat, sich bei ihm zu empfehlen. Er trat in die weißsteinernen Gemächer und verneigte sich vor dem Zaren: »Viele Jahre Wohlergehen dir, Zar, mit deiner ganzen Familie und allen deinen Fürsten und Bojaren! Und mich, Zar, nimm in deinen Dienst auf.« – Da sprach der Zar Dalmat: »Mensch, woher kommst du? wie ist dein Name? und welches Vaters und welcher Mutter Sohn bist du?« – »Ich bin aus dem Reiche des Zaren Kartaus, Sohn des Fürsten Lasar Lasarewitsch und der Fürstin Epistimia, und nenne mich Jeruslan.« – Da sprach der Zar Dalmat: »Jeruslan Lasarewitsch, welchen Weg bist du zu mir gekommen, zu Lande oder zu Wasser?« – Jeruslan Lasarewitsch sagte ihm, dass er zu Lande gekommen sei. Da sag-

---

[12] Siehe im Anhange.

te ihm Zar Dalmat: »Ich habe einen Menschen, welcher im freien Felde steht, und mein Reich schon drei und dreißig Jahre hütet, und bei ihm vorüber geht kein Fußgänger, reitet kein Ritter, läuft kein Tier, und fliegt kein Vogel in mein Reich, und wie bist du bei ihm vorbei geritten?« – Da antwortete Jeruslan Lasarewitsch: »Ich habe diesen Menschen erschlagen, mein Gebieter, aber ich wusste nicht, dass er dir gehöre.« – Da erschrak der Zar vor ihm, und dachte bei sich: »Wenn er mir einen solchen Menschen getötet hat, so kann er sich leicht meines Reiches bemächtigen, und er will nur deswegen in meinen Dienst treten, um mich des Thrones zu berauben.« Und er wurde sehr traurig, befahl, Jeruslan Lasarewitsch zu ehren, und gab ihm von seinem Getränk. Da bemerkte Jeruslan Lasarewitsch, dass der Zar Furcht vor ihm hatte. Er ging aus dem Schlosse, sattelte sein gutes Ross, kam dann wieder in den Palast, verneigte sich vor dem Zaren, und ritt alsdann aus dem Reiche des Zaren Dalmat.

Zar Dalmat wurde sehr froh, dass ihn Gott von Jeruslan ohne Krieg befreit hatte, und befahl, die Thore hinter ihm fest zu verschließen, damit Jeruslan nicht zurückkehre, und sich des Reiches bemächtige.

Da wollte Jeruslan Lasarewitsch zur Stadt Debri in das Reich des Zaren Worcholomei reiten, und die Schönheit der schönen Prinzess Anastasia sehen, von welcher er von so vielen Jungfrauen gehört hatte, und er ritt einen, zwei, drei Monate. Da dachte er bei sich: »Ich bin geritten in ein fremdes Land, und heirate vielleicht die schöne Jungfrau, oder empfange den Tod, und ich habe von meinem Vater und meiner Mutter den Segen nicht erhalten.«

Da ritt er in das Reich des Zaren Kartaus, und nachdem er eine Zeit lang geritten war, gelangte er in das Reich, und fand es bezwungen, mit Feuer verheert, und mit Moos bewachsen. Da stand nur eine Hütte, in welcher ein alter einäugiger Mann wohnte. Jeruslan Lasarewitsch trat in die Hütte, verneigte sich vor dem alten Manne und sprach: »Bruder, alter Mann, wo ist dieses Reich hin?« – Da antwortete der alte Mann: »Tapferer Herr Ritter, von wo bist du gekommen, aus welchem Reiche? welches Vaters, welcher Mutter Sohn bist du, und wie nennest du dich mit Namen?« Aber Jeruslan Lasarewitsch antwortete: »Kennst du mich denn nicht? ich bin ja aus diesem Reiche gebürtig, der Sohn des Fürsten Lasar Lasarewitsch, und nenne mich Jeruslan.« – Da fiel der alte Mann zu Boden, und sprach mit Tränen folgende Worte: »Seit du weg geritten bist, ist viel Zeit verflossen. Da ist Daniil der Weiße wieder zu uns gekommen, und mit ihm fünf Mal hundert tausend Mann. Er hat sich dies Reich unterworfen, es mit Feuer verheert, und hundert tausend tapfere Krieger getötet. Fünf Millionen gemeines Volk, und alle Pfaffen und Mönche hat er auf dem Felde verbrannt, zwölf tausend Säuglinge an den Ecksteinen zerschlagen, den Zaren Kartaus mit den zwölf Rittern und deinen Vater lebendig gefangen genommen, und der Zarin, des Kartaus Gemahlin, und deiner Mutter, der Fürstin Epistimia, hat er bösen Tod in seinem Reiche gegeben! Ich bin allein unter den Menschenleichen geblieben, und habe neun Tage lang vor Furcht wie tot gelegen.«

Da weinte Jeruslan Lasarewitsch bitterlich, und sprach mit großem Schmerze: »Barmherziger Gott, warum hast du dieses Reich so furchtbar heimgesucht?« Und als er sich ausgeweint hatte, betete er zu dem Heiligenbilde, verneigte sich vor dem alten Manne, setzte sich auf sein gutes Ross, und ritt zu dem Zaren Daniil dem Weißen. Und er kam in die Stadt um Mittag, und Niemand hatte ihn gesehen. Nur kleine Knaben sahen ihn, welche auf der Gasse spielten. Jeruslan fragte sie, wo der Zar Kartaus säße, in welchem Gefängnisse? er wolle ihm ein Almosen geben. Und sie zeigten ihm das Gefängnis. Jeruslan Lasarewitsch ritt zu dem Gefängnisse und sah, dass eine Wache dabei stand. Jeruslan Lasarewitsch haute diese Wache nieder, riss die Schlösser von der Türe ab, und schlug die Türe heraus. Als er in das Gefängnis trat, erblickte er den Zaren Kartaus, seine Vater Lasar Lasarewitsch, und die zwölf Ritter, welchen allen die Augen ausgestochen waren. Da fiel er zu Boden nieder und rief mit Tränen aus: »Viele Jahre Wohlergehen dir, Zar Kartaus, und dir, mein Vater, Fürst Lasar Lasarewitsch, und euch, ihr zwölf tapfern Ritter!« Da antwortete Zar Kartaus: »Ich höre deine Stimme, aber dein Angesicht sehe ich nicht. Woher bist du gekommen? wen suchst du?

wie ist dein Name? aus welchem Reiche bist du, und welches Vaters, und welcher Mutter Sohn?« –

Da sagte ihm Jeruslan Lasarewitsch, wer er wäre; aber Zar Kartaus antwortete: »Mensch, gehe fort von uns, dahin, woher du gekommen bist, und spotte unserer nicht.« – Jeruslan Lasarewitsch entgegnete: »Ich bin der wahre Jeruslan, und bin zu euch gekommen, um euer Schicksal zu mildern.« – Da sprach der Zar Kartaus wieder: »Mensch, lüge nicht, wenn unser Jeruslan Lasarewitsch am Leben wäre, so würden wir nicht im Gefängnisse sitzen und so bitteres Elend erdulden, sondern ich herrschte in meinem Reiche, und wäre immer der berühmte Zar mit meinem Fürsten Lasar Lasarewitsch und diesen zwölf Rittern geblieben. Aber da er nicht mehr ist, so hat uns Gott für unsere Sünden gestraft, und wir sitzen hier ohne Augen und sehen das Licht Gottes nicht. Aber wenn du, Mensch, wirklich Jeruslan Lasarewitsch bist, so reite hinter die stillen Wässer und warmen Meere zu der podolischen Horde in die Stadt Schtschetin zu dem freien Zaren Feuerschild, Flammenlanze. Töte diesen Zaren und nimm die Galle aus ihm. Und wenn du zu uns zurückkommst, so streiche uns die Augen damit, und wir werden dich sehen und dir glauben; aber jetzt trauen wir dir nicht, weil wir dich nicht sehen.«

Jeruslan Lasarewitsch verneigte sich vor dem Zaren Kartaus, seinem Vater und den zwölf Rittern, ging aus dem Gefängnisse, setzte sich auf sein gutes Ross, und ritt ab aus dem Reiche in das freie Feld. Ihn hatten die Jungen auf der Gasse gesehen, und sie sagten es ihren Vätern, und die Väter sagten zu Daniil dem Weißen: »Herr Fürst Daniil der Weiße, es war in unserer Stadt ein tapferer Krieger. Sein Ross war wie ein Löwe, und er war ganz bewaffnet. Er ritt von dem Gefängnisse weg, wo der Zar Kartaus, der Fürst Lasar Lasarewitsch und die zwölf Ritter sitzen.« –

Der Fürst Daniil der Weiße schickte sogleich seinen treuen Diener Mursa in das Gefängnis und befahl zu fragen, wer im Gefängnisse gewesen, und was er gesagt habe. Und als er zum Gefängnisse kam, sah er, dass die Türe aufstand und die Wache niedergehauen war. Und als Mursa in das Gefängnis trat, fragte er: »Herr Zar Kartaus, sage mir: wer war bei dir im Gefängnisse? Der Fürst

Daniil der Weiße lässt dich darnach fragen.« – Zar Kartaus antwortete ihm: »Guter Mensch! fürchte Gott! wie können wir wissen, wer bei uns im Gefängnisse war. Ein Mensch war bei uns, der nannte sich Jeruslan, aber wir haben ihn nicht an der Stimme erkannt.«

Da ging Mursa zum Fürsten Daniil dem Weißen, und sagte ihm die Worte des Kartaus. Der Fürst Daniil der Weiße befahl, sogleich in die Trompete zu stoßen und die Pauken zu schlagen, und da versammelten sich bei ihm Mursen und Tataren an zwei hundert fünfzig tausend Mann. Und er befahl, aus ihnen dreißig tapfere Mursen auszuwählen, und diesen gab er Auftrag, den Jeruslan einzuholen, ihn zu fangen und vor ihn zu bringen. Die Mursen und Tataren verfolgten ihn, und als sie in dem freien Felde ritten, sahen sie in der Ferne Jeruslan unter einer Eiche schlafen, und sein Ross über ihm stehen. Das Ross sah, dass ihm die Mursen und Tataren nachjagten, und fing an heftig zu wiehern. Jeruslan erwachte davon, und als er in der Ferne die Ritter erblickte, setzte er sich auf sein gutes Ross, ritt in das freie Feld und sprach folgende Worte: »Brüder Mursen und Tataren, so wie ihr den Wind im freien Felde nicht einholen könnt, so könnt ihr auch mich guten Jüngling nicht fangen.«

Und er verschwand ihnen bald aus den Augen und ritt hinter die stillen Wässer und warmen Meere zur podolischen Horde nach der Stadt Schtschetin, zu dem Freizar Feuerschild, Flammenlanze.

Und die Mursen und Tataren beratschlagten unter sich, wie sie dem Fürsten sagen sollten, dass sie ihn nicht gefangen hätten, und sie beschlossen, zu sagen, sie hätten ihn gar nicht gesehen.

Jeruslan Lasarewitsch aber kam nach einem halben Jahre zur Stadt Schtschtin, und fünf Rennbahnen von ihr traf er ein erschlagenes Heer, und in diesem erschlagenen Heere lag ein Ritterkopf wie ein großer Hügel. Jeruslan Lasarewitsch ritt um diese erschlagene Macht herum und rief mit lauter Stimme: »Befindet sich nicht in diesem erschlagenen Heere ein lebendiger Mensch?«

Da fragte ihn der Ritterkopf: »Jeruslan Lasarewitsch, wen verlangst du, und wer ist dir nötig?«

Und Jeruslan wunderte sich darüber. Da sprach der Ritterkopf abermals: »Wundere dich nicht und sage mir, wohin du reitest, und wohin dein Weg führt, und was du nötig hast?«

Da fragte ihn Jeruslan Lasarewitsch: »Aber wer bist du? wie nennt man dich bei Namen? Welches Reiches Einwohner bist du, und welches Vaters und welcher Mutter Sohn?«

Da antwortete ihm der Ritterkopf: »Ich bin ein Ritter aus dem sardonischen Reiche, der Sohn des Zaren Prochos, und nenne mich Raslanei.«

Darauf fragte ihn Jeruslan Lasarewitsch weiter: »Wessen Macht liegt hier erschlagen?«

Und ihm antwortete der Ritter Raslanei: »Diese Macht gehört dem Freizar Feuerschild, Flammenlanze, und es ist noch kein ganzes Jahr, dass ich gekommen bin und sie erschlagen habe. Ursache des Streites mit dem Zaren war, dass er die Städte meines Vaters, des Zaren Prochos, weggenommen hatte. Aber sage mir, Jeruslan Lasarewitsch, wie weit du reitest?«

Da sprach Jeruslan Lasarewitsch: »Ich reite in die Stadt Schtschetin zu dem Freizar Feuerschild, Flammenlanze, und will ihn tot vor mir sehen.«

Da antwortete ihm der Ritterkopf: »Eher wirst du tot sein, als ihn tot sehen. Ich war wohl ein starker und mächtiger Ritter, und mich fürchteten alle Zaren und Ritter des Ostens und Südens. Ich war bei meiner Geburt eine halbe Klafter lang, und maß in der Dicke so viel einer umspannen kann. Als ich zehn Jahr alt war, lief kein wildes Tier, ging kein Fußgänger, ritt kein Ritter, flog kein Vogel bei meinem Reiche vorüber. Und Keiner konnte vor mir stehen. Jetzt nach Verlauf von zehn Jahren siehst du, wie ich gewachsen bin. Mein Leib hat zehn Klaftern in der Länge, zwei Klaftern zwischen den Schultern, und zwischen den Augenbrauen kann ein trockener Pfeil liegen. Mein Kopf ist wie ein Bierkessel. Meine Arme sind drei Klaftern lang; aber auch ich konnte vor dem Zaren nicht Stand halten. Der Zar ist stark und hat ein großes Heer. Schwert und Säbel verletzen ihn nicht, im Feuer verbrennt, im Wasser versinkt er nicht. Ich aber habe ein Schwert, das ihn verletzen kann, allein mich traf das Unglück, dass ich es nicht führen konnte, und er hat mich niedergemacht. Doch will ich dir Gutes tun, und dich auf den rechten Weg bringen. Wenn du an die Stadt Schtschetin kommst, und der Zar Feuerschild dich erblickt, und dich, ohne dich nahe an sich zu lassen, ausfragt, so sage ihm, dass du ihm dienen wolltest. Er wird zu dir sagen, du sollest ihm folgen, und dann folge ihm, und diene ihm treu und redlich, und erwarte die Zeit, da er ins freie Feld auf die Jagd reitet; auch dahin musst du ihm folgen. Da erinnere ihn an mich, und er wird traurig sein; aber du musst ihm sagen: dass du das Schwert erhalten könnest, das unter meinem Kopfe liegt. Er wird dir nicht trauen, aber schwöre ihm bei Gott, und sobald du zu mir kommen wirst, so werde ich mich von dem Schwerte wegrücken und dir es geben.« –

Da verneigte sich Jeruslan Lasarewitsch vor dem Ritterkopfe, setzte sich auf sein gutes Ross, und ritt zu der Stadt Schtschetin. Als er noch drei Werst von der Stadt entfernt war, erblickte ihn der Zar, ritt in das freie Feld und brannte den Jeruslan Lasarewitsch. Jeruslan Lasarewitsch stieg von seinem guten Rosse und fächelte mit der Mütze. Da hörte der Zar auf, ihn zu brennen.

Jeruslan warf sich mit der Stirn auf die Erde: »Viele Jahre Wohlergehen, Herr Freizar Feuerschild, Flammenlanze! Nimm mich in deinen Dienst.« –

Da fragte ihn der Zar: »Wer bist du? woher kommst du? welches Vaters und welcher Mutter Sohn bist du, und wie nennest du dich?«

Ihm antwortete Jeruslan Lasarewitsch: »Ich bin herumgeschweift im freien Felde, und jetzt suche ich einen guten Herrscher, welchem ich meine Dienste anbieten kann. Geboren bin ich im Reiche des Zaren Kartaus, der Sohn des Fürsten Lasar Lasarewitsch und der Fürstin Epistimia, und ich nenne mich Jeruslan.«

Da sprach zu ihm der Zar: Jeruslan Lasarewitsch, reite in meine Stadt, ich brauche Leute in meinem Reiche.«

Jeruslan folgte nun dem Zaren in die Stadt, und der Zar setzte ihn noch tiefer, als seine zwölf Ritter. Er diente ihm lange Zeit, und eines Tages ritt der Zar ins freie Feld auf die Jagd, und nahm seine Fürsten und Bojaren, seine zwölf Ritter und jüngere Helden mit sich. Auch Jeruslan Lasarewitsch befand sich unter diesen. Als sie nahe bei dem Ritterkopfe waren, blieb Jeruslan Lasarewitsch stehen, und bewunderte den Ritterkopf. Da sprach der Zar zu ihm: »Warum bist du stehen geblieben, Jeruslan Lasarewitsch?« Und dieser antwortete: »Herr, erlaube deinem Diener, ein Wort zu sagen.« – »So sprich,« sagte der Zar.

Da sagte Jeruslan: »Herr Freizar, ich sehe hier ein großes Heer erschlagen und diesen Ritterkopf, unter welchem ein so schönes Schwert liegt.« –

Der Zar seufzte und sprach folgende Worte: »Dieser Ritter hat mein Heer erschlagen, und ich habe ihn getötet. Sein Schwert liegt unter seinem Kopfe, und ich kann es nicht erhalten. Mich kann kein Schwert verletzen, ich brenne im Feuer, und versinke im Wasser nicht; aber dieses Schwert kann mich beschädigen, und wer es erhält, von dem werde ich ermordet werden. Darum würde ich den reichlich belohnen, der mir es brächte.«

Da sprach Jeruslan Lasarewitsch: »Herr, erlaube mir, deinem Diener: ich werde das Schwert erhalten und dir bringen.«

Und der Freizar antwortete: »Wenn du mir diesen Dienst leistest, und mir das Schwert bringst, so werde ich dich über alle meine Ritter setzen. Wenn du aber nur mit Worten prahlst, so wirst du dich weder im Wasser, noch unter der Erde, noch unter Felsen sichern.«

Mit diesen Worten ritt der Zar in die Stadt, und Jeruslan Lasarewitsch blieb auf dem Felde, ritt zu dem Ritterkopf und sprach folgende Worte: »Herr Ritterkopf, ich hoffe von deiner Liebe und Freundschaft, dass du dein Versprechen erfüllst, und mir das Schwert unter dir gibst, denn ich habe dem Zaren mein Wort gegeben, ihm das Schwert zu bringen, und ich soll bösen Tod von ihm haben, wenn ich es ihm nicht bringe.« Der Ritterkopf sprach kein Wort. Jeruslan stieg von seinem guten Rosse, fiel auf die

Erde vor ihm nieder und sprach: »Herr Ritter Raslanei, lass mich nicht so unnütz sterben, gib das Schwert unter dir frei.« Da schob sich der Ritter Raslanei von dem Schwerte, und Jeruslan nahm es, verneigte sich vor dem Ritterkopf, setzte sich auf sein gutes Ross und ritt der Stadt Schtschetin zu. Und auf dem Wege sprach er zu sich folgende Worte: »Bis jetzt habe ich Zaren und Ritter besiegt, und jetzt verneige ich mich vor einem Ritterkopf, und bitte ihn, mir ein Schwert frei zu geben.

Aber Raslanei hörte das, und rief ihn mit lauter Stimme: »Jeruslan, kehre um! – Er kehrte um, und ging zu dem Kopfe. Der Kopf machte ihm Vorwürfe, und sagte: »Dein Schwert konnte nicht auf meinen Helm wirken.« –

Hier fiel Jeruslan wieder zur Erde und sprach: »Herr Ritter Raslanei, verzeihe mir, dass ich dich mit solchen Worten beleidigt habe.« – Da sprach der Ritterkopf: »Jeruslan Lasarewitsch, deine Jugend und dein unreifer Verstand sind Ursache, dass du solche Worte gesprochen. Du hast zwar mein Schwert genommen; allein auch mit ihm kannst du deinen Kopf noch verlieren. Ich will dir aber wohl und dich lehren, was Verstand ist. Wenn du in die Stadt kommst, und dich der Zar sieht, so wird er vor Freude Thron und Zepter verlassen, dich in der Mitte des Hofes empfangen, und dich mit Gold, Silber und Edelsteinen beschenken. Da schlag' ihn ein Mal mit dem Schwerte auf den Kopf, aber wage es nicht, ein zweites Mal zu schlagen, sonst wird er aufleben und dich töten.«

Da verneigte sich Jeruslan Lasarewitsch vor dem Ritterkopf und ritt in die Stadt. Kaum kam er in das Schloss, und kaum sah der Zar, dass Jeruslan das Schwert bringe, so sprang er vom Thron, warf den Zepter weg, empfing Jeruslan Lasarewitsch mitten im Hofe und sprach zu ihm: »Herr Jeruslan Lasarewitsch, für diesen Dienst gebe ich dir eine Stelle mir gegenüber, die zweite neben mir, und die dritte, wo du selbst willst. Meine Schätze stehen dir offen, nimm dir Städte und schöne Kirchdörfer, und wenn du meine Tochter, die Prinzess Nasaria, zur Frau haben willst, so werde ich dir die Hälfte meines Reiches abtreten.«

Da streckte er seine Hand aus und wollte das Schwert nehmen; aber Jeruslan Lasarewitsch schlug ihn mit dem Schwerte auf den Kopf, und zerhaute ihn bis zur Zunge, dass der Zar tot zu Boden fiel. Und die Fürsten und Bojaren schrieen: »Jeruslan Lasarewitsch, schlage ihn ein zweites Mal!« – »Eine Ritterfaust schlägt ein mal, und damit ist es schon genug.«

Da stürzten auf ihn eine Menge Fürsten und Bojaren, und die zwölf Ritter, und wollten ihm schnellen Tod geben. Jeruslan Lasarewitsch nahm seine Lanze unter den Arm, mit der linken ergriff er den Zaren, damit die Fürsten und Bojaren seine Leiche nicht raubten, und mit der andern fasste er das Schwert, und fing an, die Fürsten, Bojaren und die zwölf Ritter niederzuhauen. Da schrieen die übrigen Fürsten und Einwohner der Stadt: »Jeruslan Lasarewitsch, höre auf, niederzuhauen und zu töten. Es sei der Wille Gottes und der deine: lebe bei uns und herrsche über unser Land!« – Da antwortete Jeruslan Lasarewitsch: »Wählt euch einen andern Zaren in eurer Mitte; ich bin kein Zar für euch.«

Aber er ließ ab, die Menschen niederzuhauen, und fing an, die Galle aus dem Zaren zu nehmen, und er legte sie in eine Büchse. Dann setzte er sich auf sein gutes Ross, ritt aus der Stadt und kam zu dem Heldenkopfe. Er nahm seinen Rumpf, setzte ihn an den Kopf, und bestrich ihn mit der Galle. Da stand der Ritter auf, wie vom Traume erwacht. Jeruslan Lasarewitsch küsste ihn, und sie nannten sich Brüder. Raslanei wurde der älteste, und Jeruslan der jüngste. Dann nahmen sie Abschied von einander, und jeder ritt seines Weges. Raslanei ritt in sein sardonisches Reich, um von seiner Mutter den Segen zu empfangen, weil er die Tochter des Zaren von Schtschetin heiraten, und über diese Stadt herrschen wollte; Jeruslan Lasarewitsch ritt in das Reich Daniils des Weißen, und nach halbjähriger Reise kam er dahin. Als er in die Stadt ritt, begab er sich gerade zum Gefängnisse und sah, dass eine starke Wache davor stand. Er haute alle nieder, brach die Türe auf, trat in das Gefängnis und sprach: »Seid gegrüßt, Zar Kartaus, mein Vater, Fürst Lasar Lasarewitsch, und ihr zwölf Ritter! Wie behütet Gott euch Herren?« – Da antwortete Zar Kartaus: »Mensch, woher bist du? und wie nennst du dich?« – Darauf sprach Jeruslan

Lasarewitsch: »Herr Zar Kartaus, ich bin in deinem Reiche geboren, der Sohn des Fürsten Lasar Lasarewitsch, und nenne mich Jeruslan. Ich habe vollbracht, weshalb du mich ausgeschickt hast, und den mächtigen Zaren getötet und die Galle aus ihm genommen.« – Und der Zar Kartaus sprach: »Wenn du dich Jeruslan Lasarewitsch nennst, und den mächtigen Zaren getötet und die Galle aus ihm genommen hast, so bestreiche uns mit dieser Galle die Augen; dann werden wir das Licht Gottes sehen können und dir glauben.« –

Jeruslan nahm die Galle aus seiner Büchse, und bestrich damit ihre Augen, und sie konnten wieder sehen, und sie wurden sehr fröhlich und sprachen mit Tränen: »O Jeruslan Lasarewitsch, du bist es wahrhaftig!« und sie fingen an, ihn zu liebkosen. Da fragte ihn Zar Kartaus: »Wo bist du so lange gewesen?« – »Warte ein Weilchen,« antwortete ihm derselbe. Da ging er aus dem Gefängnisse, setzte sich auf sein gutes Ross und ritt aus der Stadt.

Den andern Morgen früh schrie er mit lauter Stimme. Als Fürst Daniil der Weiße die Ritterstimme hörte, befahl er, in die Trompete zu stoßen und die Pauken zu schlagen. Da versammelten sich um ihn die Mursen und Tataren und verschiedene kriegerische Männer, und Fürst Daniil der Weiße ritt mit allen aus der Stadt.

Jeruslan Lasarewitsch nahm den Schild in die Hand, die Lanze unter den Arm und sprach folgende Worte: »Wie der Falk auf weiße Schwäne und graue Enten stürzt, so stürzt der gute Jüngling Jeruslan Lasarewitsch auf das Heer Daniils des Weißen!« – Und nicht so viel erschlug sein Schwert, als sein Ross niedertrat, und er erschlug zehn tausend Mursen, und von den gemeinen Tataren hundert tausend Mann, und den Fürsten Daniil den Weißen machte er zum Gefangenen und brachte ihn in die Stadt. Alle kleine Kinde bis zum zehnten Jahre taufte er in seiner Religion, und über die ihrige sprach er einen Fluch aus. Der Gemahlin des Fürsten Daniil des Weißen befahl er, bösen Tod zu geben, weil sie seine Mutter, die Fürstin Epistimia, hatte töten lassen; aber den Fürsten Daniil den Weißen tötete er nicht, weil er den Zaren Kartaus und den Fürsten Lasar Lasarewitsch nicht getötet hatte. Er

stach ihm nur die Augen aus und setzte ihn ins Gefängnis unter
strenger Wache. Da kamen zu ihm die Einwohner der Stadt, warfen sich mit der Stirn auf die Erde und baten, er sollte bei ihnen
im Reiche bleiben und herrschen. Er aber setzte den Zaren Kartaus auf den Thron, und Fürst Lasar Lasarewitsch und die zwölf
Ritter traten in ihre ehemaligen Ämter ein. Zar Kartaus und sein
Vater freuten sich außerordentlich, und jener bestieg den Thron,
und sie fingen nachher an zu essen, zu trinken und Kurzweil zu
treiben.

Nachdem sie die Tafel aufgehoben, stand Jeruslan Lasarewitsch
auf, betete zu dem Heiligenbilde und nahm Abschied von seinem
Vater und dem Zaren Kartaus. Alle begleiteten ihn mit Tränen
und baten, sie nicht zu verlassen. Er aber setzte sich auf sein gutes Ross, verneigte sich vor ihnen und ritt ab nach der Stadt Debri
im Reiche des Zaren Worcholomei, um die Schönheit der schönen
Prinzess Anastasia Worcholomeiewna kennen zu lernen. Nach
halbjähriger Reise kam er an die Stadt Debri. Bei diesem Reiche
war ein großer und breiter See, und in diesem See hielt sich ein
Ungeheuer auf, ein großer Drache mit drei Köpfen, und jedes Jahr
kam er an das Ufer und fraß eine große Menge Menschen auf.
Der Zar Worcholomei hatte schon mehrmals ausrufen lassen, wer
dieses Ungeheuer in der See töten würde, dem wolle er viel Gold
und Silber und Städte geben. Jeruslan Lasarewitsch kam in die
Stadt und hielt sich bei der Witwe eines Posadniks auf. Als er
diesen Ausruf hörte, setzte er sich auf sein gutes Ross und ritt an
den See. Sobald das Ungeheuer den Jeruslan erblickte, sprang es
an das Ufer. Das Ross des Jeruslan erschrak und fiel auf die Knie.
Jeruslan Lasarewitsch, der dieses nicht erwartete, fiel von seinem
guten Rosse herab auf die Erde. Das Ungeheuer ergriff ihn und
schleppte ihn in den See. Jeruslan hatte nichts weiter bei sich, als
sein Schlachtschwert. Er setzte sich auf den Rücken des Unge-
heuers, und haute ihm mit einem Male zwei Köpfe ab, und wollte
ihm auch den dritten abhauen, da wendete sich das Ungeheuer
um und bat ihn: »Herr Jeruslan Lasarewitsch, gib mir nicht den
Tod, sondern schenke mir das Leben. Von dieser Stunde an werde ich nie wieder aus dem See an das Ufer kommen und Menschen fressen, sondern ich werde mich in der Tiefe des Sees auf-

halten und mich von Fischen nähren; dir aber will ich ein großes Geschenk machen mit einem Edelsteine, den ich besitze im See.« – Da sprach Jeruslan Lasarewitsch: Gib mir den Stein, so werde ich dich freilassen.« – Da ging das Ungeheuer in den See, und Jeruslan Lasarewitsch saß auf ihm. Er empfing den Edelstein von ihm und befahl ihm, ihn wieder ans Ufer zu bringen. Als das Ungeheuer den Jeruslan Lasarewitsch ans Ufer brachte, haute er ihm auch den dritten Kopf ab, setzte sich dann auf sein gutes Ross und ritt zu der Stadt Debri, wo ihm der Zar Worcholomei unter den Stadtpforten entgegen kam.

Da sagte Jeruslan zu ihm: »Ich habe deinen Feind, den Verderber deiner Stadt, tot geschlagen.« – Und ihm antwortete Zar Worcholomei: »Ich weiß, Gott hat nicht den Tod von uns Sündern gewollt, er hat uns einen so tapfern Ritter geschickt und ihn durch dich vernichtet. Aber sage mir deinen Namen: welches Vaters und welcher Mutter Sohn bist du, und woher kommst du?«

Jeruslan Lasarewitsch antwortete: »Ich komme aus dem Reiche des Zaren Kartaus, und bin der Sohn des Fürsten Lasar Lasarewitscht, und ich nenne mich Jeruslan Lasarewitsch. Ich habe beschlossen, im freien Felde zu spazieren.«

Als der Zar diese Worte von ihm hörte, wurde er sehr erfreut, und es kamen alle Einwohner der Stadt ihm entgegen und verneigten sich tief vor ihm, und alle kleinen Kinder sprangen, und es war in der Stadt Debri große Freude. Und Zar Worcholomei gab in seiner großen Freude ein herrliches Fest. Er rief zusammen alle Fürsten und Bojaren, und Menschen von verschiedenem Range mit ihren Frauen und Kindern. Er nahm Jeruslan Lasarewitsch bei der Hand und führte ihn zu sich ins Gemach, ließ ihn neben sich am Tische sitzen, und sprach zu ihm: »Herr Jeruslan Lasarewitsch, dein Wille gebiete über mich und mein ganzes Reich; meine Schätze stehen dir offen, nimm dir Gold, Silber und Edelsteine, so viel du willst, nimm als Apanage Städte und schöne Kirchdörfer, und wenn du heiraten willst, so gebe ich dir meine Tochter, die schöne Prinzess Anastasia, und als Mitgift mein halbes Reich.« – Als Jeruslan lustig wurde, sagte er: »Herr Zar Worcholomei, zeige mir deine Tochter!«

Zar Worcholomei befahl sogleich seiner Tochter, sich mit kostbaren Kleidern zu zieren, und sie wurde so schön, dass menschliche Einbildungskraft sich nichts Schöneres vorstellen kann. Worcholomei nahm sie bei der Hand und führte sie zu Jeruslan. Sie reichte ihm einen goldenen Becher mit Wein, und Jeruslan sprach zu ihr: »Sei gegrüßt, meine liebe Prinzess Anastasia, schönste der ganzen Welt, viele Jahre Dir Wohlergehen!« – Und er küsste sie auf die süßen Lippen.

Prinzess Anastasia sprach zu ihm: »Sei gesund, mein lieber und tapferer Herr Ritter.« – Dann ging er aus ihrem Gemach, begab sich zum Zaren Worcholomei und sprach zu ihm: »Herr Zar, deine Tochter, die schöne Prinzess, hat mir gefallen, und ich will sie zur Frau nehmen.« – Zar Worcholomei befahl sogleich, Alles zur Hochzeit bereit zu machen. Dann fingen sie wieder an, mit Jeruslan zu essen, zu trinken und Kurzweil zu treiben. Und als Jeruslan sich hernach ins Bette gelegt hatte, konnte er die ganze Nacht nicht schlafen, weil sein jugendliches Herz von der Schönheit der Prinzess entzündet war.

Den andern Tag früh ließ der Zar wieder ein Fest bereiten, und nahm Jeruslan bei der Hand und sagte: Herr Jeruslan Lasarewitsch, tapferer Ritter, ich vertraue dir meine liebe und schöne Tochter Anastasia: liebe sie und lebe mit ihr in Eintracht. Und damit ich Augenzeuge eures fröhlichen Lebens sei, gebe ich dir als Mitgift mein ganzes Reich. Schütze es nur gegen Feinde.« – Dann sprach er zu seiner Tochter: »Meine liebe Tochter, lebe mit deinem Manne in Frieden und Liebe, und ehre ihn, denn der Mann ist immer das Haupt der Frau.«

Dann befahl er ihnen, in die Kirche zu fahren und sich trauen zu lassen. Nach der Trauung gingen sie in die zarischen Gemächer. Jeruslan Lasarewitsch führte seine Gemahlin an der Hand und geleitete sie zu dem Zaren Worcholomei, seinem von Gott gegebenen Schwiegervater. Alle Fürsten, Bojaren und ihre Frauen trugen ihm viele kostbare Geschenke entgegen. Zar Worcholomei empfing sie und sprach: »Viele Jahre Wohlergehen meinem Herrn, dem Fürsten Jeruslan Lasarewitsch, meinem lieben Schwiegersohne, und seiner Gemahlin, meiner Tochter, der schönen Fürstin Anastasia Worcholomejewna!« – Dann riefen alle Fürsten und Bojaren einstimmig aus: »Sei gesund, Herr Jeruslan Lasarewitsch, mit deiner jungen Gemahlin, der schönen Fürstin!« Und sie verneigten sich vor ihnen bis auf die Erde. Jeruslan Lasarewitsch, die schöne Anastasia und alle Fürsten und Bojaren fingen an, zu essen, zu trinken und sich zu belustigen. Alsdann stand Jeruslan Lasarewitsch mit der jungen Fürstin Anastasia vom Tische auf und ging in die Schlafkammer, und alle Anwesenden begleiteten sie mit großen Ehren, verneigten sich vor ihnen bis zur Erde, und kehrten zurück zum Zaren Worcholomei, sich zu belustigen. Jeruslan aber legte sich mit der schönen Zarentochter Anastasia zu Bette, und fing an, sie zu liebkosen und den weißen Busen zu fassen, und sprach: »Meine liebe Zarewna, Schönste auf der Welt, deiner Schönheit wegen bin ich durch viele Reiche gezogen, und von vielen Jungfrauen habe ich deine Schönheit preisen hören; und jetzt, meine Freundin, sage mir die Wahrheit: gibt es eine Schönere, als du, und einen Tapfereren, als ich?« – Da antwortete ihm die Zarewna: »Mein lieber Freund, es gibt auf der Welt keinen Schönern und tapfereren, als du, und ich – was ist denn Schönes und Gutes an mir? Es gibt im Jungfernreiche in der Sonnenstadt eine Zarewna Polikaria, welche das Land selbst beherrscht; so eine Schöne gibt es in der Welt nicht weiter.«

Da dachte Jeruslan Lasarewitsch bei sich an die schöne Polikaria, und eines Tages stand er früh morgens auf und sprach zu seiner Gemahlin: »Meine liebe Zarewna, ich reite in ein Gebiet, in eine Stadt, nimm von mir diesen kostbaren Stein, den ich von dem Ungeheuer genommen habe, und wenn du eine Tochter gebärst, so gib ihn ihr als Mitgift.« – Er gab seiner Gemahlin den Stein und sprach: »Lebe wohl, meine liebe Zarewna. Wenn ich am Leben bleibe, so werde ich zu dir zurückkehren; wenn mich aber der Tod trifft, so lass für mich Messen lesen.« – Da weinte die Zarewna bitterlich und fiel vor übergroßem Schmerz wie tot zu Boden. Als sie wieder zu sich kam und sich vom Schluchzen erholt hatte, sagte sie zu ihm: »O mein lieber Freund, du willst mich verlassen und in das Jungfernreich in die Sonnenstadt zu der Zarewna Polikaria reiten?« – Jeruslan antwortete ihr: »Meine schöne Anastasia, du bist jetzt schwanger, wie könnte ich dich so verlassen?« –

Dann ging er zu dem Zaren Worcholomei und sagte, er wolle zu seinem Vater, dem Fürsten Lasar Lasarewitsch, zu Besuche reisen.

Nachdem er Abschied genommen, reiste er nach dem Jungfernreiche ab. Er reiste gerade neun Monate, und kam in die Sonnenstadt, ritt auf den Zarenhof und stieg von seinem guten Rosse ab. Als die Zarewna Polikaria auf ihrem Hofe einen schönen tapfern Ritter sah, erschrak sie, dass er ohne ihre Erlaubnis auf den Hof gekommen, und als er eintrat, sagte sie: »Tapferer Herr Ritter, woher kommst du? welches Vaters Sohn bist du? und was hast du in unserem Reiche zu suchen?« –

Er antwortete ihr: »Ich komme aus dem Reiche des Kartaus, und bin der Sohn des Fürsten Lasar und der Fürstin Epistimia, und nenne mich Jeruslan. Zu dir bin ich gekommen, um mich dir zu empfehlen, und deine unaussprechliche Schönheit zu sehen.«

Die Zarewna Polikaria freute sich, nahm ihn bei den weißen Händen, führte ihn in ihre Gemächer und sprach zu ihm: »Herr Jeruslan Lasarewitsch, herrsche nicht nur über mein Reich, sondern dein Wille gebiete auch über mich.«

Jeruslan Lasarewitsch betrachtete ihre unbeschreibliche Schönheit und ward unruhig im Geiste, und die Jugend in ihm entbrannte. Er nahm die Zarewna Polikaria bei der Hand und fing an, ihre Zuckerlippen zu küssen; und er lebte mit ihr und herrschte über ihr Reich.

Die Tochter des Zaren Worcholomei, Anastasia, gebar einen liebenswürdigen Sohn. Ihr Vater war sehr erfreut und gab ihm den Namen Jeruslan. Er hatte rote Wangen, Augen wie volle Tassen und einen starken Körper. Er glich seinem Vater, und Zar Worcholomei befahl, wegen dieser Freude ein großes Fest zu veranstalten.

Jeruslan, der Sohn des Jeruslan Lasarewitsch, hatte das sechste Jahr erreicht und fing an, auf den zarischen Hof zu seinem Großvater, dem Zaren Worcholomei, zu gehen, und die Kinder verspotteten ihn: »Jeruslan, du hast keinen Vater!« – Dies behagte ihm nicht, und er fing an, sie zu schlagen. Wen er beim Kopfe nahm, dem fiel der Kopf ab, wen er bei der Hand fasste, dem fiel die Hand ab, wen er beim Fuß ergriff, dem fiel der Fuß ab, und die Fürsten und Bojaren durften nicht bei dem Zaren darüber sich beklagen. Jeruslan Jeruslanowitsch ging in die Gemächer seiner Mutter und sprach zu ihr: »Meine Frau Mutter, sage mir die Wahrheit: habe ich einen Vater oder nicht?" – Die Zarewna Anastasia seufzte tief und sagte mit Tränen: »Du hast einen Vater, den mächtigen und tapfern Ritter Jeruslan Lasarewitsch; er ist in das Jungfernreich zu der Sonnenstadt gereist.«

Jeruslan Jeruslanowitsch fing an, sich zu rüsten, um zu seinem Vater zu reisen, und seine Mutter Anastasia Worcholomejewna gab ihm einen goldenen Ring mit jenem Edelsteine. Jeruslan Jeruslanowitsch sattelte sich sein gutes Ross, nahm Abschied von Mutter und Großvater und ritt fort, um seinen Vater aufzusuchen.

Eines Tages früh im Morgenrot gelangte er ins Jungfernreich an die Sonnenstadt. Um diese Zeit lag Jeruslan Lasarewitsch noch auf seinem Lager, und als er die Ritterstimme hörte, sprach er: »Ich höre, dass ein junger Ritter zu unserem Reiche gekommen ist. Ich will gehen und ihn töten. Da befahl er, sein gutes Ross zu satteln, setzte sich dann auf, nahm seinen Schild in die Hand, unter den Arm die Lanze, und ritt ins freie Feld. Wie zwei helle Falken auf einander stürzen, so stürzten die beiden gewaltigen Ritter, Vater und Sohn, auf einander zu, und als sie den Anlauf genommen, stieß Jeruslan Jeruslanowitsch seinen Vater mit dem stumpfen Ende seiner Lanze so gegen das Herz, dass er ihn beinahe aus dem Sattel gehoben hätte. Da sprach Jeruslan Lasarewitsch: »Junges Kind, du spaßest nicht fein.« Dann nahm sie wieder den Anlauf, und Jeruslan Lasarewitsch stieß seinen Sohn mit dem stumpfen Ende gegen das Herz, und warf ihn aus dem Sattel; das Ross Uroschtsch Weschei trat ihm auf die Kehle und drückte ihn an den Boden. Jeruslan Lasarewitsch wendete das scharfe Ende seines Speeres, und wollte ihm bösen Tod geben. Jeruslan Jeruslanowitsch aber fasste die Lanze mit der rechten Hand, und der goldene Ring mit dem Edelsteine blitzte an seinem Finger. Da fragte ihn Jeruslan Lasarewitsch: »Woher kommst du, Jüngling? welches Vaters und welcher Mutter Sohn bist du? und wie nennest du dich?«

Ihm antwortete jener: »Ich komme aus der Stadt Debri im Reiche des Zaren Worcholomei. Mein Vater heißt Jeruslan Lasarewitsch, und die Mutter ist die Zarewna Anastasia Worcholomejewna. Aber ich kenne meinen Vater nicht, und deswegen bin ich in das Jungfernreich zu der Sonnenstadt gereist, um meinen Vater zu sehen. Mein Name ist Jeruslan.« –

Da stieg Jeruslan von seinem guten Rosse, hob seinen Sohn bei der Hand auf, küsste ihn auf die Zuckerlippen, drückte ihn an sein Herz und nannte ihn seinen lieben Sohn. Dann setzten sie sich auf ihre guten Rosse, und ritten zu der Stadt Debri. Als sie in das Reich des Worcholomei gelangten, fanden sie in der Stadt Jammer und Klagen, denn der Zar Worcholomei war gestorben. Die Einwohner erkannten sie aber und verneigten sich vor ihnen und sprachen zu Jeruslan Lasarewitsch: »Sei gegrüßt, unser Herr Jeruslan Lasarewitsch mit deinem Sohne Jeruslan Jaruslano- witsch! Unser Zar hat dir die Herrschaft über unser Reich hinter- lassen.« – Dann trat die Zarin Anastasia Worcholomejewna aus ihrem Palast, fiel zur Erde und sagte mit Tränen: »O meine rote Sonne, von wo bist du aufgegangen und hast uns erwärmt? von wo ist die Morgenröte aufgeglänzt?« – Sie nahm ihn bei den wei- ßen Händen, führte ihn in die zarischen Gemächer, küsste ihm die Zuckerlippen und drückte ihn an ihr treues Herz. Alle Ein- wohner, Fürsten und Bojaren verneigten sich vor ihm und brach- ten reiche Geschenke.

In großen Ehren bestieg Jeruslan Lasarewitsch den Thron, ergriff das Zepter, legte den Purpur an und setzte die goldene Krone auf. Dann rief er seinen Sohn Jeruslan Jaruslanowitsch zu sich und sprach zu ihm: »Mein liebes Kind, reite du in das freie Feld, nimm dir ein Ritterross und Ritterrüstung, schnalle das Schlacht- schwert um, und nimm die Lanze. Sitze fest auf deinem Rosse und sei im Felde ein mächtiger und berühmter Ritter, wie ich war. Du bist auf mich eingeritten, und hast mich so gegen das Herz gestoßen, dass ich mich kaum im Sattel halten konnte.

Wenn du einem Andern einen solchen Stoße gegeben hättest, so wäre er nicht am Leben geblieben. Reite in das Reich Daniils des Weißen, zu dem Zaren Kartaus, und zu deinem Großvater, dem Fürsten Lasar Lasarewitsch, dann zu meinem Schwertbruder, dem Fürsten Iwan, dem russischen Ritter, welcher jetzt in dem Reiche des Zaren Feodul, des Drachenkönigs, herrscht, und zu meinem Schwertbruder, dem mächtigen und berühmten Ritter Raslanei, welcher jetzt in dem Reiche des Freizaren Feuerschild, Flammenlanze herrscht. Erkundige dich bei diesen allen nach ihrer Gesundheit, und komme zu mir zurück. Auf deiner Reise aber sei sanft und redlich, aber tapfer.« – Darauf erhielt Jeruslan Jeruslanowitsch von Vater und Mutter den Segen, und begab sich auf die Reise.

In fünf Jahren bereiste er jene alle, und kehrte zu seinem Vater zurück. Da begegnete ihm auf dem Wege ein kleiner Mann und versperrte ihm den Weg; er aber fragte ihn: Alter Mann, was stellst du dich mir in den Weg und willst mich nicht vorbeilassen?« und er wollte ihn niedertreten; aber der kleine Mann erkannte, was er im Sinne hatte, und sprach zu ihm: »Armer, armer Ritter, du willst mich alten kleinen Mann töten? du kannst von dem Alten nichts herunterziehen.« Dem Jeruslan behagte dieses Wort nicht. Er zog sein Schlachtschwert und wollte den Greis töten. Aber als er auf ihn losstürzte, blies der Greis ihn an, und gegen dieses bloße Hauchen konnte er sich nicht auf dem Rosse erhalten und fiel zu Boden, wie eine Hafergarbe. Da nahm ihn der Greis auf die Arme und sagte: »Armer Ritter, willst du Tod oder Leben haben?« Jeruslan entsetzte sich darüber dermaßen, dass er dem Greise kein Wort erwidern konnte. Da legte ihn der Greis auf die Erde und sprach: »Mir kann kein Ritter, kein Held, überhaupt kein Mensch widerstehen. Aber bist du nicht der Sohn des Zaren im Reiche Worcholomeis?« – Er antwortete, dass er derselbe sei. Da sprach der Alte: »Reite nach Hause, aber sprich nicht von mir in dem Reiche.« – Als er diese Worte gesprochen, wurde er unsichtbar.

Jeruslan Jeruslanowitsch kam zu seinem Vater und seiner Mutter, und sie kamen ihm entgegen, und die Fürsten und Bojaren warfen sich vor ihm mit der Stirn auf die Erde. Jeruslan Lasarewitsch nahm ihn bei den weißen Händen, küsste ihn auf die Zuckerlippen, führte ihn in die zarischen Gemächer, setzte ihn an die eichenen Tische und an die feinen gewürfelten Tischtücher, und gab ein großes Fest. Da fing Jeruslan Lasarewitsch an, seinen Sohn zu befragen: »Du bist zu deinem Großvater, dem Fürsten Lasar Lasarewitsch gereist; sage mir, wie es ihm geht, und ob er gesund ist?« –

Er übergab seinem Vater folgenden Brief vom Zaren Kartaus: »Zar Kartaus, dem großen Zaren und gewaltigen Ritter Jeruslan Lasarewitsch herzlichen Gruß! Sei gesund mit deiner Gemahlin Anastasia Worcholomejewna und deinem Sohne Jeruslan Jeruslanowitsch, und mit deinen Fürsten und Bojaren und allen Untertanen! Ich herrsche in meinem Reiche mit Gottes Hülfe bis jetzt!« –

Auf derselben Schrift war von dem Fürsten Lasar Lasarewitsch an seinen Sohn geschrieben: »Meinem lieben Sohne Jeruslan Lasarewitsch, und meiner lieben Schwiegertochter, Anastasia Worcholomejewna, meinem Enkel Jeruslan Jeruslanowitsch, und deinem ganzen Reiche Friede und Segen! Herrsche im Namen Gottes und sei glücklich von nun an auf viele Jahre hinaus.«

Jeruslan Lasarewitsch war sehr froh und sprach zu seinem Sohne: »Bist du bei meinem Schwertbruder, dem Fürsten Iwan, dem russischen Ritter, gewesen?« –

Und Jeruslan Jeruslanowitsch gab auch von ihm seinem Vater einen Brief, in welchem von dem jüngeren Bruder, dem Fürsten Iwan, dem russischen Ritter, geschrieben stand: »Dem großen Zaren der Zaren, und dem Ritter der Ritter, meinem ältern Bruder Jeruslan Laserewitsch, herzlichen Gruß! Heil dir auf viele Jahre mit deiner Gemahlin Anastasia Worcholomejewna, und deinem Sohne, dem mächtigen Ritter Jeruslan, und deinem ganzen Reiche! Herr, als dein Sohn auf mein Reich zuritt, kam ich auf dem freien Felde aus einer Schlacht; ich kannte deinen Sohn Jeruslan nicht, und dachte, er käme ein Ritter, um mein Reich zu unterjochen. Ich stürzte auf ihn los und wollte ihm mit dem

Stahlschwert den Kopf abhauen; er aber nahm die lange Lanze und stieß mich mit dem stumpfen Ende so gegen das Herz, dass ich mich kaum im Sattel erhalten konnte; und da sprach er für sich: »Ich bin ja der Sohn des Jeruslan Lasarewitsch.« Ich hörte diese Worte und verzieh ihm; aber die Wunde, die er mir gestoßen, habe ich bis jetzt noch nicht heilen können.«

Jeruslan Jeruslanowitsch überreichte seinem Vater noch ein Schreiben von dem Ritter Raslanei, in welchem geschrieben stand: »ich, der große Zar Raslanei Prochorowitsch, meinem jüngern Bruder, dem großen Zaren und gewaltigen Ritter Jeruslan Lasarewitsch, herzlichen Gruß! und mit dem Gruße auch dir, dem Zaren, mit deiner schönen Gemahlin Anastasia Worcholomejewna und deinem Sohne, dem gewaltigen Ritter Jeruslan Jeruslanowitsch, Wohlergehen! Dein Sohn hat mich am Kopfe verletzt, er hat ihn mit dem stumpfen Ende der Lanze durchstoßen, und ich konnte meine Wunde bis jetzt noch nicht heilen; aber ich erfuhr, dass er dein Sohn sei, und habe ihm verziehen, und ihn unbeschädigt zu dir entlassen. Hätte ich dies nicht erfahren, so hätte ich ihm den Tod gegeben.«

Dann erzählte auch Jeruslan selbst seinem Vater Alles der Reihe nach, und auch von dem Greise, und sprach: »Herr Vater, als ich zurückkehrte in dein Reich, begegnete mir im freien Felde auf dem Wege ein kleiner Mann; er war schon alt und mit grauen Haaren geziert. Der stellte sich auf den Weg und ließ mich nicht fort. Ich wollte ihn töten, weil er mir den Weg versperrte; er aber blies mich an, und so stark, dass ich mich auf meinem guten Rosse nicht erhalten konnte und zu Boden fiel. Da wollte er mich umbringen, aber er fragte mich erste, woher ich sei. Ich antwortete: ich sei aus dem Reiche des Zaren Worcholomei, aus der Stadt Debri, der Sohn des Zaren Jeruslan Lasarewitsch. Da sagte mir der kleine Mann, ich sollte mit ihm nicht in meinem Reiche prahlen. »Ja,« antwortete seinem Sohne Jeruslan Lasarewitsch, »du musst bei dem Feste nicht prahlen, dass er dich töten wollte.«

Nun begann das Fest, und sie belustigten sich und waren alle in großer Freude, dass Gott den Jeruslan Jeruslanowitsch gesund zurück gebracht hatte. Da fing Jeruslan Lasarewitsch an, seinen

Sohn und dessen Tapferkeit zu rühmen, wie er Zaren und gewaltige Ritter niedergestoßen, und wie er ihn in der Kindheit, da er erst fünf Jahr alt war, töten wollte, weil er ihn noch nicht kannte. Da wunderten sich alle Fürsten und Bojaren über seine Tapferkeiten und dankten Gott, dass Jeruslan Lasarewitsch einen so tapfern und berühmten Sohn habe, wie er selbst war, und sie sagten, dass es solcher Ritter, wie dieser Vater und sein Sohn, keine weiter auf der Welt an Tapferkeit gäbe, und dass sich Niemand fände auf der Welt, der gegen sie Stand halten könnte. Obgleich Ritter Raslanei auch groß war, so hätte ihn Jeruslan Jeruslanowitsch doch beinahe auch erschlagen.

Jeruslan Lasarewitsch unterwarf seiner Herrschaft viele Städte, und manche, die von seiner Tapferkeit hörten, gaben ihre Städte gutwillig unter seine Macht. Und er saß auf dem Thron in guter Gesundheit zwanzig Jahre, und sein Alter war neun und vierzig Jahr und drei Monate, als er starb. Seine Gemahlin Anastasia Worcholomejwena weinte und war untröstlich über ihren Gatten, und diesem Kummer erlag auch sie bald darnach. Und ihr Sohn Jeruslan Jeruslanowitsch weinte sehr über seinen Vater, den mächtigen Ritter Jeruslan Lasarewitsch, und lange Zeit weinte er auch über seine Mutter. Bald nach dem Tode seiner Eltern bestieg er den Thron seines Vaters und herrschte mit Ruhm.

Anmerkungen

Zum ersten Märchen

Die Urschrift ist in Oktav mit gewöhnlichen russischen Buchstaben einzeln gedruckt, und nicht mit Bildern verziert.

Hackbrett, liegende Harfe, russisch Gusli.

Erdwall. Um viele Häuser der untern Klassen in Russland, namentlich um Bauerwohnungen, befindet sich ein Erdwall, der unmittelbar am Hause anliegt, ungefähr 1 1/2 Elle hoch und 1 Elle breit ist, und von einer einschließenden Brettwand festgehalten wird. Er dient dazu, um das Erdgeschoß gegen die eindringende Nässe und Kälte zu schützen.

Zum zweiten Märchen

Die Urschrift ist, wie die des ersten Märchens, einzeln ohne Bilder in Oktav gedruckt, mit guten neuen Buchstaben. Das Märchen soll neuern Ursprungs sein, ist aber in Russland schon ziemlich verbreitet.

König Filon wird an einigen Stellen der Urschrift auch Fedron genannt; das Eine oder das Andere ist wahrscheinlich ein Gedächtnisfehler des Schreibers. Hier kommt nichts darauf an.

Die alte Zauberin peitscht den Prinzen Astrach in der Badestube nach russischer Sitte mit Birkenzweigen, an denen die Blätter noch befindlich sind, um die Haut geschmeidig zu machen, und die Ausdünstung zu befördern, die man nach dem Gebrauche des Dampfbades im Bette abwartet.

Zum dritten Märchen

Die Urschrift ist in Quart ziemlich undeutlich gedruckt und mit Bildern ausgestattet. Sarg, der Name des Vaters der schönen Helene, ist hier nicht Übersetzung, obschon er sonst in Russland nicht gebräuchlich ist.

Zum vierten Märchen

In einigen Teilen hat dieses, so wie das zehnte Märchen (Bulat, der brave Bursche), große Ähnlichkeit mit dem englischen Volksmärchen »Robert, der Teufel« (vergl. Alt-Englische Sagen und Märchen nach alten Volksbüchern, herausgegeben von William J. Thoms. Deutsch und mit Zusätzen von R. O. Spazier. 1 Bdchen. Braunschw. 1830.). Die Urschrift ist in Quart mit Bildern schlecht gedruckt.

Der Spruch, mit welchem Ritter Iwan das Heldenross herbeiruft, ist in der Urschrift nicht ganz verständlich. Siwka Burka ist ohne Zweifel der Name des Rosses und bezeichnet zugleich dessen Farbe. Siwka ist nicht mehr im Gebrauch, Siwost aber heißt die schwarzgraue Farbe im Allgemeinen, und unter Siwisna versteht man die gräuliche Farbe der Pferde ins Besondere. Mit diesen Worten ist Siwka verwandt, Burka ist ein kurzer Filzmantel, wie man ihn im südlichen Russland in Gebrauch hat; hier kann sich dieses Wort nur auf die Farbe beziehen, und Siwka Burka würde somit ein schwarzgraues Pferd bezeichnen. Damit steht aber das Folgende im Widerspruch, wo das Heldenross ein Lichtfuchs genannt wird, denn das in der Urschrift stehende Wort Kaurka () bezeichnet ein Pferd von hellroter, ins Gelbliche fallender Farbe: Frühlings-Lichtfuchs, d. i. ein im Frühling geborner Lichtfuchs, heißt es, um auf seine Stärke und Kräftigkeit hinzudeuten, da bekanntlich die Frühlingsfüllen besser gedeihen, als die später gebornen.

Zum fünften Märchen

Das einzeln mit Bildern in Quart gedruckte Volksbüchlein, welches dieses Märchen enthält, gibt in der zweiten Hälfte die Erzählung desselben nur sehr unvollständig. Ich ließ sie deshalb von meinem Bedienten ganz in der einfachen Weise, wie sie im Munde des Volkes lebt, ergänzen, und nach dieser weiteren Ausführung teile ich sie hier mit, ohne in seiner schlichten Darstellung etwas geändert zu haben. Doch beziehen sich diese Ergänzungen nur auf die zweite Hälfte des Märchens; die Übersetzung der ersten folgt genau der gedruckten Urschrift.

Zum sechsten Märchen

Ein allbekanntes und sehr beliebtes russisches Märchen, hier nach einem einzeln auf acht mit Bildern gezierten Quartblättern gedruckten Volksbüchelchen übersetzt. Ein russischer Heldengesang, welcher in der von dem Kosaken Kirscha Danilof veranstalteten Sammlung allrussischer Gedichte befindlich ist, behandelt ebenfalls die Abenteuer des Muromer Helden Ilija.

Murom, eine Stadt im russ. Gouvernement Wladimir, Hauptstadt eines Bezirks, auf einem Gebirge am Ufer der Oka. Ihr Ursprung fällt noch in die vorgeschichtliche Zeit Russlands. Die dichten Wälder, welche sich in der Nähe befanden, spielen sowohl in den Volkssagen und uralten Überlieferungen der Russen, als auch in den Erzeugnissen ihrer neuern Dichter, eine wichtige Rolle. Auch jetzt denkt man sich noch bei diesen Wäldern, welche bereits ganz ausgemessen und in Hufen eingeteilt sind, wie der Dichter Sagostin sagt, einen

Aufenthalt von Hexen, Wölfen,
von Räubern und von bösen Geistern.

Der Brianskische Wald, in dem der Räuber Nachtigall (russisch Solowei) auf sieben Eichen sein Nest hatte, ist in der Nähe des Städtchens Briansk im Gouvernement Orel, zwischen Tschernigof und Kiew. Noch jetzt gibt es in dieser Gegend treffliche Holzungen.

Zum siebenten Märchen

Die Sage von Vowa Korolewitsch ist eine der bekanntesten in Russland. Fast jeder Russe, der Vornehme, wie der Geringe, entsinnt sich ihrer als eines Märchens, das er in frühester Jugend von der Mutter oder Amme gehört. Sie ist in zwei Ausgaben gedruckt, einer größeren und einer kleinern. Der hier gegebenen Übersetzung liegt die ausführlichere Bearbeitung der Sage zu Grunde, die mit ziemlich guten Bildern ausgestattet und weit besser gedruckt ist, als die gewöhnlichen Ausgaben dieser Märchen zu sein pflegen. Ich kann nicht sagen, welche von beiden Ausgaben die ursprüngliche ist; im Munde des Volkes scheint nur die hier mitgeteilte vollständigere Erzählung zu leben.

Ritter Polkan, welcher in dieser Sage eine wichtige Rolle spielt, kommt schon in dem Märchen vom Ritter Iwan, dem Bauersohne, vor. Obschon dort nicht gesagt wird, dass Polkan die Gestalt eines Kentauren gehabt habe, welche ihm die gegenwärtige Sage gibt, so wird er doch in den Bildern, die jenes Märchen in der Urschrift begleiten, als solcher dargestellt. Beide Märchen stehen indes in keinem innern Zusammenhang, und jedes bildet ein selbstständiges Ganzes für sich. So ist auch Polkans Todesart in beiden ganz verschieden. Spiel der Sage, welche die Willkür liebt.

Salz und Brod bei mir zu essen, d. h. mit meinem Tische vorlieb zu nehmen. Noch jetzt laden die Russen oft auf diese Weise Gäste zu sich ein. Salz und Brod ist auch eine gewöhnliche russische Begrüßungsformel, die man (wie unser »Gesegnete Malzeit«) gebraucht, wenn man die, welche man besucht, bei Tische trifft. Auf den Gruß der Eintretenden »Salz und Brod!« antworten die Begrüßten: »Wir bitten um Vergunst.«

Zum achten, neunten und zehnten Märchen

Die Urschriften dieser drei Märchen sind auf einzelnen Blättern gedruckt und mit Bildern versehen, die ersten beiden in Quart, letztes in Oktav.

Zum elften Märchen

Diese Volkssage scheint neueren Ursprungs zu sein, und gehört nicht zu den allgemein verbreiteten. Sie ist einzeln in Oktav mit guten neuen Buchstaben in der Urschrift gedruckt.

Da bei dem Zaren nicht Bier gebraut, nicht Branntwein gebrannt wird. – Eine russische Redensart: der Zar hat Alles vorrätig, es braucht nichts erst zubereitet zu werden. Demnach soviel als: Da Alles angeschickt war, da es keiner Vorbereitungen bedurfte.

Zum zwölften Märchen

Ein wahrscheinlich ebenfalls neues Märchen, das nicht sehr verbreitet zu sein scheint. Die äußere Ausstattung desselben in der Urschrift entspricht ganz der des vorigen Märchens.

Zum dreizehnten Märchen

In mancher Hinsicht abweichend von dem gewöhnlichen Geiste der russischen Märchen, doch wurde mir versichert, es sei echt russisch. Druck auf einzelnen Quartblättern mit Bildern.

Starosta, Dorfältester, Schulze.

Die Neigung, auf dem Ofen zu liegen, teilt die Mehrzahl der russischen Bauern mit dem Narren Emeljan. Die Öfen sind sehr groß und behalten die Wärme lange; darum dienen sie auch im Winter zur Schlafstelle für ganze Familien, die bei dem Mangel an Federbetten und guten Matratzen ein warmes Lager zu suchen genötigt sind. Um den Raum zu erweitern, legt man ungefähr in der Mitte der Stube unmittelbar neben dem Ofen Bretter, auf besonders dazu angebrachte Balken. Auf diesen Brettern, welche im Sommer wieder weggenommen werden, liegen die Kinder und in müßigen Minuten die Erwachsenen fast den ganzen Tag.

Zum vierzehnten Märchen

Dieses Märchen, welches man auch nicht mit Unrecht ins Gebiet der Fabel verweisen könnte, ist uralt und so bekannt, dass das Schemjaksche Urteil zum Sprichwort geworden ist, dessen man sich noch heute häufig bedient, um den Ausspruch eines bestechlichen Richters zu bezeichnen. Prof. Snogiroff, welcher die Märchen nach ihrem Inhalte verschiedentlich einteilt, rechnet es zu dem satinischen. Schemjaka ist übrigens auch eine geschichtliche Person; er war ein durch Grausamkeit sich auszeichnender Großfürst von Russland und herrschte um das Jahr 1446. Die Urschrift dieser Erzählung, welche ich der Güte des Prof. Snegiroff verdanke, ist auf einen Bilderbogen von gewöhnlicher Größe gedruckt und mit den Bildern in acht Felder verteilt.

Zum fünfzehnten Märchen

Mutmaßlich ein ursprünglich französisches Märchen, jetzt aber in der hier gegebenen Form ganz in Russland eingebürgert. Die Urschrift ist auf einzelnen Quartblättern mit Bildern fehlerhaft gedruckt.

Zum sechzehnten Märchen

Die Urschrift ist auf neun Quartblättern mit Bildern gedruckt.

Zum siebzehnten Märchen

Die Urschrift dieses sehr beliebten und verbreiteten Märchens ist auf zwei und dreißig Quartblättern gedruckt und mit Bildern geziert. Die Platte hat immer zwei Blätter oder einen halben Bogen zugleich bedruckt; am Ende des letzten Blattes steht die Jahrzahl 1822. Der Erzähler dieser Volkssage hat einige Zeichnungen darin angelegt und unausgeführt gelassen, die zu recht guten weitern Entwickelungen und Beziehungen hätten verbraucht werden können. Rätselhaft und zwecklos ist die Erscheinung des

kleinen alten Mannes, welcher den jungen Jeruslan Jeruslanowitsch vom Pferde bläst; wenn es nicht etwa die Absicht des Er-
zählers war, den Hochmut des jungen Helden dadurch zu demü-
tigen, dass er ihn durch einen scheinbar ganz unbedeutenden
und schwachen Greis mit leichter Mühe besiegen lässt. Ebenso
erfährt man nicht, was aus der von Jeruslan Lasarewitsch begüns-
tigten Prinzess Legia wird, welche er auffordert, furchtlos auf
dem freien Felde zu bleiben, indem er ihr das Versprechen gibt,
sich bald wieder bei ihr einzufinden. Er erfüllt sein Versprechen
nicht, und es wird ihrer überhaupt nicht wieder gedacht. Uner-
wähnt darf nicht bleiben, dass sich in der Urschrift einige nicht
echt russische Wortfügungen befinden.

Er legte den Filz unter sich: den Filz, der unter den Sattel als wei-
chere Unterlage gebreitet wird, damit sich das Pferd nicht wund
reibt.

Posadnik. An der Spitze der Verwaltung in manchen russischen
Städten stand vor Zeiten der Stepennoi Posadnik. Wer ein Mal
dieses Amt bekleidet hatte, behielt sein Leben lang den Titel eines
Posadniks oder wurde auch Staroi Posadnik (alter Posadnik)
genannt; er konnte auch wieder Stepennoi Posadnik werden,
wenn ihn der Rath aufs Neue zu dieser Würde wählte.

O meine rote Sonne! Ein noch jetzt in Russland unter dem gemei-
nem Volke sehr gewöhnlicher Liebkosungsausdruck. An ähnli-
chen schmeichelnden Redensarten ist die russische Volkssprache
überaus reich.

Frei-Zar, freier Zar ist ein Zar, der keinem anderen Herrscher
tributpflichtig ist.

www.ingramcontent.com/pod-product-compliance
Lightning Source LLC
Chambersburg PA
CBHW060400030726
47497CB00003B/791